玛拉和莫洛克

"玛拉和莫洛克"系列三部曲

［俄罗斯］利亚·雅顿 著
陈建桥 译

卷一
世仇

МАРА
И МОРОК

新世界出版社
NEW WORLD PRESS

图书在版编目（CIP）数据

玛拉和莫洛克.卷一，世仇／（俄罗斯）利亚·雅顿著；陈建桥译.－－北京：新世界出版社，2025.7.
ISBN 978-7-5104-8085-0
Ⅰ.I512.45
中国国家版本馆 CIP 数据核字第 2025B3Z087 号

北京版权保护中心引进书版权合同登记号：图字 01-2024-4983

©Leah Arden,2021,2022
First published by Eksmo Publishing House in 2020. The simplified Chinese translation rights arranged through Rightol Media（本书中文简体版权经由锐拓传媒取得 Email:copyright@rightol.com）

玛拉和莫洛克（卷一）：世仇

作　　者：（俄罗斯）利亚·雅顿
译　　者：陈建桥
责任编辑：曲静敏
责任校对：宣　慧　张杰楠
责任印制：王宝根
出　　版：新世界出版社
网　　址：http://www.nwp.com.cn
社　　址：北京西城区百万庄大街24号（100037）
发 行 部：(010)6899 5968　(010)6899 8705（传真）
总 编 室：(010)6899 5424　(010)6832 6679（传真）
版 权 部：+8610 6899 6306（电话）nwpcd@sina.com（电邮）
印　　刷：天津中印联印务有限公司
经　　销：新华书店
开　　本：880mm×1230mm　1/32　尺寸：145mm×210mm
字　　数：200千字　　　　　　印张：9.25
版　　次：2025年7月第1版　2025年7月第1次印刷
书　　号：ISBN 978-7-5104-8085-0
定　　价：58.00元

版权所有，侵权必究
凡购本社图书，如有缺页、倒页、脱页等印装错误，可随时退换。
客服电话：（010）6899 8638

秋季。

污泥满地，脚步杂乱。

人们清晨聚集在路边。

人头攒动，夹道欢迎！

王子！

来自遥远的都城。

身后的玛拉全身锁链，

吸血鬼的传言令人满心忌惮。

旁边的莫洛克如同阴影，

阳光下让人感到彻骨冰冷。

森林和野兽寂寂无语，

人们关门闭户，满脸惊惧。

活尸站起，女神醒来，

拿起镰刀，传说开启。

那是玛拉，

莫洛克和王子，

还有字里行间的生生死死。

自　序

2020年3月,《玛拉和莫洛克》第一版面世了。过了很短的时间,就出版了这套丛书的第三卷。您现在手里拿的就是这套丛书独一无二的典藏版。我在写作前两卷时都不敢想象这些。另外我也不敢想象,这套丛书会被成千上万的读者所喜爱。丛书一年时间的总发行量就达到了100 000套。

我写这本书时只是想创作一个故事,让读者能放下日常生活的烦恼;一个能让人产生积极情绪的故事,让读者能几个晚上都深入地探索一个全新的世界。我看到你们发来的无数消息、信件和评论后,明白我达到了这个目的。我无法用语言表达,你们的热情让我感到很高兴。

说到本书的发行量及在各个排行榜上占据的前排位置,这都是你们的功劳,是你们对本书喜爱的成果,我每天都无比地感激你们。

本书中的人物是在我脑海里产生的,但把他们传递给你们这些优秀和真诚的读者时,我一点儿都不担心。我自己从来都无法像你们一样,对这些人物倾注如此多的热爱。我真心地感谢你们的热情和支持!

我要单独感谢我的家人，我的丈夫和朋友们（特别是达莎、娜佳和奥莉娅），他们从一开始就支持我。

感谢我的编辑基拉·弗罗洛娃对我的信任和对本书的贡献。正是因为她的选择，才让这么多的人读到了玛拉和莫洛克的故事。

感谢达里娅·鲍博洛娜设计了漂亮的封面，并且和我一起走上了这条道路。

感谢安娜·别捷里娜、叶卡捷琳娜·金梅、达里娜·里亚布琴柯、季娜·鲁登柯为本书所做的工作。感谢ЭКСМО出版社的其他同事，我的故事正是因为他们才得以面世，最终送到了读者手中。

感谢所有的博主，是你们给了我支持和热爱。你们的劳动和你们的真诚是无价的！

感谢每一位热爱《玛拉和莫洛克》的读者。你们都很优秀，对我来说是最宝贵的，而你们的热情是无价的！

我爱你们！

利亚·雅顿

目录

第一章	/ 001	第十二章	/ 113
第二章	/ 018	第十三章	/ 118
第三章	/ 024	第十四章	/ 144
第四章	/ 031	第十五章	/ 159
第五章	/ 039	第十六章	/ 173
第六章	/ 045	第十七章	/ 187
第七章	/ 053	第十八章	/ 204
第八章	/ 071	第十九章	/ 225
第九章	/ 078	第二十章	/ 239
第十章	/ 099	第二十一章	/ 251
第十一章	/ 106		

第一章

我努力向前走着，不甘落后，也不敢放慢脚步。因为我只要稍一松懈，他就会拉扯拴着我的手铐和金属项圈上的锁链。他如果拽得太猛，我可能会摔倒在地，趴在不久前一场大雨后变得泥泞不堪的道路上。我不想弄脏身上的新衣服，这是我仅有的一身衣服。当他们把我从坟墓里拖出时，挂在我身上的是腐烂殆尽的破布片儿。不管怎么说，现在我身上的衬衫和长袍比那些破布片儿要好得多。

我打量着道路两旁看热闹的人。他们瑟缩着挤到了一起，特别是当我们从他们旁边走过时，我看得出，他们按捺不住自己的好奇心，要知道他们可是在寒冷的秋末时分一大早就冒着风险来到了这荒无人烟的旷野中。天空中布满了沉甸甸的铅灰色乌云，让人搞不清现在是上午还是正午已过。空气中能察觉到越来越近的冬日气息。当我在拂晓前一小时被拉到户外时，从嘴里呼出一团团白气，靴子踩在布满冰霜的草叶上，能听到"咔嚓咔嚓"的细响。

人们看到我以后，脸上的各种表情不一而足：有的兴趣盎然，有的兴高采烈，有的满眼恐惧，有的甚至露出了厌恶的表情。然而这很好理解。我相信他们并非每天都有机会看到曾经存在于古老传说中的死人被复活。然而我可不想变成供他们消遣的观赏动物，于是我深深地低下头，垂下的披风风帽让我可以无视他人的目光。

不过即使我想躲开人们好奇的目光，现在也无计可施。在灰蒙蒙的背景下，一件鲜红的长披风披在我身上，即使从远处看也很显眼。当我明白了他们这是故意给我穿上这件法袍，以此强调我的身份后，我不禁苦笑。是的，我和姐妹们以前穿的就是这样的法袍。在我们侍奉的女神所掌控的冬季和白雪的背景下，一身红色的我们十分显眼。可是我现在不得不脚踩泥泞，艰苦跋涉，衣服下摆沾满了污泥。我本应对此完全视而不见，但仍觉得胸口像堵了团黏稠的东西，感觉十分不快。

像我这样的人，包括我在内，曾经有七个。玛拉——这是我们的称号。我们和普通人一样，也要喝水、睡觉。我们也会恐惧，也会死亡。当我们痛苦时，也会哭泣。我们十岁时被选中，被死亡女神莫拉娜亲手做了标记。"你们天赋异禀，担负的使命极为重要，一点儿也不亚于生命本身的意义。"有人这么对我们说过，另一些人随声附和。莫拉娜带着我们离开了家人，为着某个缥缈虚幻的崇高目标培养我们。我真想让那些人对着我的姐妹们再说一遍这样的话,尽管她们的躯体已经在合葬的坟墓中化为土灰。或者,她们直接被烧成了灰烬,只有我的身体不知用什么方法被不幸保存了下来。

以前可能确实像他们说的那样,我们可能也确实天赋异禀,但后来一切都变了。

我在很多年前就死了。现在的世界和以前大不一样。

他还是猛拽了一下锁链。我脚步踉跄,向前猛踏了一步,于是靴子变得更脏了。换成别人这么做,我会小声诅咒他,而这也会让别人胆战心惊,尽可能地飞速跑远,因为担心我念出的一句咒语给他的整个家族带去诅咒。但对于这个人,我只敢投去惊恐的一瞥,又看到了他的面具。黑色和金黄相间的面具半藏在风帽中,遮住了他的整个面孔。面具形状有点儿像动物,应该是虎狼的面孔。面具眼睛的位置上是漆黑的空洞。所有人都会怀疑这个面具背后是否有人类面孔,尽管他是否还算人类,这都是个值得争论的问题。据说面具之下根本没有人的面孔,有的只是一团黑暗或一个骷髅。没有人能真正说出面具下面有什么,因为没有人在知道真相后能活下来。像他这样的存在,被称为莫洛克。他是幽冥之仆。幽冥无始无终,除了虚无、沉寂和无尽的孤独之外,一无所有。

我一边道歉,一边垂下目光,笨拙地从泥沼中抽出靴子,发出了"咕叽"一声闷响,然后继续前行。我不敢再看他,但从心底里感觉到他对我十分关注,感觉到某种压抑的、沉甸甸的关注。两队护卫跟在我们身边,每队十五个人,把我们和人群隔离开来。但我觉得这些护卫没有多大用处，因为只要有莫洛克在我身边，那些人宁可去面对张开的强弓和割喉的利刃也不想走近我们。就连我自己都想头也不回地从他身边跑开，如果能办到的话。

"难道说有人会让我们这些神选之女害怕吗？"我有次问我的一个姐妹。

事实上确实有这样的人。像莫洛克这样的存在，绝对让所有人害怕。

是莫洛克三天前把我从地下唤醒的，然后又把我绑定到了他身上。只要他没死，我就能活着，只有如莫洛克之类的存在才擅长这类魔法。没有人给过我镜子，我不知道自己脸色如何，尽管我在被唤醒的第一个晚上用手摸过自己的脸，没有什么特殊感觉，只是觉得脸部消瘦了。我看了一下身体和双手，发现皮肤颜色是尸体一样的死灰色，而曾经乌黑的长发变白了。不是那种漂亮的雪白，而是灰白，有点像老鼠的颜色。我厌恶地看着自己的双手：手指细得像是只有一层皮裹在指骨上。我都不敢想象，我的脸如何让人毛骨悚然，尽管我没有看到人们吓得跑开。

"皮肤过一段时间就更像活人的了。"几小时前，当我用指甲不停地抓挠着手上的皮肤，好像要把手上的尸斑抠掉时，莫洛克说了一句。

我当时听着他的声音，吓得一动也不敢动。从面具后传出的声音变声严重。嗓音是男人的嗓音，但听不出说话人的年龄，也无法判断嗓音是否悦耳。我听到他的话语后感觉心中升腾起一种莫名的空虚和冰冷。

"头发呢？"估计只有傻瓜才会担心这个问题。

不过他还是回答了这最后一个问题：

"头发会一直这样。"

我没有再提问题。

"我们到了！"当我们走近一片森林的边缘，前面再无道路时，王子勒住马，大声说了一句。

"全体停步！"嗓音低沉的队长下了命令，也勒住了坐骑。

所有士兵、我和莫洛克都停下了脚步，看热闹的人群停在我们身后十五米左右，不敢走近。

王子转过头，冲我笑了一下。他估计对这个地方很满意，尽管我还是不明白，他们为什么把我拖到了这里，因此没有急着分享他的好心情。我注视着面前阴森森的树林。大部分树木已经落光了叶子，光秃秃的树枝扭曲着刺向四方。不过稍远的林子深处光线暗淡，长满了四季常青的云杉，看不清里面藏了什么东西。

王子动作敏捷地跳下马，迈着轻快的步伐走过来。这个年轻人和别人穿着不同，没有穿戴护甲。他只穿着一条黑色裤子和黑色制服上衣，制服扣子系得整整齐齐，制服后襟长，更加凸显了他匀称的身材。衣服上的金丝刺绣和肩饰说明他身居高位，不过只要看他高傲的仪态和从容不迫的步态就能明白，他是大权在握的人。他面色如常地从莫洛克身边走过，脸上没有一丝恐惧，而莫洛克也只是平静地目送他走过。

"好吧，玛拉。我希望你能给我们展示一下你的力量。"

王子的声音很温柔。他不仅唇边含笑，就连温暖的浅褐色眼睛都洋溢着笑意。他好像在请求我做事，尽管实际并非如此。他看上去大约十九岁。我也是在这个年龄死掉的。然而他是王子，我却是他的俘虏,是一具活尸。他向队长点了下头,队长递给他一把长剑。

"您是想让我给您劈柴吗?"我冷冷地看着王子递到我面前的武器。

"对丹尼尔王子殿下尊敬点儿!"队长气势汹汹地冲我大声呵斥。

"没事!"王子打断队长的话,脸上的笑容不变。

我可能会害怕莫洛克,但这个丹尼尔和他的士兵对我来说却没有什么威慑力。他们最多也就是杀死我,而这对我来说只是个可笑的威胁。王子朝我走了一步,稍微向前倾下身子,低声说着,似乎不想让其他人听到:

"请允许我再说一遍,阿加塔。我将很高兴看到你施展自己的法力。"

他居然知道我的名字,我努力保持着淡定。

"我竭尽全力才说服了父亲,让他相信复活你对我们有利。不要让我失望。你大概认为自己是个死人,凡事都无所谓了,但不要忘了,我只要一句话就能送你去某个地方,那里比这儿可差得多。"

我突然觉得周身发冷,用眼角瞟了一下莫洛克。他离我们最近,大概听到了我们的对话。丹尼尔王子说得对:他只要下个命令,莫洛克就能把我送进幽冥之地。那是比死亡更坏的结果。

"需要我做什么?"

"聪明人!"一脸满意的王子抓住我的手,握紧我的手指,把我拉到身前,抬起另一只手指向森林。

"本地居民说这里藏着一个吸血鬼，已经把几个年轻姑娘拖进了森林里。吸血鬼是你能解决的吧？"

"是的。"

"本地残留的这类鬼物并不多。不过根据传说，如果出现这种情况，玛拉或莫洛克能够帮助解决。"丹尼尔王子并不关心我如何回答，转身对莫洛克说，"取下她身上的锁链。"

"殿下，这合适吗？"队长担心地看了我一眼，插话说。

"达利，别这么胆小怕事！否则你的白头发会越来越多的！"王子不耐烦地挥手说道，"你难道一点儿也不清楚玛拉的本事吗？这条链子只是做做样子罢了，免得让人们担心。链子实际上一点儿用处都没有。"

莫洛克走近我，开始拆卸我身上的镣铐，先是手铐，后是项圈。当他戴着黑手套的手指碰触我的皮肤时，我咬紧牙关，努力压抑着身体因为害怕造成的战栗。莫洛克比我高了整整一头。我不知道他身材有多庞大，因为他穿着皮甲，整个身体藏在因为岁月流逝而有些破旧的黑色法袍内。但法袍下面的护肩使他显得十分魁梧。我站在他身边时总想缩起身体，尽量不引人注目。

"她被魔法绑定在莫洛克身上，无法离他太远。即使她想逃跑的话，他也能找到她的行踪。莫洛克能像猎狗一样追踪她。我说得对吧？"

莫洛克点了下头，算作回答。当他离开我后，我舒了一口气。我还没来得及揉一下被项圈磨得火辣辣的脖子，王子就抓住我的手，把我拉到了林子边上。他要么是疯子，要么是白痴。其他人至少没有傻到敢碰触我的身体。

"阿加塔，"他拖长声音叫着我的名字，听起来温柔悦耳，"应该承认，时代不同了。关于你们的传说现在成了吓唬孩子和愚昧无知的村夫的寓言。他们不知道莫拉娜赋予你们的力量有多宝贵。"

"人们都怎么说我们？"

"嗯……比如说，你们冬天会在夜晚时绕屋行走，呼唤人的名字。谁若应声，谁就会死掉。甚至有人说，你们死后仍能起身，腋下夹着自己的头颅在人间徘徊。"

我用眼角瞟了他一眼，想搞清这是他刚刚杜撰出来的还是确实有人把我们说成了夜晚噩梦中出现的形象。

"但我是听着旧时代的童话长大的。"王子继续平静地说着，"童话里说你们，玛拉，能清除森林中的邪祟生物，能掐断暴君的生命线，能给善待臣民的高尚王者延寿。在白雪皑皑的林间，你们身上红色的法袍多么鲜艳，带着红晕的、细腻的皮肤多么雪白，双唇多么红艳，而头发像夏夜一样漆黑。"

当他把手指插进了盖住半个耳朵的金发时，如果不是看到他正沉浸于幻想中，凝视前方的双眼中闪着异彩的话，我肯定会认为他这是在嘲笑我。

"我听说你们每个人都和莫拉娜女神一样青春靓丽，长得和她一模一样。"王子最后把目光转向我，但心醉神驰的表情被宽容体谅的微笑取代，还带着一丝怜悯。

我的手掌还放在他的臂弯里，他同情地用手轻拍我的手。我强忍着没有撇嘴。我很想把手抽出来，但王子的手握得很紧。

"你和你的姐妹们那时有多强大、多团结啊！我已经无法见识这些，这多么让人遗憾啊！现在的传说在那时就是现实！我真想成为那个时代的王子！不过我们还有时间再聊这个话题的。如果你以后能给我讲述你一生中经历的那些令人心潮澎湃的时刻，我将十分高兴。现在请你除掉这个吸血鬼吧。"

丹尼尔王子停在了护卫和林子中间的位置上。我从他手里接过长剑。当他双手交叉抚胸，一脸期待地看着我时，我有些迟疑地停了一下。

"王子不想回队长身边吗？"当我看到他明白了这是暗示他最好从路上走开时，我的嘴角微扯，笑了一下。

"我大概不想回去吧。"他笑得更加灿烂，露出了雪白的牙齿，"我看东西时喜欢站在最前排。"

"您以前见过吸血鬼吗？"我想奚落他一下。

"我见过书上的插图。"丹尼尔立即回答我，明显没把吸血鬼当回事。

"那劳驾您把匕首也借我用一下。"

王子挑了下眉毛，知道这样他将手无寸铁。他身上没有佩带长剑。我看着他一时不知该如何作答，忍住没有得意地一笑。他居然认为用一把匕首就能防住我，看来没有认真读那些童话。尽管对我来说，现在哪怕有杀死他的想法都是愚蠢的。

"这是我的幸运匕首，希望你能尽快还给我。"丹尼尔把匕首递给我时说道。

"如您所愿。"我冷冷地回答，接过匕首，走近林边。

林子里有吸血鬼。

丹尼尔王子了解到的有关我和我的姐妹们的信息大概是不完

整的，或者是被曲解的，但他说出的信息大部分是正确的。我们被死亡女神所眷顾，这听起来让人恐惧。但实际上我们给这个世界带来的更多是好处，尽管经常是通过某种不同寻常的方式。我们可以让那些早已死亡，但由于某个原因仍纠缠于前生往事，不想离开这个世界的死灵安息。吸血鬼、恶魔、幽灵、徘徊在田间的正阳鬼、溺水鬼和其他邪祟生物，恰恰属于此类。普通人想要杀死吸血鬼，行动必须非常迅速。他还要知道，一定要砍掉吸血鬼的头和双手；知道必须远远躲开这些鬼物的利齿，因为它们看到人以后，最先攻击的部位就是脖子。如果杀死了吸血鬼，必须马上把它火化，否则将前功尽弃。这只是杀死吸血鬼的办法。杀死其他鬼物则要采用其他办法，每种鬼物都有它的危险之处，大多数普通人并不清楚如何对付它们。但像我和莫洛克，自己就可以处理这些鬼物。

玛拉可以看到并且触摸普通人看不到的某些东西。我只要触摸一下这些邪祟生物，就能彻底杀死它们，让它们转换为下一种生命形态。我们以前做的就是这些事情——把不得安宁的灵魂送往冥界。

这是玛拉们身负的重要使命，但后来我们的任务又牵扯到了政治。我们受命割断那些造成疯狂破坏的执政者的生命线，杀死那些几乎摧毁了整个国家的暴君。我有两次还听说，我出生之前的姐妹们曾给两位国王延续了寿命。这也是我们的能力可及的事情。但那时谁都没有意识到，这些事情应该保密，否则有一天会给我们招来杀身之祸。后来确实发生了不幸。

我们并不是永生不死的。我们的任务很危险，有不少姐妹遭遇怪物时不幸丧生。如果一个玛拉能寿终正寝，那么她的生命也仅比普通人长一倍。以前玛拉的人数是固定的，总共只有七名。一名玛拉死后，马上会在某个地方的一名十岁女孩儿身上发现相应的能力。

我是最后一位玛拉。我不觉得我们还应该对以往的罪愆进行救赎，但我首先要摆脱与莫洛克的绑定。也就是说，在一定时间内要对他言听计从。另外我也想知道，他们为什么要冒着风险把我从坟墓中挖出来。他们不见得只是为了让我杀死藏在森林中的一个亡灵。

我把风帽甩到脑后，抽动鼻子嗅探着吸血鬼的气味。它远远地藏在云杉树丛深深的阴影下，正在睡觉，等待夜晚的来临，因为夜晚时不会有太阳光线灼伤它。在森林和湿地散发出的清新气体的映衬下，很容易就能闻到一股腐败的气味。

如果丹尼尔王子想要看下我的手段，这不是什么难事！

我曼声长歌，低声吟唱着旋律分明的祷文。我微微转头，看到王子和他的士兵们异口同声地发出了赞叹后，双唇不由自主地露出一丝微笑。玛拉们并不是仅仅拥有漂亮的脸蛋，甜美的歌喉也是我们的天赋。我们用甜美的歌喉吟唱召唤祷文，而那些邪祟生物就像被催眠了一样，主动地跑向我们。这能让我们更快地狩猎鬼物，但也有一些副作用……

只有莫洛克才了解这时有多危险，他没有掩饰这一点。他既没有对我的歌喉赞叹，也没有对祷文的旋律好奇，而是紧张地放下了刚刚还抱在胸前的双臂，迅速朝我走了几步。我不假思索地举起一只手，让他留在原地别动。出乎我的意料，他听话地站住了，大概是想给我一次表现的机会。

坦白地说，我冒的风险很大。玛拉施展召唤仪式时，身旁最少要有三个姐妹在场，紧紧站在一起保护着她。不过由于我并非活人，所以不用担心自己的安全。

我继续曼声长歌，又吟唱了几分钟，感受着歌声在胸腔中回荡，感受着空气在肺里进出，声音自动变成了熟悉的词语。

我能感觉鬼物们正一个个醒来。正如我此前所料，并非只有一个吸血鬼听到了我的吟唱。地面上响起了杂沓的脚步声，双脚能感觉到地面的轻微震颤。鸟儿们被怪物惊扰，全都噤声不啼，想要藏进鸟巢里。我吟唱完祷文，甩下身上碍事的法袍。法袍里面只是普通的黑色裤子、衬衫和一件系住了全部扣子的深红色长袍。这身穿着既无法让我抵抗利刃，也无法让我挡住鬼物指甲和利齿的攻击，但起码能让我行动更迅速。我握紧手中的长剑和匕首，后背能感觉到压得所有人都喘不过气来的沉甸甸的期待。我吐出一口气，开始慢慢地默默计数。我会一直数到三十。我能感觉到怪物们跨出的每一步。

十九……

二十……

二十一……

"亲爱的阿加塔，"背后的丹尼尔等得不耐烦了，拖长声音喊了一句。

二十三……

"你要进林子里吗？还是需要什么帮助？"他的声音中透出一丝揶揄。

二十四……

二十五……

第一个鬼物从树荫中钻出,时间比我预想的要早。这是一个长相丑陋的怪物,长得一点儿也不像人,而是像一个恶鬼。它双手双脚细长,指甲尖利,灰色皮肤透出恐怖的绿色,紧紧地裹在骨骼上,嘴里露出尖利的牙齿。当它企图冲向士兵时,我拦住了它的去路。我扭身躲开它尖利的指甲,低头钻到它伸长的胳膊下面,闪到它身后,挥起长剑,砍向它的脖子根部。长剑入肉,锁骨和肌肉断裂时发出了令人作呕的声音。鬼物踉跄了一下,一头栽倒在地。事情发生得太快,甚至没人来得及发出惊呼。但我看到,当王子看到了仰面倒在枯草上的皮肤皱巴巴的吸血鬼时,脸色变得煞白。这只老吸血鬼已经在世上游荡了很久,肮脏的皮肤和仅存的一绺头发看起来确实令人作呕。我弯下身子,想尽快杀死它,借机展示真正的魔法。如果只是用剑把它剁碎的话,那么在场的每个人都可以做到。我用手指触摸吸血鬼的脖子,从里面抽出两条长线。长线闪着光,熠熠生辉,如同浅黄色的金子,连着吸血鬼的脊柱。这是生命线。

这就是我们的特殊天赋。我们可以看到生命线,可以把它拉出,把它加固或扯断。活人身上总共有三条生命线,但活尸身上只有一条,或者有两条断开的生命线。这个吸血鬼身上直到现在还有两条完整的生命线。我把闪亮的生命线抓在手里,就像握着战利品一样,站直了身子。我把生命线拉到最长,让普通人也能看到它们。然后我盯着无比兴奋的王子,迎着他褐色眼睛中闪耀的目光,猛地向上一拉,扯断了生命线。吸血鬼的尸体抽搐起来，然后永远平静下来，生命线也消失了。

扯断生命线的手火辣辣地痛，手掌被勒出了两条深深的割痕，但几乎没有出血，因为我的心脏没有跳动，没有向血管泵入鲜红的血液。我把手攥成拳，把手上的伤口盖住。其实我只要用匕首割断生命线就能杀死吸血鬼，以前姐妹们总是这样做的。但我故意在丹尼尔面前用手扯断了生命线，是想让他知道，如果我想杀他，也可以这么轻松地扯断他的生命线。我本来希望他会害怕，然而他的双眼却燃烧着兴奋的光芒，脸上焕发出开心的微笑，就像一个寻找石英的人突然找到了钻石一样。我还没来得及细细思量，突然又从林子里跳出了一个吸血鬼。我转过身，手里只攥着一把匕首，等着它扑过来。然而怪物对我视而不见，猛地跳到了旁边。我匆忙之下勉强抡起胳膊，把匕首掷进怪物头部。怪物倒在了王子脚下，离他只有两米远。

看来我要给这位王储的胆量打个高分了，因为他并没有被吓得晕过去。他只是向后退了几步，不过脸上的微笑瞬间消失了。

"女神……"我长出了一口气，知道自己失误了。

我和莫洛克交换了一下目光。我看不到他的脸，不清楚他有什么感觉，但我感觉我们两个在想同一件事。我本来指望所有鬼物会攻击我，因为我离林子更近。但我忘了，我本来就是一具活尸。鬼物们渴望的是活人身上滚热的鲜血。我跑近第二个吸血鬼，从它身上拔出匕首，割断了它身上的生命线，这样它再也站不起来了。

"我需要担心自己的安全吗，阿加塔？"王子拖长声音问道。

"瞧您说的，殿下。"我笑得很勉强，"或者您已经决定从最前排退到最后排了？"

他还没来得及回答，又有新的鬼物从林中陆续跑出。不过只有一个吸血鬼和三个幽灵。幽灵更容易对付，它们可能就是被吸血鬼拖到林子里杀死的那些人的灵魂。但莫洛克的行动却让我感到奇怪，他向侧前方走了几步，让鬼物们先看到他，而不是先注意到王子。莫洛克如果愿意的话，大概徒手就能杀死这些鬼物，但他把脸转向我，向我点点头，等着我……我应该去保护他吗？他这样帮忙是为了让我自己对付这些鬼物吗？

也许，这个大块头是有点儿同情我吧？因为我需要向王室证明，我对他们来说还是有点儿作用的，这样他们就不会认为，复活我并非毫无用处的消遣。

当鬼物们已经扑向了他，他仍然头也不回地看着我时，我确认了自己的猜测。如果他这时不是特别危险的话，我肯定已经冲他喊起来，同时用各种讲究的脏话问候他，但现在只勉强来得及跑到他身边，拦住向他伸出了长长手臂的第一只幽灵。对付幽灵很简单，因为它们的身体与常人不同，软软的，像是由极致密的能量构成的。它们能用双手攻击，但更多是触摸活人并让人发疯。对于像我这样的人来说，它们的攻击无效，而我则可以把攥着匕首的手臂直接伸入幽灵体内，割断它们背上的生命线。

我屏住呼吸，不想闻到幽灵身上散发的恶臭。但当我的手穿过它的身体时，胳膊上有一种滑腻腻的感觉。丑陋的尸体外观也让人恶心，让我喉咙里有一种想吐的冲动。幽灵刚刚融化在空气中，吸血鬼就跳向莫洛克，而我只能冒冒失失地跨出一步，用身体挡住了扑向莫洛克的吸血鬼。当鬼物锋利的牙齿咬进我的肩膀,并把肩头咬透,咬碎了一块骨头时,我都来不及惊叫,只是疼得嘴里发出了"咝咝"的声音。我本来以为不会疼痛,但事实并非如此,肩膀疼得几乎和生前一模一样。怪物的指甲插进我的另一个肩膀,然后整个怪物像个硕大的水蛭一样吊在我身上。肮脏丑陋的怪物激起了我心中的熊熊怒火。我把吸血鬼从身上扯下来,扯开了伤口,肩膀也疼得更厉害了。我把吸血鬼抛出,跟着一脚把它踹翻在地,把匕首插进了它的脖子。我很快料理完其他两个幽灵以后,开始检查是否割断了每个鬼物的生命线。幽灵马上融化在空气中,再无任何痕迹,吸血鬼则变成一堆恶臭的骨肉摊在地上。

我停了下来,不停地喘着粗气,知道今天的任务结束了。不会再有鬼物从林子里跑出来了。我使劲向后扭头,检查着受伤的肩膀,看到了被撕坏的衣服和翻卷的伤口,透过伤口可以看到被撕裂的肌肉。肩膀比手掌出血更多,但也没有血流如注。不过伤口一跳一跳地疼,两条胳膊开始变得麻木。莫洛克一脸冷漠地看着我的伤口,以至于我忍不住狠狠瞪了他一眼。

"真是惊心动魄啊!一个人杀死这么多!"丹尼尔王子满意得脸上放光,差不多要鼓掌庆贺了。

我真想把他的匕首插进他褐色的眼睛里,抹去他脸上魅惑人的微笑,但现在只能把匕首物归原主。达利队长带着士兵跑了过来,查看王子是否安然无恙。

"把尸体烧掉。"我吩咐了队长,他则给几个士兵下了命令。

丹尼尔从士兵手里接过我的红色法袍,走到我背后,像绅士那样把它披到我肩上,遮住了上面狰狞的伤口。

"很疼。"我小声地承认。

"应该这样吗？"王子惊讶地看着莫洛克。

"是的。但过两天就好了。"莫洛克的声音低沉、平静，听不出什么情绪。

"怎么回事？我已经……死了啊……我的身体没法自己痊愈。"

莫洛克又把头转向我，我有点后悔提这个问题了。

"我们之间有联系。我的生命力会治好你的伤口，你也是靠着我的生命力才能走路和饶舌。"

我疼得皱紧眉头，闭口不语。我想等伤口抽痛好一点儿，再问他问题，不过最后决定还是不要再考验他的忍耐力。

"您是否满意我的表现，王子？"我的声调很平静，不想表现出对他的鄙视。

"远超预期，亲爱的阿加塔！"他双手温柔地握住我的手掌，"现在该给你收拾一下，把你介绍给父王了。"

第二章

两百二十年前。

"太幸运了!"

"这家人被祝福了!"

"被选中了两次!"

初冬时分。当六名穿着鲜红法袍的玛拉走近这幢房子,准备接纳新姐妹时,房子周围已经站着几个交头接耳的村民。我也在这六人里面。

我们来到这里,是因为一个姐妹一周前因为年老身故了。当我们所有姐妹都感觉到一个新姐妹被选中,可以替下年老的姐妹时,才会发生这种更替。这是我第一次和姐妹们一起迎接大家庭的新成员。

冬天的第一个月已经到来好几天了,初雪却下得出奇地晚。周围景物一直是灰蒙蒙、褐乎乎的色调,大地上覆盖着半腐的落叶和连绵秋雨带来的污秽,但我们刚一上路,就下起了雪。雪下了一整天,又下了一晚上,把整个世界裹进一片银白色里,却让我们的道路变得难以行走。

当我们走进村庄时,已经时过正午。天空中一片蔚蓝,纯净得刺眼。太阳高挂天顶,投下的光线在洁白的雪地上跳动着。当身穿鲜红披风的我们从村民身边走过时,素洁的雪层在我们脚下发出"咔嚓咔嚓"的细响。村民们肃立。我十三岁,在这之前是最小的玛拉。

三年前,十岁零一周的我成了玛拉。所有其他玛拉都是这样。只有十岁的黑发女孩儿才可能表现出这种天赋。

"你高兴吗,阿加塔?"伊琳娜问道,我正抓着她的手。

伊琳娜是我的老师,她负责教导我。她大约七十岁,但看外表最多只有三十岁。玛拉比普通人长寿。我们十九岁之前长得和普通人一样,之后衰老就变得极其缓慢。这是她们告诉我的。所以哪怕是我们中间最老的,已经一百二十三岁的姐妹,看起来也只有五十岁。

伊琳娜和其他玛拉一样,也长着一头乌黑长发,美丽的脸庞上总是挂着亲切的微笑。

"我有点儿心慌。"我小声嘟哝着,"你知道她是什么人吗?"

"不知道。"

"那当你们来找我,把我带走时呢?也不知道吗?"

"我们那时也不知道。你是能感觉到的,那根线……我们大家都能感觉到它，它就好像在召唤我们。"我点头同意，伊琳娜则微笑着。

"我们就顺着那根线去找，直到找到新姐妹。"

"为什么周围会有这些人在说奇怪的话？"我向四周张望着，又嘟哝起来。

我从童年起就不喜欢受到陌生人的过多关注，但现在由于显眼的穿着和特殊的能力总是处于众目睽睽之下。无论我走到哪里，都会被人看到。

"谁知道呢……他们大概是在猜测我们去找谁吧。"老师神秘地一笑。

我们走在最后面，其他姐妹们已经在房子前面停下了脚步。我们没人进屋，因为大家都知道，我们的到来意味着什么。现在女孩儿的父母应该在给她裹上厚厚的衣服，给她准备路上的干粮……在和她告别。和几年前我父母送别我时的情景一模一样。在那之后我再也没有见过他们。

即使我想见他们，也是不可能的，因为他们已经离开了家乡的村庄。这也是神殿的一个规矩。当女孩儿被领走后，她的家人需要搬家。对于刚被接纳的玛拉，这样能打消她们在神殿中生活前几年里偷跑回家的念头，直到她们习惯了新的大家庭。

如果你都不知道父母在哪里，就没法回到他们身边。

村民们也在神选之女的房子周围越聚越多，站在我们身后等待着，饶有兴趣地观望着依然紧闭的屋门。有人在大声猜测，小姑娘会变得多么漂亮。大家都认为，她的皮肤会像牛奶一样雪白光滑，头发会像莫拉娜的秀发一样乌黑。玛拉们的眼睛长得不一样，有各种颜色。不过有人说，莫拉娜女神的眼睛是褐色的，近于黑色。伊琳娜的眼睛是浅褐色的，而基拉的眼睛是绿色的，像是嫩绿青草的颜色，既美丽又清澈明亮。我的眼睛是天蓝色的。妈妈说我的眼睛冷得像冰一样，也像半透明的冰块一样漂亮。

姐妹们默默地站着，耐心地等待这家人准备好。只有我一个人不停地倒换着双脚，想暖和一点儿。我打量着这幢平房前面的小菜园。这幢房子普普通通，和其他房子没什么两样。倾斜的屋顶上铺满了厚厚的一层雪，使得房子的木头墙看起来像黑色的一样。窗户上拉着窗帘，因此无法看到屋里的情况。从壁炉烟囱里冒出了白色浓烟，说明主人在家。当屋门终于打开时，我的双手已经冻僵了。我最后一次向握住的拳头中吹了一口白气，然后抬起眼睛。

"妈妈……"

伊琳娜此前一直握着我的左手，这时她握得更紧了。但当我抽出手来，向前走了几步时，她没有拦阻我。

"阿加塔。"妈妈发现我站在玛拉群里，哽咽着小声叫了一句。

我迟疑地看着站在门口的父亲和母亲。他们也像我一样，不敢向前迈步，不知道这是否被允许。我再次打量房子，不知道是否该相信眼前的这一切。我不明白，怎么会出现这种情况。然后妹妹从他们背后转了出来，穿着皮毛加厚的蓝色冬季长袍。我们从未富有过，更确切地说我们一直很穷。这件长袍尽管看起来很俗气，但大概是妹妹最漂亮的衣服了。蓝色很适合她眼睛的颜色。她的眼睛很像我，只是颜色更深一些，更像是深蓝色的天空。妈妈经常说，我们两个小时候都很漂亮。但我从童年时就知道，她说得不对。妹妹更漂亮，是个真正的美女。她的皮肤真的像牛奶一样洁白光滑，乌黑的秀发永远比我的头发光亮，大眼睛水汪汪的。她一直像个洋娃娃那么漂亮，现在也是这样。

妈妈还在哽咽着，但张开了怀抱，我毫不犹豫地跑到她跟前，拥抱着她和父亲，然后想拉住妹妹，但没有够到她。

"这是真的！"

"这是家里第二个姑娘，也被选中了……"

"多么好的祝福！"我们身后的村民们兴高采烈地交头接耳，大声说着。

我转身看着玛拉姐妹们。她们微笑着，但神情都有些忧伤，表情有些勉强，因为她们更清楚，这对于一个家庭来说是多么悲惨的事情。她们知道，人们谈到祝福时总是兴高采烈，但那是因为祝福没有送到他们家里，没有领走他们的孩子。

我父母的第二个孩子也要被领走了。

我感到一种喜忧参半的矛盾心情。我已经知道了生离死别有多痛苦，知道我的妹妹要学习哪些课程，我们将有什么样的命运。一个人孤孤单单的，没有父母的抚爱，没有未来的爱人，也没有建立家庭的希望。全部生命都用来与怪物搏斗。我不想妹妹也经历这些。但我又觉得现在有人相伴，心底某个角落里有温暖的小火花在不听话地悄悄闪烁。

"安娜。"我向妹妹伸出双臂，她像小时候那样依偎到我身上。

父亲在泪水滑落之前飞快地把它抹掉，妈妈则一边抚摩着我的头发，一边放声痛哭。他们一句话也没向其他玛拉说，因为无论是哀求、请求还是威胁，都无济于事。安娜还是会被带走，哪怕需要把她从父母怀中夺走。

很久以前有些人家曾经尝试摆脱这种命运，把女儿藏了起来，拼命逃走。但结果仍是一样。女孩儿或者自愿被带走，或者从死掉的父母身边被拉走，所以后来再也没人这样尝试。没有一个被选定的女孩儿能够逃走。

但还从来没有在一个家庭中出现一次以上的"祝福"。所以当我再次看向身穿鲜红披风的姐妹们时，我明白了，安娜是与众不同的。

伊琳娜走过来，向我伸出手。我握住她的手，跟着她向前走去，背后拉着妹妹。我觉得正拉着妹妹走向一个新世界，一个她以前只在睡前童话和传说中听到过的新世界，一个对我们来说将要成为现实的新世界，与我们在冬日夜晚围坐在温暖的壁炉旁憧憬的世界完全不一样的现实世界。

第三章

当丹尼尔王子下令去给我找一匹白马时,我忍不住开始咬牙切齿。如果需要的话,让全村人去找,一定要找到,他下了这样的命令。我和他相处越久,就越受不了他这种孩子气的殷勤和对古老童话的沉迷。在我生前,这些童话里的内容有一半是真实的,但根本不像他以为的那样令人惬意。

"我不需要白马,殿……下。"我差不多是在达利队长的凝视和不满的目光之下才挤出了最后一个词,他的目光让我忍不住想告诉他,我看他也很烦。

丹尼尔把头转向我,脸上再次洋溢着微笑。他或者没有发现为什么总会惹我烦躁,或者因为喜欢才特意这样做作。在他的玩笑和恭维背后掩藏着专注的目光,从他这种固执的表现来看,我更倾向于认为是第二种情况。

"哦,不!亲爱的阿加塔,需要白马!这两百年来人们都认为,玛拉们已经都死了……"

"玛拉们是已经都死了。"我插话说。

"……但现在你出现了,身披鲜红的披风,"他没有在意我的插话,接着说道,"骑着白马,长驱直入,作为玛拉的象征进入首都。白色这可是你们的一种代表色,对吧?"

"对,但……"

"那就太好了!"他斩钉截铁地下了结论,转过头,大声命令士兵们继续寻找。

我勉强忍住冲动,没有一脚踹向他的屁股,但随后只看了一眼身旁的莫洛克,怒火马上就熄灭了。他双手抱胸,泥塑木雕般站在那里。他穿的还是那件黑色皮甲和披风,风帽仍然遮住了半张黑色和金黄相间的面具。如果说玛拉通常会让人联想起红色、黑色和白色,那么据说莫洛克的穿戴则只有黑色和金黄色。

尽管幽冥之仆与玛拉或邪祟生物们一样,都是真实存在的,但在我生前,大多数玛拉对莫洛克的印象更像是有关幽灵的传说或恐怖的童话。他们和我们一样,做着同样的活计,也清理那些不得安宁的邪祟生物。但如果说玛拉做事大大方方,是公开的,任何人都可以到神殿来请求帮助,那么没有人会轻易去求助幽冥之仆。据说莫洛克的数量很少,有三个或五个,只有神选之人才知道他们的神殿在哪里,或者他们是否有神殿。经玛拉之手的死亡可以说是仁慈的,因为我们虽然终止了那些鬼物的生命,但留给了它们转生的机会。灵魂最终得以安宁,前往死亡女神之处,被女神送往下一个位格。而经莫洛克之手的死亡则是……彻底终结。没有任何转生，没有新的机会。据说，如果他们愿意的话，可以让灵魂在幽冥之地被永远禁锢。那里没有任何事物，没有任何人，没有气味，没有声音，没有热，也没有冷。只有让人无法摆脱的无尽而且痛苦的虚无。我只要想到这不可设想之地，就恐惧得全身瑟缩。

　　国王们喜欢时不时地拜访玛拉，因为我们可以延长他们的寿命，而莫洛克则有另一种天赋——他们可以唤醒死灵，把它们绑定到自己身上，但一次只能唤醒一个死灵。我暂时还不明白，他们是如何唤醒我的，我可是已经死了两百年了。死亡女神为什么没有召唤我的灵魂？为什么我的躯体得以保存？我死后发生了什么？我暂时不会向周围人提出这么多的问题，只是观察着王子和他的黑暗仆人。我脑子里还有一个谜团——莫洛克为什么要帮助王子？

　　除了这个莫洛克之外，我十七岁时有次还见过另一个莫洛克。那个莫洛克戴着乌鸦面具。我知道，每个莫洛克的面具都不一样，都是量身定做的，施加了某种魔法。但无论是那一次还是现在，我都没有胆量去问面具是如何确定其形状的，与什么能力有关。

　　我回到了自己在旅舍的房间里。我们已经走了一周时间，这是我们进入王国首都前最后的落脚处。一个玛拉还活着并且杀死了几个吸血鬼，这个新闻已经在村舍间广泛流传，传播速度超出了我们的想象。我看到人们迎着我们行进的队伍站在路旁，也听见了人们连声"哎呀"，看到了他们交头接耳。当他们发现队伍中还有一个莫洛克时,马上三三两两地挤到了一起,一眼不眨地盯着他。

丹尼尔知道镣铐对我没有任何意义,而莫洛克可以轻松找出我的踪迹,所以决定不再给我戴上镣铐。但我几乎每分钟都想请他再给我戴上镣铐,因为我现在只能和幽冥之仆同乘一匹马。第一次上马时他从地上拎起我,就像拎起一袋土豆放在自己面前,把我抱在胸前。但当他听到我因为肩膀疼痛而嘴里发出"咝咝"的声音时,他的动作变得轻柔起来。他后来帮我上马时动作更加小心。但最初两天我仍然因为被这个怪物抱着而恐惧得浑身战栗。我到第三天时还没有平静下来,但学会了和他贴身而坐时如何放松身体。

我在旅舍房间里继续收拾着自己的几件东西。丹尼尔王子现在与其说把我看作是被俘获的傀儡,倒不如说看作是期待已久的贵客。真让人觉得讽刺。他送我的那些可爱的礼物,比如在第一个村庄里赠送的骨柄发梳,在另一个村庄里赠送的薰衣草香皂,还有用来替换被吸血鬼撕坏的长袍的新连衣裙,让我有一种翻白眼儿的冲动。然而白送的马不看牙口[1],所有这些礼物我都带着宽容的微笑接受了。这是我唯一能回馈他的东西,因为我很清楚,他今天可以送我礼物,明天可能就想把我送进棺材了。

正如莫洛克说过的那样,我的伤口在一周内愈合了,而且皮肤光泽变得更加鲜活。我终于在一个村子里找到了一面大镜子,想看看我这个活尸到底有多丑陋。总体上来说好于我的预期。

---

[1] 俄罗斯谚语,意思是对别人馈赠的东西不能挑三拣四。——译者注。

我身上只散发着薰衣草的香味，皮肤没有一块块掉落，走路时身体也不会解体，情况甚至还越来越好。随着时间的推移，我越来越像个活人。皮肤上最开始确实有尸斑，但现在皮肤已经变成了苍白色，尽管看起来仍有些不自然。我瘦得厉害，颧骨尖削，让我一下子老了好几岁，尽管我死时才十九岁。不过对于这些问题，莫洛克说慢慢会变好的，时间越久我就越像生前的样子。只有头发和眼睛除外。我曾经长可及腰的乌黑秀发变成了灰色，天蓝色眼睛里蒙上了一层薄膜，颜色变得更浅，也让我的样子有些可怕。

我又向桌上的小镜子投去一瞥，看到了自己在镜中的目光，皱起了眉头。我虽然不像妹妹那样漂亮，但也不想变得这么可怕。

赶路时我明白了，像我这样被绑定在莫洛克身上的活尸，不仅能感觉到疼痛，还会感觉到疲劳。因此我每天晚上都会睡觉。我也呼吸，但更多是按生前的习惯，不确信从生理上来说这是否必要。我的身体好像仍按着以前的记忆在活动。呼吸会随着我身体状况的不同而变得沉重、急促或平静。我不需要吃饭。我感觉不到饥饿，但有时看到食物会回想起它的味道，嘴里也会分泌唾液。莫洛克说，如果我特别想回味某些食物的味道，可以尝一下想吃的饭菜，但食物对我来说不是必需的。最让我不习惯的是胸腔里一直很平静，在心脏应该跳动的位置上一直无声无息。不过我的保护人说，心脏以后会开始跳动的，跳动后我与正常人几乎没有区别，因为血液会使皮肤产生漂亮的光泽。

我从小包里拿出眼影膏涂上了眼影，给苍白的嘴唇涂上了特殊的油彩。这些也是丹尼尔送的礼物。我生前就知道有眼影膏这东西，而嘴唇以前是用果汁来增加光彩的。没有什么会永世不变。人们创造出各种新东西，让自己变得更漂亮。我的脸色看起来好了一点儿，但缺乏生气的眼睛变得更引人注目了。

"我自己都成鬼物了，不知女神会怎么说呢？"我看着镜中的自己，苦笑着说了一句。

"她不会说什么的。你的女神早就对这些不屑一顾了，其他神灵也是如此。"

突然响起的声音让我哆嗦了一下。我没发现，莫洛克正站在房门外。

"你说的是什么意思？"

他只是耸了耸肩，然后挥了下胳膊，命令我从屋子里出来。我们要出发了。我把东西都放进小包里，跟在这位保护人身后出发了。

"到亚拉特市还剩一天的路程，阿加塔。"当莫洛克扶我骑上白马时，丹尼尔微微低下头对我说道。

王子最终还是找到了一匹白马。鲜红的披风配上白马确实让我显得更高贵。如果连这点儿都不敢承认，那就太蠢了。我用手抚摸着马儿雪白的脖子，脸上微笑着。这是一匹漂亮的马儿，鬃毛长长的，马尾像缎子一样丝滑。让人遗憾的是，前面的路泥土松软，会把白马的四条腿弄脏。幸运的是，昨天并没有下雨。

"看来你还是会笑的。"当莫洛克走远时，王子慢慢说道。

我脸上的笑容一下子僵住了。我继续抚摸着白马脖子，转头看向王子。

"我在担心,您可能会爱上我,殿下。"

丹尼尔促狭地笑着。

"如果已经爱上了,你会怎么办呢?"

他的问题出乎我的意料。年轻人一只手插进自己的金发里,心满意足地点点头,看着不知所措的我。他大概在等我回应他,但我一声不吭,有点羞恼于不知该说些什么。我一辈子都在忙于学习、训练、侍奉女神和杀死怪物。玛拉可以约会,可以恋爱,但实际上这些都是镜花水月,因为被莫拉娜选中后无法结婚。大多数玛拉,包括我,都知道这种感情不会有什么结果,所以根本不会开启爱情这扇门。我和王子不同,我在调情和与异性交往这方面经验贫乏。看来在这种上流社会流行的言语和微妙问题的游戏中我还会多次输给他。只是丹尼尔大概没有想到,我由于以往的经历对所谓的王子十分憎恨。我现在想不出什么更机智的反击话语,只能在马上坐直了身子,无视他的问题。

"我就认为你说'同意'了吧。"丹尼尔嘿嘿一笑,朝自己的马走去。

"同意什么?"我只来得及冲他背后喊了一句,但他没有搭理我。

我从鼻子里哼了一声,把胸前的头发甩到衣领后面,戴上了风帽。

第四章

冬天是我和妹妹最喜欢的季节，不光因为我们是被冬季和死亡女神莫拉娜选中的人，还因为在这个季节里整个世界就好像被魔法包裹了起来。我特别喜欢风雪黄昏之后天上挂着一轮银白圆月的夜晚。纯净的白雪在月光下熠熠发光，就好像星星撒满了大地。空气冷得刺骨，冻得鼻子酸酸的，脸颊火辣辣的。

我慢慢呼出一团浓浓的白气，身体缩进用皮毛加厚过的鲜红披风里，小心翼翼地朝森林方向走了几步，穿着高腰皮靴的双脚踩进深度达小腿中部的积雪里。

我皱着眉头，看着安娜在雪地里东奔西跑，摔倒在无人涉足的雪地上，压坏了洁白肃穆的雪被，双手双脚扬起片片飞雪。她开心地大笑着，当雪粒落进她的长袍衣领后又冷得尖声惊叫。我的嘴角不禁露出微笑，但又提心吊胆地看了一眼远处的神殿，马上又把手指放到嘴唇上，冲她"嘘"了一声。

一个多月以前我年满十四岁了，而安娜也在这个冬季到来之前成为玛拉。仲冬之月，最寒冷的月份到来了。大家已经一起欢庆了科尔亚达节[1]，庆祝了新太阳的诞生，这是玛拉们最喜欢的节日。姐妹们走遍附近每个村庄，接受村民的馈赠，巡视周围是否有邪祟生物出现。安娜还太小，没法走远路。我是她姐姐，被留下来照看她。我们心情不好，两人都发了脾气，因为不让我们去巨大的篝火旁跳圆圈舞，不能去村民窗下唱圣歌，没法收到村民们献上的美食。但伊琳娜和大姐基拉都固执己见，所以我们两个只好留了下来。

不过姐妹们到家时已经是暮色沉沉，回来后都很疲惫，因为各处都开始庆祝韦列斯节[2]。人们念诵祷文，祈求那位掌管丰收和牲畜健康的神灵给予保佑。神殿的女执事们放松了对我们的看管，于是安娜恳求我带她出来玩儿会。

"阿加塔，我们走吧！那里有个湖，湖边长着浆果。我们可以去采些蔓越莓，请厨房里的人帮你做莫尔斯果汁[3]！"安娜费劲地从地上爬起，想把黑发上的雪抖落，不过长发已经被雪打湿了。

"不能走那么远的，傻丫头！"我走近妹妹，把她的头发盘起来，免得头发打湿她的脖子，然后给她戴上了风帽。"天色很

---

[1] 斯拉夫民间节日，人们在一年的年底，在圣诞节后、主显节前庆祝这个节日，祭拜太阳，庆祝冬天即将结束，春天就要到来。

[2] 斯拉夫民间节日，人们在这个节日里祭拜家畜的保护神韦列斯。

[3] 俄罗斯传统饮品，非碳酸饮料，由新鲜采摘的浆果（红莓、覆盆子、蔓越莓等）压榨后冷却制成。

晚了。如果我们被逮住，又要受处罚了！你还想去图书馆里打扫那些旧书架吗？"

妹妹可笑地皱着鼻子，她可不喜欢打扫卫生的处罚。当她不听话时，伊琳娜就用这种方式来处罚她，但暂时还没什么效果。

"那里不远啊！我想给你看点儿东西！"

她急不可耐地倒换着双脚，两只蓝汪汪的大眼睛满含期待地看着我。我又回头看了下背后高大的神殿。石头墙壁白天呈现灰色，现在则变得漆黑一片，在白雪皑皑的林间背景下特别显眼，只有几个房间里的蜡烛发出了橘黄色的光芒，所有人几乎都在睡觉。

我把目光投向天空，想找个天色太暗的借口，但月亮皎洁明亮，白雪则让天色更加明亮：在云杉树上落了厚厚一层，反射着银白色的月光，熠熠发光。

"那好，我们走吧。不过要快点儿。"

安娜高兴地蹦跳着，向西北方向冲去，那是塞拉特王国的边境。她顽强地倒换着双腿，在深达膝盖的雪地中跑着。我个子高，比她跑得快，轻松地跟在她后面。我伸出手，抓住她戴着毛线手套的小手，也高兴地笑着。

我们对神殿周围的地形很熟悉，因为她们不让我们走得太远。我们探索过周围地区，所以哪怕有白雪覆盖，也能轻松找到道路。我们走了不到十分钟，安娜就已经气喘吁吁，吭哧吭哧地喘着粗气，表明她走得有多费力。我知道她的想法，让她爬到我背上，想背着她走几分钟。我背起她，双手抱着她的大腿，妹妹马上高兴地晃起了双腿。她紧紧抱着我的脖子，挤得我的风帽掉在身后，露出了黑发。冰冷的空气冻僵了我的后脑和头顶。但安娜把冰凉的小脸儿贴到我的脸上,我又宽容地笑了一下,原谅了妹妹刚才的耍赖行为。

我现在只能听到自己的呼吸声和脚下雪地发出的"咯吱咯吱"的脆响。森林深处偶尔传来一两声猫头鹰的叫声,给夜晚增添了几分魔力。

我们走近湖边。我把妹妹放到地上,和她一起张大嘴巴,欣喜若狂地感叹着面前的美景。我们白天到过这里,但晚上从没来过。我们面前是个小湖,已经冻结成冰,镜子一般的湖面反映着银盘一样的月亮。冰面上细微的裂纹就像是白色和蓝色的纹理。

"那里有蔓越莓!"安娜的叫声吸引了我的注意力。

我马上朝她指的方向走去,想赶紧采完浆果,然后回到温暖的房间里。夜景虽然漂亮,但太冷了,冷到靴子里的脚趾都被冻僵了。

我发现了白雪覆盖下的鲜红浆果,兴奋地打量着一丛丛浆果枝。如果我们多采一点儿,那么不光够煮莫尔斯果汁,还能让厨师给我们做糖粉,甚至可以给我们烤一个浆果馅饼。

"阿加塔,"安娜走近湖边,用脚踢着一个小雪堆,踢起一团团雪沫儿,若有所思地问我,"莫洛克是什么人?"

我困惑地把头转向妹妹,琢磨着她是从哪儿听到这个名字的。我在这里学了一年后,人们才告诉我莫洛克的事。

"他们是幽冥之仆。"我说得很简短。

"幽冥是什么呢?"

"幽冥是个地方,最腐化的灵魂死后被打发去了那里。幽冥也是笼罩着那里的黑暗。"我用手捏了下浆果,浆果被冻得梆硬,这也意味着不会把披风口袋弄得太脏。我没带盛浆果的篮子。

"幽冥是怎么出现的？"

我揪下一颗蔓越莓，塞进了披风口袋里，沉默了一会儿，想着该如何回答。

"有几种传说讲到了这事，但只有那些死了以后遇到女神的人才知道哪种传说是真的。"我含含糊糊地回答。

"阿加塔！你起码要告诉我一种吧！"

"那你以后晚上看到墙上的影子都会被吓得整夜发抖了。"我从鼻子里哼了一声，把脸转向妹妹，她正无所事事地晃动身边的一根松树枝，让松枝上的积雪落下来。

安娜一边不停地晃动松枝，一边继续苦苦哀求，我只能举手投降。

"有很多传说，但流传到现在大多数都不完整了。其中一个最重要的传说讲的是，当莫拉娜女神的影子被亡灵踩过以后，影子站了起来。但最著名的那个传说则认为，是莫拉娜女神自己抓过脚下的阴影，把它割了下来，让它帮着管理那些贪婪、自私和彻底腐化的灵魂。而且幽冥一直追随女神，好像是独立的，但一直陪在我们女神身边。"

当我讲到一半时，妹妹不再有动作，而是认真听着。

"莫洛克是邪祟生物吗？"

"据我所知不是。但连基拉都不知道，他们面具后面藏的是什么，虽然基拉是最年长的玛拉。"我用低沉的声音小声说着。

"雅娜姐姐说，所有人都害怕他们。他们都戴着面具，你不能看到他们的脸，否则会死掉。"安娜不满地发着牢骚。

雅娜说的。当然，她喜欢讲各种恐怖故事。不过对于能亲手杀死各种活尸的玛拉来说，雅娜又能讲出什么恐怖故事呢？不过雅娜还是想到了讲什么恐怖故事，她给妹妹讲了莫洛克的事。

"我不知道这是不是真的。伊琳娜曾经警告过我，遇到莫洛克时最好走开，躲开他们，任何情况下也不要去看他们面具之后的脸。安娜，你遇到他们以后也要这样！如果你看到了莫洛克，按她们说的去做，不要和莫洛克接触。"

我继续往披风口袋里塞着浆果，但忽然又听到妹妹大笑起来。我听到她摔倒的声音后，才转头看了一眼。我一下子全身冰冷，浆果从冻僵的手里掉到了地上。

"快看，阿加塔！我去年冬天看到那些孩子们就是这么玩儿的，就在你来接我之前。他们也教了我一点儿。"

安娜站在冰面上，离岸边已经有十多米远。她一只脚蹬着冰面想要滑行，但一下子摔倒在冰面上。我的心紧张地抽搐着。

"安娜，回来。到我这儿来。"我声音沙哑，听起来就像别人在说话。我让她回来，自己却一动不动，一步也不敢向前迈，就好像是我而不是她站在冰面上。

三年来，姐姐们一直禁止我踏上湖面冰层，因为它永远都不会冻结实，承受不住一个人的重量。或者没人对安娜说过这个，或者她把警告当成了耳旁风。我在心里默默祈祷冰面能承受住妹妹瘦削的身体。

当我看到她站起来后又一屁股摔到冰面上，向着湖心滑走，离岸边和我越来越远时，我全身都在发抖。妹妹则大声笑着。

"安娜，到我这儿来，求你了。"我不停地重复着，尽量放松语气，免得吓到她。如果我走上冰面的话，冰面肯定破裂。

"这里不好滑。"她不满地嘟哝了一声，向我走了几步，但这时我们都听到了冰面上传来"咔嚓"的断裂声。

安娜看着脚下，看到冰面上一道道裂缝像蛇一样蜿蜒伸展。她笨拙地低下头，又向前迈了一步，慢慢的、很小心的一步。冰面上又传来了断裂声，声音在我耳边炸响。当妹妹看向我时，我看到了她眼里的恐惧，看到她的下嘴唇开始颤抖，我的心一下子提到了嗓子眼儿。我飞快地脱下暖和的披风，只穿着薄薄的长袍。

"安娜……跑过来。"我冲她喊道，嗓子好像被堵住了。我很高兴还能喊出来，让妹妹听到我的声音。

妹妹向前冲来，但当她害怕时，行动就会变得特别笨拙。她只走了三步，冰面就"咔嚓"一声裂开了，冰块儿开始移动。巨大的冰块儿斜立起来，被激起的黑水冲上了冰面。安娜滑倒了。我不再等待，飞速跑上冰面，寻找着裂缝之间的空当，跳过冰面裂缝，朝她冲了过去。

先是安娜尖叫着落入黑水中，连脑袋都看不见了，我随后也在离她很近的地方落入水中。我全身被冰水浸透，从嗓子里发出了一声嘶哑的叫声。不过这里的水并不深，只到我脖子根儿。我发现了妹妹的披风，一把抓住它，把妹妹的头拉出水面。妹妹大声哭着，吐出嘴里的水，冻得牙齿直打战，用唯一还能动的那只胳膊拍打着水面，身体其他部分已经冻僵。

我感觉水冷得就像有一千把刀子割开我的身体。我吓得彻底慌了神，只知道拉着妹妹，挪动双腿，艰难地向岸边走去。最后我差不多是把她扔到了坚硬的岸边地上,然后自己手足并用爬到了岸上。

当我脱掉安娜的外衣,把她包进我那件唯一干燥的披风后,十指僵硬得不听使唤。她冻得牙齿打着战,浑身发抖,因为惊吓过度仍在伤心地号啕大哭。我没法安慰她,因为我的牙齿也在不停地打战,身子抖得不比她轻。我的妹妹差点儿死掉,这种恐惧像根绳子一样勒在我脖子上,让我喘不过气来。

伊琳娜教导我,永远不要屈从于恐惧,而是要行动起来,这也是我此刻的想法。我要拼尽全力行动起来。

"安……安……娜,抱……抱住……脖……子。"

我把妹妹背到后背上,向神殿走去,然而双腿不听使唤,膝盖软弱无力,每一步都伴随着钻心的疼痛。安娜按我的吩咐抱着我的脖子,抱得很紧,让我喘不过气来。

我只走了五分钟,就听到自己喉咙中发出了嘶哑的喘息声。我太冷了,手指只能勉强抓住妹妹。当我看到伊琳娜正朝我们跑来时,我开始号啕大哭,哭得比妹妹声音还要大。我看着老师大步跑来,距离越来越近,双腿一软,跪倒在松软的雪地上。

第五章

亚拉特城——阿拉肯王国的首都。

很多年过去了,这个地方已经变得面目全非。根据我的生前记忆,我知道我们在向北方行进。我走在路上时就已发现,出现了几个新村庄,有些道路变宽了,几个林子的边缘位置发生了变化,有些东西则完全消失了。有些路过的地方我还能认出,对其他地方则毫无印象了。不过我很高兴,因为阿拉肯王国仍然存在,亚拉特也仍然是首都,尽管我生前只来过两次:一次是作为玛拉受邀参加新国王的加冕礼,另一次是因为附近林子里出现了邪祟生物。

我们是玛拉,不隶属于任何国家,也不听命于任何国王。神殿所在的森林是我们的领地,位于两个国家——阿拉肯和塞拉特的接壤处。两个国家西面环海，东面通向大陆深处的道路被高耸的山脉截断。没有人会无缘无故前往那里，也从没有人从那里出来。那里大概是大陆尽头，也可能根本无人居住，空无一物。

玛拉们并不关心求助的人是谁。无论是塞拉特人还是阿拉肯人，只要他们有难处，我们都有求必应。但现在我很高兴，因为是阿拉肯的王子把我唤醒的。如果我醒来后发现面前站着的是塞拉特的继承者，我会立刻扭断他的脖子，都不会听他讲完一句话的。

"丹尼尔王子，"我们在路上走了几个小时后，我骑着白马走近这位年轻人，问道，"您为什么对玛拉这么感兴趣？"

"从哪儿说起呢？"他思索着回答，掩饰着脸上的笑容，因为这是我第一次主动找他谈话。

"大概可以从我妈妈死得早说起吧。我妹妹五岁时妈妈就死了。国王……也就是我父亲，没有能力教育我们，所以我的整个童年都是和保姆、妹妹、哥哥尼古拉一起度过的。他晚上喜欢给我们读玛拉和莫洛克的故事。"

"给小孩子读这种童话？这个值得商榷。"我说道。

"确实如此。每个成年人都会这么说的。不过我们只能在关于你们和树妖的故事之间选择。"

"树妖的童话有什么问题吗？"我有些不解地向他转过身。

"阿加塔，你居然提这种问题！树妖是丑陋无比的妖怪啊！"

"当然，有些树妖没有面皮，只长着骷髅头，看起来有些奇怪。不过它们几乎是人畜无害的。"我马上反对说。

"你说那些大家伙人畜无害吗？"丹尼尔瞪大眼睛看着我，

"我可是听说，它们通常有两三米高，头上的角长得像树杈，眼睛里闪着红光。"

"说它们眼冒红光是胡说八道！"我挥了下手，"它们大多没有眼睛，只是在像动物一样的骷髅头上有两个黑洞。"

"那就更棒了！骷髅头上的两个黑洞能比通红的眼睛差多少？"王子挖苦我。

我住口不语，然后小声地笑了起来，这是我这段时间以来第一次笑出声。笑声好像久已被遗忘，陌生得很，大概因此听起来也很勉强，根本不像我生前时那样悦耳。

他说得对。我从小就研究树妖，对它们知之甚详，清楚它们只是林中精灵，庇佑着动物和大自然，却没有想到，对普通人来说，它们的样子可能有点儿吓人。

"好吧，你说得对。"我最后举手投降了，"它们的样子可能是有点儿吓人。"

"有点儿？！"王子反问了一句，不过当我微微一笑，他也咧嘴笑了起来。

"既然树妖的事我们达成一致意见了，那我接着讲。"

我点头，等他接着讲下去。

"我妹妹听什么都无所谓。对她来说，这些都是恐怖故事。而我呢，你也清楚，对于高大的树……精灵的兴趣不大。所以就选择了听你们的故事。有什么能比和女神一样美丽，又能让亡灵安眠的美丽姑娘的故事更让人感兴趣呢？"

"比如从异域来的公主的故事呢？"

丹尼尔对我的挖苦置之不理。

"我没选错！每个故事都让我欣喜若狂，尽管我哥哥明显没想到我会有这种反应，不过他最后也厌倦了一年又一年、翻来覆去地给我讲同样的故事。大多数人都喜欢一个叫希尔维娅的玛拉的传说，喜欢听她为了保护一群孩子而单枪匹马战胜两个恶魔的故事。"

希尔维娅，她的事迹发生在我出生之前很久远的年代。我也听过她的故事，所有人都听过。

恶魔是体型巨大的怪物。单枪匹马杀死一个恶魔就已经很幸运了，两个的话……

"说实话，"丹尼尔接着说道，"我最敬佩的是你和你的姐妹们，最后的玛拉们，特别是当你妹妹那件事发生后你们的做法。"

我只要想起妹妹，所有的快乐都会如烟散去。

"这没什么可敬佩的，王子。"我干巴巴地说，"也没什么浪漫的东西，只有死亡。"

"这对你来说可能只是微不足道的安慰，但我希望你会同意，躺在冰冷的地下怎么也不如在地面上行走。"

我转头看向莫洛克，他骑着黑马跟在后面。他像平时一样坐得笔直，在马上纹丝不动，也不转头，只是凝视着前方。让人怀疑他是不是个活人。

"幽冥之仆出手帮助国王，这是怎么回事？"我向王子倾过身子，尽量低声地问道。

"人们都说，莫洛克会在需要他的地点和时间出现，因此想主动找到他们是徒劳无益的。"丹尼尔神秘兮兮地说，"玛拉消失后曾经有过一个动荡时期，特别是对于普通人来说更是如此。大家都希望莫洛克能接手玛拉的工作，但幽冥之仆在事件发生后也直接消失了。据说他们是由于你们的原因而全部离开了，但谁又知道真正原因是什么呢？"王子也倾过身子继续说道，"要知道，莫洛克本身就不是个好的聊天对象，他们心情抑郁，或者说他们令人厌烦，也可以说是单调无聊吧。"

我努力忍着笑，点头表示同意。

"有人说，幽冥之仆既然是人，这就意味着他们也要吃饭。还有谁比国王付的报酬更多吗？"

"莫洛克为了挣钱而替你们工作？"我有点儿怀疑，尽管也曾听说过莫洛克为国王做完某件事后获得了丰厚报酬的消息。对于玛拉来说，这种做法不太体面。我们从不要求人们支付报酬，他们总是自愿向我们献出礼品。

"他们现在有时被称为幽冥雇佣军。"丹尼尔几乎用耳语一般的声音说道，"有人说，时代不同了，幽冥丢掉了所有的体面。"

我琢磨着他的话，然后失望地摇摇头。

"幽冥从来不曾有过什么可以丢掉的体面。"我们背后响起了十分平静的声音。就连丹尼尔都被吓了一跳，忘了莫洛克就骑着马走在我们身后，可能听到了我们聊天的所有内容，尽管我们的说话声音很小。

我们沉默不语地走了一段路，直到我又提出几个困扰我的问题："塞拉特还有吧？"

"让我们失望了。是的。"王子点点头。

"现在谁在主政？"

"已故国王阿列克谢的小儿子——谢维林·拉斯涅佐夫。"王子若有所思地用一根指头敲着下巴,"应该是由大儿子来统治的。坦白地说,我完全不记得他的名字了,他死时还是个孩子。"

"阿拉肯和塞拉特的关系怎么样?"

丹尼尔把头歪了一下,好奇地看了我一眼。我提出这个问题时声音平静,但如果我以为王子不清楚我对这个问题好奇的原因,那就太蠢了。

"我们在打仗,阿加塔。他们做了那个勾当以后,我的祖辈们无法置之不理。以前战争连绵不断,现在只是时不时有些零星冲突。我们在明面上没有把军队开到战场上,但相互之间密切监视着。如果一方的人越境,另一方就会不假思索地杀死对方。"

我点着头,咬紧牙关,攥紧了手里的缰绳,皮手套发出"咯吱咯吱"的声音。

"不要难过,亲爱的阿加塔。我们到时会把他们从世间抹掉的。我只要活着,就会朝这个目标努力。你要知道,如果我能做到这些……"王子等我把目光投向他后,说道,"那是为你而做的。"

第六章

"安娜,你的连衣裙确实很漂亮,但训练时要穿裤子和衬衫!"

我这已经不是第一次批评妹妹的穿着了,但她总是心不在焉。武器训练和力量训练是她最痛恨的课程。我也不喜欢跑步、俯卧撑和引体向上,但我们的工作并不仅仅是歌颂莫拉娜女神和身披大红披风,穿得漂漂亮亮的。顺便提一下,着装对我们来说确实很重要,关于仪表我们也有很多要求,虽然我觉得这些要求有些奇怪。不过,我无论如何都认为,只有当我们能够杀死那些普通人无法应付的邪祟生物后,人们才会真正重视我们。是的,我们可以看到生命线,能够把它割断。但还要了解战斗知识和掌握战斗技能,这是我们需要不断训练才能获得的经验,与其他技能没有两样。

我理解安娜，我也喜欢漂亮裙子。以前我也想盛装打扮，引人注目。我也想和妹妹一样，只要我们一进城或去村庄，就能收获年轻男子甚至是女人们赞叹的目光。但后来我放弃了这些想法，把更多时间用在钻研剑术上。我常穿的衣服就是紧身裤、衬衫和血红色的长袍，或者是普通长袍，或者是带斜下摆的长袍。男人们通常穿这类衣服，还有几个姐姐也是这样穿着。和我一样，几个姐姐也发现在战斗中和骑马时这样穿着更方便。神殿的女护卫们给我们缝制的衣服式样雅致，如果需要的话，我们甚至可以穿着这些衣服出席宫廷活动。

"如果你会被自己的裙子绊倒，那手里就算拿着剑又有什么用呢？！"

我站在神殿敞亮的走廊里批评着她，每个姐妹和女护卫都能看到我们。她们大概已经听到了我的高声训斥，都远远地绕过了这条走廊。从我十五岁起，姐妹们大多数情况下都让我来照顾妹妹，每个人都尽可能给安娜创造良好的条件。我觉得玛拉的生活对妹妹来说并不轻松，所以总是温柔地照顾她、保护她。

安娜看上去是个脆弱、娇嫩的姑娘。她长匕首用得不错，但使用普通长剑与敌手对抗时，几分钟后就拿不住剑了。当她每次辩解说自己喘不上气来，没法像别人跑得那么快时，我都相信她。当她因为错过训练而道歉，保证再也不犯这样的错误时，我也相信她。

我一直相信她，直到有一天明白她这是任性胡闹。

妹妹很快就发现，她能凭借洋娃娃一样的脸蛋儿操纵人心，获得想要的东西。即便是那些年长的玛拉看到她后也会心软，如果不是把她当成妹妹，也是当成了女儿。我知道她这样做并非出于恶意，只是出于自私的念头，不想做不喜欢的事情罢了。

再过一个月安娜就十七岁了。尽管她把所有课本知识都背得烂熟，读书也很刻苦，但在真正的战斗中却无法保护自己。这里面多多少少也有我的过错。我愚蠢地娇惯她，给自己挖了个大坑，半年前就掉进了这个坑里。

那天有四个玛拉，包括我和安娜，动身去处理在一个湖里发现的溺水鬼。附近村庄的居民说在那里看到了两个活尸，但实际上却有四个活尸。

溺水鬼看起来让人恶心，但并不像林子里的吸血鬼那样行动敏捷，但安娜仍无法应付这些溺水鬼。她哪怕已经接受了多年训练，也只会笨手笨脚地挥舞长剑。值得庆幸的是，当溺水鬼快要抓住她时，我及时发现了情况。本来只要砍掉溺水鬼的头就可以，但我已经来不及了，只能一把推开妹妹，而活尸则把朽烂的牙齿咬进了我的胳膊里，拼命把我向湖里拖去。如果不是雅娜姐姐及时救回了我，我那天就被淹死在湖里了。

从那天开始，我努力变得严厉起来，只要妹妹犯了错，我就会批评她，不再迁就她的任性行为。每次当伊琳娜笑着说我变得爱唠叨时，我只能长叹一声。我不喜欢总批评她，但现在没别的办法。

安娜继续一脸羞愧地看着石头地板，用手拉扯着连衣裙袖子。连衣裙是红色的，有黑色束腰，袖子长长的。但我现在不会被她这种内疚表情欺骗了。

"安娜！"

"姐姐。"妹妹无精打采地拖长声音喊了一声，抬起蓝眼睛看着我，当她意识到伪装已经毫无作用时，可怜巴巴的表情马上不见了。

"你是知道的，这不是我想要的生活。我很努力，真的！你也知道，我已经记住了每个怪物，记住了怎么对付它们。"

"我知道，但……"

"我只是，只是武器用得不顺手。阿加塔，我不像你那么强壮。我也想练好剑术，但我办不到。"

"我的能力并不在于什么特殊天赋，就是每天从不间断地苦练，你是知道的。"

安娜无法反驳，只能执拗地闭住嘴巴。我们之间已经不止一次这样谈过了。我深吸一口气，然后慢慢吐出，努力压抑着心里的怒火。然后我双手按住妹妹的肩膀，让她抬头看着我。

"安娜，我爱你，也清楚你的性格。如果我能办到的话，我会送你回家，让你摆脱这种命运，但我没有办法……"

妹妹嘴角耷拉下来，她也知道这一点，却总无法接受。她还像最初几年那样，愚蠢地希望我能帮她摆脱成为玛拉的命运，但没人能办到。

"其他姐姐也发现我管不了你。我相信她们马上会把你从我身边领走，会有其他姐姐来检查你的课程。你真想这样吗？"

"不想。"

"那你就换衣服，去上课。"我点头说道。

"对不起，这是最后一次了。"

又是一个最后一次。

"你能保证吗?"

"我保证。"她懊悔地嘟哝着,使劲地拥抱着我。

我也回应她,拥抱着她,抚摸着她的后背和丝滑的黑色秀发安慰她,但马上又把她推开。

"安娜,你的连衣裙是从哪儿来的?"

妹妹看起来有些惊慌,我有点儿不高兴。我看出她想挣脱,不想回答这个问题。我用力抓住她的肩膀,不让她跑开。

"安娜!"我又不满地叫了一声。

"我买的。"她嘟哝着,声音听起来很不自信。

"妹妹,我们没这么多钱。这是什么?是塞拉特丝绸吧?"我用手摸了下裙袖的布料,忍不住惊叫了一声,"这可是贵得要命啊!"

妹妹抓住我愣神的机会猛地转身,从我手中挣脱开,跑到了几步远的白色石墙下面。

"阿加塔,你千万别发火,这是别人送我的礼物。"她又露出那种可怜巴巴的笑容。我每次看到这种表情心都会融化,但这次不会,现在不会。

"谁这么有钱,会送你这样的礼物?"我有些吃惊。

"我……这个不重要……"

"安娜,这个很重要!"我抓住她的胳膊肘,不让她突然跑开。

她现在比我矮半头,看起来娇弱无力,但她是个小滑头,跑起来飞快。但遗憾的是,她任何时候都可能跑掉,但恰恰在最需要的时候不知道如何逃跑。

"是男人给的吗?"

她咬住了下嘴唇，这个儿时的习惯让她不打自招。

"这不可能！你！你怎么会……"我猛吸一口气，结结巴巴地说不出话来。

我飞快地回头看了一眼走廊上的其他人，拖着妹妹走进旁边的一个小房间里。安娜没有反抗，顺从地提着崭新的裙子，挪动双腿跟着我。我先环顾了一下这间小书房，确认这里没其他人，就把房门关上了。这里光线昏暗，灰尘有些呛人，但我没心思理会这些，而是双手叉腰站在门口，挡住了妹妹。

"他是谁？！"

安娜甩了下袖子，伤心地长叹一声。

"他叫阿里安，是塞拉特的王子。"

从我的喉咙里发出了一声失望的呻吟。

"安娜，你是知道的，这不会有什么结果的，而且他还是王子……"

"这我知道，我不可能有丈夫的。"安娜突然顶起了嘴。

我几乎说不出话来了，这是妹妹第一次这么强硬地和我说话。我其实不知道，她的性格恰恰就是这样的。妹妹看到我不知所措后，双肩耷拉下来，脑袋也懊悔地低了下去。

"我知道。"妹妹又重复了一句，"但如果我能得到一点点爱情，那又有什么坏处呢？这个又不是被禁止……"

"问题并不在于禁止不禁止，安娜。他是王子，政治之路永远刀丛林立。如果有人知道你的事，你可能会有危险。国王说不定会突然认为，和玛拉的关系会让他的家庭蒙羞……"

我浑身疲惫，伸手把雕花木椅上的灰尘拂去，坐在上面。安娜走到我身前，我伸出双手，抓住她的手。

"妹妹，我才十九岁。我在战场上或森林里可以保护你，帮你对付死灵，但我无论如何也没法帮你跨过那些政治把戏的泥潭，更没法保证你不在爱情中受伤。如果你真的爱他，那么等你们分手时，你肯定会心碎的。他爱你吗？"

"是的。"妹妹回答得很认真。

"你爱他吗？"

"我也爱他。"

"安娜……"

妹妹微笑着，开始用手抚摸我的头发。我的头发不像她的那样光彩照人，不过也像夜晚的森林一样乌黑。

"别担心我，阿加塔。我从来没有像现在这样幸福过。你要是能看到他微笑的样子该有多好啊。是那么迷人！头发就像金黄色的小麦，摸上去比塞拉特丝绸还要舒服！我以前从没见过……"

她双唇绽放，微笑中洋溢着憧憬，我的双唇则拧成一丝苦笑。我已经不知道是要冲妹妹发火，还是为她担心，还是羡慕她轻轻松松、水到渠成地找到了她想要的东西。她现在邂逅了爱情，而且两情相悦，尽管可能是转瞬即逝的爱情，而我除了父母的疼爱之外，不可能遭遇爱情，而且连父母的疼爱也被我慢慢遗忘，变得越来越模糊。

"好吧，妹妹，那按你的想法去做吧。我不会拦着你的幸福，也不再劝阻你。我也办不到。"

安娜兴奋得全身发抖，脸上漾出幸福的笑容。她如果不是被我拉着手,会高兴地转起圈来。但我抓住她的手,让她看着我。

"不过我想让你把他介绍给我看一下。"

"你不会威胁他吧?"她一动不动地看着我。

"可能吧,只是稍微吓唬一下。"我一本正经地说道。当看到妹妹相信了我的话,脸慢慢拉长时,我笑了起来。

"还有一点,我有个条件。"我又严肃起来。

"不……"她哀怨地反对着。

"如果你能正常、用心地训练,那我会对姐姐们守口如瓶。"

安娜中了招,不情愿、粗重地喘着气。我微笑着,尽量不表现得那么阴险。

"好吧!好!我同意,我保证。"她终于投降了。

"你居然一下子就同意了,他大概真的很帅吧。"

当妹妹举手要拍打我的后脑勺时,我一边笑着,一边躲开了她的手。

第七章

亚拉特城比以前大了很多。

当我们登上最后一道山丘，看清了脚下绵延伸展的城市后，这是浮现在我脑海中的第一个念头。城市坐落在阿拉肯王国西北部的平原上。我环顾四周，发现只要再过上二三十年，首都就会把附近港湾的一个港口小城包围起来。厚重的乌云遮住了阳光，城市显得有些阴郁。尽管神庙高耸的塔尖刺破天空，王宫宫殿也装饰得金碧辉煌，但因为没有阳光照耀，城市仍然显现出不正常的暗淡色调。我们离城市还很远，房子看起来像玩具一样袖珍，只有矗立城中的王宫最显眼。王宫只有几层高，但绵延错落，占地很广，而与宫殿毗邻的广场哪怕从这里看起来都很宽阔。

我习惯了住在相对偏僻的神殿里,从不喜欢大城市,更不用说王国首都了。我只去过塞拉特王国首都一次,但那次是飞快地穿城而过,行色匆匆,除了镶嵌着灰色大理石的阴郁的王宫主殿外,根本没注意到其他东西。我也来过亚拉特城几次,不能说那几次首都之行给我留下了愉快的记忆,但我相信这次将是最糟糕的一次。

我把目光投向远处蔚蓝色寂静的港湾。港湾里永远波平如镜,因为港湾外面有三个小岛。从大海涌来的巨浪被三个小岛撞碎,变成了港湾中的静静水流。

"很漂亮,是吧?"丹尼尔走近我,莫洛克站在落后他几步远的地方。

他们还是像以前一样不信任我,不过他们这样做也是对的。然而哪怕让沉默寡言的莫洛克在我身边转来转去,也比达利队长待在我身边要好。他每次听到我和王子的谈话后,都会因为我对他的殿下不够尊敬而对我恶语相加。

"谁?亚拉特城吗?"

"是的。"

我吸入一口咸湿的空气,拉紧了红色披风。

"城市还行吧。"我干巴巴地回了一句,转身走开。但当我从莫洛克身边走过时,我发誓,我听到他冷哼了一声。我有些奇怪地抬头看了他一眼,但没敢提问。

"我居然被丛恩复活了最桀骜不驯的玛拉。"丹尼尔冲我后背大声地呵呵一笑。

我们傍晚才赶到目的地。太阳完全隐没在地平线以下，天空迅速变暗。我们骑着马不紧不慢地行进在首都的街上。我从容地左右打量，发现两百多年来人们的变化很大。

在我生前，哪怕是首都的房子也都是木头建筑，而现在到处是石头房子，都不低于两层，有时甚至是三层楼。普通居民楼正面的窗户上至少都装饰着雕花的贴脸。稍微富裕一点儿的人家楼房上则有雕塑装饰。以前只有城市主路是石砌的，现在大多数道路铺上了石板，这样哪怕是刚下过雨走路都很省力。

小贩们收工打烊，在黄昏的暗淡光线下给货架车铺着苫布。市民们急着回家，看到我们中间的莫洛克后，更是加快了脚步或直接躲进了附近的巷子里，想绕路远离幽冥之仆。我饶有兴趣地低头打量着街上的设施，这是人们为了延长城市夜生活而发明的东西。街道和中心广场上燃起了许多蜡烛灯笼，也有人把火把插到特制的金属架子上。火光照亮了道路和建筑物，马儿在街上行走时不会磕磕绊绊。

阿拉肯王宫主殿前的广场上铺着大块石板，我们骑着马走得很轻松。空气中回荡着"咔嗒咔嗒"的马蹄声。首都王宫的主殿绵延很长，但左右完全对称，被漆成了两种颜色：白色和土黄色。宫殿墙上装饰着大量镀金、壁柱和涡形雕饰。宫殿建筑多为三层结构，但中央和四周的部分较高。如果宫殿背面还保留着以前的建筑，应该是占地很广的几个花园。

我兴味索然地打量着宫殿正面，沿着宽阔的台阶向上走向宫殿入口。宫殿有些变化，新建了一些配楼，增加了很多装饰，而之前根本没有镀金装饰。墙上的神雀标志闪闪发亮，最为引人注目，这是阿拉肯王国的象征。城里每面大红底色的旗帜上都有一只金光闪闪、鲜艳夺目的神雀。然而城市尽管装饰得富丽堂皇，奢华至极，对我却没有任何触动。我从未感到自己对财富的渴望，现在任何王室都让我觉得恶心，让我觉得喉咙堵得慌。

"你们要用锁链拉着我去见国王吗，殿下？"当我们走近入口时，我问丹尼尔。

我们进城前，他们又给我戴上了手铐。解释说这是因为其他人还没见过我，这么做是为了避免吓到首都市民和王宫里的人。

"首都街上可不是每天都有被唤醒的玛拉在走路，不少人认为她们只存在于神话中，或者是被杜撰出来的。"王子那时一边检查我的手铐，一边有些抱歉地耸耸肩。

"真的吗？我差点儿以为复活死人是殿下您每天的消遣呢。"我冷哼了一声。

"如果每个死人都像你这么漂亮，那我会考虑要不要把这作为一个主业来经营。"他呵呵一笑，又在新一轮的言语交锋中获胜了。

这次虽然只是戴上了手铐，但又让我一下子回到了现实中，提醒我，我是他们手里的木偶，丹尼尔是操纵者，其他人则是我的看守。我应该经常提醒自己。

于是我现在把手铐伸到了王子鼻子底下，看他是否会把我，把戴着手铐、穿着泥污披风的我像个战利品一样扔到他父亲脚下，强迫我双膝着地跪拜国王，或者强迫我干点儿别的什么。

丹尼尔若有所思地打量着我。

"我们尊贵的玛拉会不会给我们带来一点儿意外呢?"他问莫洛克。

"不至于。不过要是我的话,会在进宫后安排一个侍卫看着她。安排可以信任的侍卫。"

"是啊……"王子继续若有所思,而我在寒冷的秋风中瑟缩着,目光在两个男人身上转来转去。我不在意他们如何决定,只要快一点儿决定就好。

"好,莫洛克。你可以走了。"王子说。大块头只是点点头,就一言不发地逐级而下,然后拉着他的马和我的马,沿着宫殿外墙走了,大概是去了马厩。我有些失神地看着他走远,明白他不会和我们一起进宫了。我感到有些莫名的不安。莫洛克尽管让我害怕,但在我们的旅行中,我已经习惯于他的存在。而且他和我一样拥有类似的法力,也不属于这个世界。我现在又孤单单的一个人留在了陌生人当中。

我刚跨过门槛,走过巨大的木门,曾经的记忆就如潮水般涌向我,让我想起了自己如何在另一座宫殿里穿过装饰得富丽堂皇的走廊,粉碎了经过的一切障碍。走廊里的天花板高高在上,装饰着金色植物图案的沉重大门紧闭着,这是我复仇道路上最后的障碍,也是我无法克服的障碍。我胸中的怒火和恐惧交织着,让我觉得喉咙里像是塞了块东西。

我们进宫以后,直接进入了一个不大的前厅。前厅左边的门关着,右边和前面是由许多并列的房间组成的穿廊。前面靠右的位置上有一个通向二楼的大理石楼梯。楼梯很宽,铺着红地毯。

我偷偷打量着墙壁。从墙根到天花板，整面墙都装饰着红色和金色的图案，还夹杂着一些银色的装饰元素；墙上和门洞里的半柱上都装饰着金色的枝蔓图案。我抬头打量装饰着各种雕塑的天花板——巨大的镀金吊灯尽管安在高高的天花板上，仍给人一种压迫感。所有的东西都十分贵重、庞大。

"你说得对，阿加塔。不能就这么拖着你去见父亲。我们走。"

我跟着王子走上二楼，向右转，进入了一个走廊。这里没有窗户，光线有些暗淡，不过墙上烛台里的蜡烛撒下了明亮的光线，走廊里所有的东西都清晰可见。我们快要走到走廊尽头时，丹尼尔在一个雕花木门前停下了脚步。这个门和我们刚刚走过的五个木门没什么两样。

"这以后是你的房间。"

我还没来得及说什么，他就打开了房门。我不由自主地眯起了眼睛，想象着房间可能会像个囚室，只是闪耀着奇异的金色和各种装饰图案。但我很幸运，房间里的陈设很简单，整体为恬静的绿色调，带有少许的金色装饰。

"没有红色的吗？"我挑了下眉毛，看着丹尼尔。

"请原谅，阿加塔。"他讥讽地微微一笑，"我来不及专门为你建一个房间。你的红色物品都在衣柜里，我给你安排几个侍女，她们会帮你洗澡和换衣服。我一小时后回来。"

他犹豫了一下，最后还是取下了我的手铐。他甚至还点点头，不过这个头就好像是给他自己点的一样："只是请你不要吓唬侍女，不要跟她们说你实际上已经死了。"

"我可做不到自己拧下脑袋，再把它夹到腋下。"我想起了那些有关玛拉的无稽之谈，翻了下白眼儿。

王子对我报以怀疑的眼神，斜睨了我一眼，转身离开，我也可以好好看下房间了。房间不大，但正对着门的墙上有两个从地板到天花板的落地窗——我喜欢光线明亮的房间。房间里只有一张软床，上面挂着帐子，还有一个梳妆台和一个柜子。只是房间天花板上安的也是硕大的水晶吊灯，我总是绕着它走，担心它会突然在重力的作用下掉下来，砸到我身上。我小心翼翼地打开柜子，担心会看到某些毛骨悚然的东西。我的担心并不是多余的：丹尼尔过于热衷玛拉的传说了。我在衣柜里找到了几件新披风和法袍、连衣裙、裤子和衬衫，这些衣服毫无例外都是红色、白色和黑色的。我关上柜门，觉得一定要告诉王子，如果我穿上其他颜色的衣服，身上是不会着火的。他大概认为，其他颜色的衣服会让我直接死掉吧。

王子给我派来了两个漂亮侍女——英娜和玛丽娜，她们帮我洗澡和打扮。我不习惯于这种照顾，因此打算谢绝她们的任何帮助，说自己能搞定。姑娘们对此只是温柔地笑着，直接忽略了我的请求，继续帮我收拾。丹尼尔大概没有告诉她们我是什么人，所以她们没提什么问题，没有回避我，也不害怕我。尽管我还是试图向她们争取一个人洗澡的权利。

"女士，您后背上有个奇怪的斑块儿，要不要叫御医来？"玛丽娜一边帮我拉上紧身胸衣，一边问道。

英娜走近我，也端详着我的后背。

"也许该穿另一套连衣裙？"她向英娜建议。

"不行，殿下命令穿这套。"玛丽娜沉思了一下说道。

"殿下命令我穿这件露出肩膀的连衣裙吗?"我向姑娘们转过身,恼火地问道。她们发窘地低下头。

连衣裙非常漂亮,颜色是比常见的大红色偏深的色调。下摆和很长的宽大袖子上绣着金线和花边儿,紧身胸衣上缀满了珍珠和红宝石。我不记得自己什么时候穿过这么贵重和裸露的衣服。按我的穿衣品位,这件连衣裙的领口至少低了一厘米,而双肩则完全裸露。我不习惯于这样裸露,因此总想把裸露部分遮盖起来。王子想把我当成一个贵重的玩偶推到大家面前,居然还下令我按他的品位穿衣打扮。我正满腔怒火时,英娜用手指轻轻碰了一下我后背的皮肤。我哆嗦了一下,注意力一下子转移了。

"请原谅,女士。这个斑块儿有点……"

"那里怎么了?"

我把后背转向镜子,想看清后背肩胛骨位置上的那块深色的、几乎是纯黑的印迹。印迹看起来像个手掌,虽然模模糊糊的。这是幽冥的触摸,是把我和莫洛克联系起来的标记。他触摸了这里,才复活了我。我想到了这些,身体就要瑟缩起来。我努力振作起来,冲侍女们微微一笑。

"这是我身上一块莫名其妙的胎记,不用管它。可以用头发把它盖起来,只要把头发披散开就可以了。"

看得出姑娘们并不是很相信我,但也没再接着问。她们按我要求的样式把头发梳开,披散在后背上。然后她们给我涂了眼影,用香粉和特殊油彩装点了脸色和双唇。化妆台上摆满了各式各样的盒子和罐子,其中大部分东西我都不知道用途,所以都不敢碰。两个姑娘信心满满地给我化着妆,根据我的衣服选配了合适的颜色。我最后看了一眼镜子，一下子喜欢上了镜中的自己。

"您太美了！"玛丽娜笑得满面春风。

"这全靠你们了。谢谢你们！"

"不，您本身就很漂亮，丹尼尔王子殿下肯定会称赞您的。"

"殿下倒是可能称赞自己……"我看到两人一脸困惑，马上闭住嘴，露出礼貌的微笑说道，"当然，他会喜欢的。"

我已经明白了，他喜欢收藏各种漂亮玩具，大概认为我也是他的藏品吧。

我刚想到他，门就打开了，不过走进来的并非王子，而是四个侍卫。

"请原谅，我们接到命令送您去主厅。"

派了四个全副武装的男人来对付我一个人，而我手里甚至连一根尖头的发簪都没有。丹尼尔大概认为我可以用梳子杀人吧？

我心存侥幸地瞟了一眼化妆台，却郁闷地发现，就连发梳都是圆角的，没有棱角。

"带路吧。"我重重地叹了口气，提起裙子，跟着两名侍卫走出房间，另外两名侍卫跟在我身后。

我们走到主厅前至少花了五分钟时间。主厅也位于二层，不过我们是朝着宫殿另一个方向，沿着走廊弯弯绕绕地走的，因此我很快就转了向。当一名侍卫推开前面明亮的殿门，无声地邀请我进入大厅时，我挺直了身子，循规蹈矩地把双手放在腹前，走进了大厅。大厅里的人们在小声谈话，我的高跟鞋"嗒嗒"地踏在光亮如镜的木地板上，声音显得格外清脆。我本以为会在这里遇到一大群人，但这里几乎空无一人。

主厅是一个高大、宽敞的房间，我相信这里是举行舞会和节日活动的地方。墙上装饰着各种雕塑，闪耀着金光。天花板上装饰着壁画，到处都是金色的烛台，明亮的烛光使得金饰更加灿烂夺目。右边的整面墙上布满了巨大的窗户，几乎每隔一米就是一个窗户。这里白天大概会很明亮，但现在是晚上，窗户上拉着半透明的窗帘，不知道窗户朝向哪里。

我注意到大厅右侧墙边有一张摆满了晚餐的桌子。对面的左侧墙边则有一个不大的高台，上面摆放着一个巨大、富丽堂皇的王座，上面坐着德米特里·拉赫马诺夫——阿拉肯的现任国王。你一眼就能看出，统治王国的操劳已经严重损害了他的健康，他已经时日无多。他曾经金黄的头发、浓密的络腮胡须和唇髭几乎全白了。无论他如何掩饰，都能猜到他已经开始谢顶，并且正向鬓角方向发展。他身上的红色绣金制服显得很宽松，说明他最近瘦了很多，这些让他显得更年迈了。他浅褐色的眼睛像是蒙上了雾霭，正百无聊赖地把脑袋靠在拳头上，胳膊肘挂在王座扶手上，所有这些都说明他极度劳累和困倦。大王座周围摆放着三个漂亮的小王座，大概是他的继任者的座位。离国王最近的小王座上坐着一位穿淡粉色连衣裙的年轻漂亮的姑娘。她的浅色秀发卷曲蓬松，编成了一条松散的辫子，而脸旁的短发让她显得更加迷人。王座另一边稍远处站着丹尼尔王子，他正和身边一个黑发年轻男子起劲儿地说着什么。和我一样，王子回来后也换了衣服，穿上了一件深红色新制服。和他谈话的人穿着一件普通的黑色长袍。他们个子一样高，体型相似，不过这也是他们在外形上唯一相似的地方，而在其他方面则截然相反。

"哥哥！"当我走进大厅，走向他们时，姑娘第一个注意到了我，从座位上站了起来，而丹尼尔谈话太投入，以至于没有立刻发现我走进来。

王子和他的谈话者转头看我。刚才和王子谈话的黑发年轻人长着一双绿色眼睛。当他用审视的目光从脚到头打量我时，我才看清了他的绿色眼睛。他随后拍了下丹尼尔的肩膀，就走向房间后面，最后消失在王座阴影下的某个位置里。王子对他走开没太在意，因为他在认真地打量我的衣服。我希望他不会只盯着我的领口。

我把目光转向国王。他眨了几下眼睛，最终把目光聚焦到了我身上，然后他站了起来。他站得笔直，高傲地昂着头颅。我很高兴，因为他还算是个有主见的人。你很难和一个意志薄弱的老人谈出什么结果。我看了所有在场的人，没有发现大王子尼古拉。

丹尼尔从高台上向我走下来，但我抬了抬手，让他回到自己座位上。玛拉虽然生活在与世隔绝的偏僻之乡，但都学过宫廷礼仪，因此我轻盈优雅地向国王行了屈膝礼，国王赞赏地点点头。丹尼尔一脸惊讶地看着我，然后回到了高台上，站在自己座位旁挨着父亲的位置上。当他们站在一起时，我一下子就看出了他们有着相同的血缘和相似的面庞，三个人都长着金发和浅褐色的眼睛。

"玛拉，欢迎你来到亚拉特。"国王先开了腔。

"谢谢您，陛下！"

"我得承认，当我的儿子提议复活你时，我心里是反对的，后来则彻底怀疑是否可能。但当所有尝试都彻底失败以后，我只能重新考虑这个方案。"

国王和他的继任者们坐了下来，我则继续站在高台下面的台阶旁。我直到现在都不清楚，他们为什么要唤醒我。如果仅仅是请我杀死几个吸血鬼，纯粹是小题大做。因此尽管国王停顿了一下，希望我能有所反应，但我仍一言不发。

"好吧。你已经认识了我的儿子丹尼尔。这是，"他指了指身旁的姑娘，"我的女儿——叶列娜。"

"很高兴认识您，公主。"我向她微微低头。

"我也很高兴，玛拉。或者应该叫你阿加塔，是吧？"她的嗓音悦耳。公主大概就应该有这样的嗓音吧。"哥哥经常提到你。应该说，我很惊喜和高兴，你长得太漂亮了。"

"您以为看到的会是正在腐烂的尸体吗？"

"瞧你说的，只是……嗯……我想，可能……"

"这没什么。我第一次照镜子时，也以为会看到身体腐烂的痕迹。当我在身上没看到这些时，殿下，我比您还要吃惊。"

公主有些不好意思，点了点头。我把目光转回国王德米特里身上，他看起来越来越疲惫，所以我决定不再客套，想尽快结束这场对话，而且我自己也累了。

"这一切听上去很迷人。但您的儿子直到现在也没有告诉我，让我来这里的真正原因是什么？"

德米特里向丹尼尔投去探询的目光，然后又把头转向我。

"是因为我的大儿子——尼古拉。他一个月前中毒了。"

"他死了吗？"我感觉大厅里一片寂静，沉默了一会儿才问道。

"感谢众神，还没有。尼古拉是我的第一顺位继承人。我一辈子都在培养他、教育他，想扶植起一位强大的执政者，让他在我死后能继续振兴阿拉肯，在结束和塞拉特的无尽战争和冲突之后能重振王国昔日荣光，结束这纷争的局面。但如果他死掉的话，我的心血就白费了。"

这么说，国王和尼古拉王子反对与邻国之间旷日持久的战争。国王的声音变得愤怒起来，我飞快地瞥了一眼丹尼尔。虽然国王并不把他看作是合格的王位继承人，但从他的表情看来，父亲的话对他根本没什么触动。王子疲惫地打量着大厅里的陈设，叶列娜公主仍看着我，矜持地微笑着。

"您是想和塞拉特订立停战协议吗？"

"什么？"国王有些困惑地眨着眼睛。

"停战，和塞拉特。您是计划这个吗？"我咬着牙，一字一顿地重复刚才的问题。

"现在不会有任何停战了，玛拉！将来也不会有！我尝试过停战。"德米特里失望地举起双手，"我曾经和阿列克谢·拉斯涅佐夫达成协议，让叶列娜和他儿子联姻。但遗憾的是，阿列克谢死了。而那个小子，那个谢维林，娶了别人，践踏了我们的契约！"

我闭紧双唇，看到叶列娜微微撇了一下嘴。

"但是你告诉我，玛拉！如果我连这都原谅了他，算不算宽宏大量？"国王把拳头压在王座扶手上，嗓音越来越高。

我知道德米特里这不是冲我发火，因此身体没有一丝颤抖，他只是恼怒于那个谢维林的所作所为。国王说这话时甚至没有看我，而是越过我头顶看着远方。

"我对您的宽宏大量深信不疑，陛下。"

"我还向他提议，如果他能放弃自己的未婚妻，娶叶列娜，那么我可以停战！我给了他第二次机会，而他居然拒绝了。你知道他是怎么解释的吗，这个黄口小儿？"国王向前倾下身子，轻蔑地从嘴里吐出最后一个词。

"我不知道，陛下。"

"他说，他爱上了别人！"德米特里又放下了拳头，突然提高了嗓门，以至于叶列娜哆嗦了一下，甚至想把身体蜷缩起来。

我仍然继续观察着每个人的反应。我发现，丹尼尔虽然假装没有认真倾听，但他的嘴唇仍然抿成了一条细线，褐色的眼睛变得冰冷，拒人于千里之外。我察觉到王室成员背后远处的阴影中有人闪了一下，于是转头看了一眼。这是刚才和丹尼尔谈话的那个黑发年轻人。当谈话内容变得如此微妙时，他仍留在此地，似乎说明王子很信任他。

"这对您来说不正好合适吗，陛下？"我问道。

"什么？"国王再次惊讶于我的率直。

"拉斯涅佐夫家族的人身体里流淌着背叛者的血液，没有人比我更清楚。"我抬起头，执着地凝视着国王的眼睛，"根本不值得把公主许配给他们。他们说的话一钱不值，您自己也亲身验证了这事。您计划和他们签署停战协定，给尼古拉一个安稳的王座。但您怎么会认为，通过联姻建立的纽带能阻止这个谢维林突然攻击阿拉肯呢？如果婚礼最后举行了，情况可能会更糟糕。他们总会找到借口，通过叶列娜对尼古拉施加压力。"

"他应该不敢的。"德米特里反驳的声音并不是很自信。

我歪着头，冷冷地笑着。

"我曾经也认为塞拉特的王子是这样的。但现在您看看我，想想我死在哪里，为什么死的。"

"这么说，那些人说的是真的？原因……他真是这么干的？"

"是的。我是受害者，我看着我妹妹……在我怀里流干了鲜血。"

"可怕，太可怕了……"德米特里搓着胡子，小声重复着。

"我告诉过你，父亲，就是他们给尼古拉下的毒。你觉得找到的证据还不够吗？他们知道，我不是他们的对手。"丹尼尔插话说。

"这么说，您认为是塞拉特的人给尼古拉下的毒？"

"是的，阿加塔。我们找到了重要线索，甚至找到了下毒者，他对这一切都供认不讳。"丹尼尔点点头。

我两只胳膊端得有些累了，于是把手放下来，整理着裙子。

"那么您想让我做什么？"

"帮我治好尼古拉。"国王回答。

我皱着眉头，思考着他的话。

"您是想让我延长他的寿命？"

"是的。"

我不由得面露苦笑，不过马上闭紧了嘴唇。对面三个人脸上都浮现出忐忑不安的表情。

"你们大概不清楚自己在请求什么。"我开始给他们解释，"当我们延长一个人的寿命时，他的时间就好像将从这一刻起停止了流逝。所以，如果要延长一个老人的生命，那么他不会突然变得年轻。只是他的暮年被拉长了，魔法让他不会由于自然原因而死亡，这样会一直持续到某个特定时刻。尼古拉现在的状态不好。如果我延长了他的寿命，那么他在很多年里会一直被体内的毒素折磨，而且无法死去。"我看到王室成员们的脸色随着我说出的每一句话变得越来越苍白。他们明显不清楚这些魔法是如何作用的。

"他现在是什么状态?"

"他……现在没有知觉。"公主小声回答。

"那么他会一直停留在这种状态中,一直到某个人可怜他,把剑刺入他的心脏。"

大厅里一片死寂,让人莫名觉得压抑。我给他们留了一点儿时间,让他们好好考虑一下,自己则看着巨大的窗户,想从黑暗中辨认出花园和其他建筑的轮廓。

"不过……"当丹尼尔张嘴刚要说话,我打破了沉默,"我可以试着提升他的生命力。这样能让尼古拉王子享受他应有的寿命,就如同没人给他下过毒。为此我要先看一下他,知道我要对付的是什么毒药,他还有没有哪怕是一丁点儿的希望。"

"当然可以!"国王一下子变得精神振奋,满口答应着,大声地松了一口气。

"但我有什么回报呢?"

三个人一下子愣住了。他们大概忘了,我是被强押到这里来的,而不是被殷勤邀请来的。

"自由。"丹尼尔回答道。

自由?

我笑了起来,高兴得就像刚听到一个十分有趣的笑话。我都不记得自己最后一次哈哈大笑是在什么时候了。王室成员们尽管神情紧张,但没急着打断我,而是等着我的笑声停下来。

"您计划怎么给我自由呢,丹尼尔王子?像我复活前坟墓中的那种自由吗？"

"我们不仅给你自由，还会给你生命、复仇的机会，以及能享用一生的黄金。"

丹尼尔许诺得越多，我的脸色就越阴沉。我恼怒于他居然这么敷衍地向我许诺，实际上他能提供的只有清单上的最后一项。当我阴沉的目光扫向国王，我脸上高兴的表情也被一扫而空。

"为了唤醒您儿子，您许下了一个很长的赏赐清单。"

"不只是为了这个。如果你能帮助我们向塞拉特复仇，惩罚他们给王子下毒的罪行，你才能拿到所有这些。既然我无法用和平方式结束这场战争，那么就该用全力一击来结束它。"

"您是想雇用我吗？还没人敢向莫拉娜女神的侍从提出这样的请求。"

"是没人曾经敢提出这样的请求。"国王反驳说，"难道说死亡还没让你把肩上的责任卸掉吗？难道说女神没把你丢在冰冷的土地里，而是把你召回身边了吗？"

说得对。不过我还是愤怒地咬紧了牙关。

只有丹尼尔才提出了一个正确的问题：

"难道你不想报复拉斯涅佐夫家族吗？"

"我想。"我不情愿地做了让步。

"你不仅能向他们复仇，而且能杀死谢维林，还能给两国带来和平。"

我一声不吭，琢磨着他们的话，然后既没有同意他们的提议，也没有立刻回绝，而是又问起了第一个问题。

"你们计划怎么让我复活？"

"莫洛克。"

当我明白了这句话隐含的意义后,真正被震惊了。我看着王子的眼睛,想看他脸上是不是有开玩笑的意思,但丹尼尔是认真的。

"他永远不会同意这个的。"我小声说。

"已经同意了。"

我听说过莫洛克的这个天赋能力。他们一生中有一次机会,而且仅有一次机会复活一个死人,是真正地复活他。但这是个极度危险的魔法。他们要取出自己的部分生命,把它馈赠给别人。在此之后,他们已经不像以前那样强壮。我从其他玛拉那里听说过一些事迹,说莫洛克很少动用这项能力,而且通常是把部分生命馈赠给亲人或爱人。如果把最宝贵的生命馈赠给一个陌生人,那这意味着什么?

"您给他付了多少钱?或者说您许诺给他什么?!他们不会平白无故地这么做的,更何况他们是幽冥之仆。"

"这就不是你关心的事情了。"国王身子后仰,靠到王座靠背上,冷漠地挥了下胳膊。

"也就是说,您会让莫洛克把我复活,会给我一座金山,会放我走,我可以去任何想去的地方?"

"是的。"德米特里点点头。

"当然,如果你不想留下来的话。"丹尼尔急忙加了一句。

我的手滑过裙子,试图抚平并不存在的褶皱,沉思了一会儿,再次抬起头看着国王。

"那我想明天认识一下尼古拉王子殿下。"

丹尼尔弯起嘴角,露出了一个满意的微笑。

第八章

我焦躁地从房间一头走到另一头，到了墙边就转身往回走，就这样机械地来回走着。这个房间是我和安娜的居室，很小，很简朴，但很干净。石墙上刷的是白色涂料，天花板上装饰着普普通通的雕塑，屋子两侧放着两张软床，另外还有两张桌子和一个大柜子。冬天通常很冷，所以屋子里砌着一个大壁炉，壁炉前面的石头地板上铺着一张狼皮。安娜有时喜欢晚上趴在狼皮上，就着壁炉里的熊熊火光，读上一会儿浪漫的小说。我们图书馆里这样的书很少，但如果神殿的助理人员去某个都城办事时，她总能请她们买来几本这样的书。我扫了一眼妹妹凌乱的床铺，发现枕头边上有一本摊开的书。

我今年正式成为玛拉，接受了所有培训，向姐妹们展示了掌握的知识,通过了所有测试。所以过几个月就能给我分配一个单独的私人房间了。

但我现在正在屋里心神不宁地咬着手指头,不知还能再做些什么。两个小时前,我曾经对安娜恨得发狂,因为她居然违反规定,到了宵禁时间仍未回到神殿。但这是我两小时前的心情,现在已是后半夜,我现在坐立不安。

自从她向我坦白了与王子的关系后,已经过了半年多的时间。我直到现在也没见过他,不过已经不再催逼妹妹,因为令我惊奇的是,她现在真正信守了诺言,训练起来空前地努力。不能说她现在的训练已经取得了丰硕成果,但她已经能更自信地握住武器,在跑步和体能训练中也更有耐力。我几乎都要认为,结识这个王子对安娜来说是有好处的,对她来说是一种激励。

他的行为也出乎了我和安娜的意外:他向她求婚,但当她回答不能嫁给他时,他保证永远不结婚,一辈子只爱她一个人。

我从妹妹嘴里听到这个消息后,对此嗤之以鼻,因为他的话我连一个字也不相信。但安娜满怀希望地看着我,对他那些甜言蜜语的承诺深信不疑,以至于我都无力打碎她心中那满怀期望的水晶城堡。

不过由于他们之间的亲密关系,我和安娜平静地度过了半年时间。这是没有吵架和争论的半年时间。这半年里妹妹如同暗夜里圆圆的明月一般,幸福地光彩照人。这半年……

我听到门外传来一阵响动,猛地转过身。我拉开屋门,跳到走廊里,猜测是从哪里传来的声响,但走廊里空无一人。我在阴沉沉的走廊里快步穿行,左绕右绕,最后来到了外面的小院里,这是前往大门口的主拱门的必经之处。我一脚踏在松软的白雪上，从嘴里呼出一团白气，双臂抱住了肩膀，不禁低声骂了一句自己，因为我忘了穿厚披风。今年冬天来得早，离秋末还有两周时间，但最近十来天大雪连绵不断。神殿周围是无边的森林。我看着浓密的树木围成的阴暗林墙，突然想起来，我根本不知道去哪里找妹妹。我真是笨蛋！我已经对安静、顺从的妹妹习以为常，很久没有询问她和自己的王子在哪里约会，他们会去哪些地方。

我在松软的雪地里跺着双脚，想暖和一点儿。脚下白雪在寂静的夜里发出清脆的"咔嚓"声，声音如此悦耳，以至于我不再紧盯着入口拱门那黑沉沉的门洞，而是低头看着脚下。当我跳到旁边，踩着未被践踏过的刚刚落下的积雪时，嘴角不由得露出微笑。皮靴在脚踝深的积雪中起起落落，我也暂时忘掉了对妹妹的担心。两只胳膊被寒冷的空气冻得发僵，我决定跑回屋里穿上法袍，再回这里等安娜回来，就在这里狠狠地骂她一顿。我从心底里仍在试图说服自己，我现在只是恼火而已，但实际上我更多的是为妹妹担心、害怕。

我用拳头按着胸口，就好像这样可以压住心头的不安一样。冰湖上的那个事件已经是很多年前的事了，但我那次第一次经历了这种恐惧。

"阿加塔！"

伊琳娜的喊声突如其来地响起，吓得我哆嗦了一下，差点儿滑倒在结冰的台阶上。

"阿加塔！你怎么在这儿呢！"内院中央有个喷泉，冬天不再喷水。伊琳娜绕过喷泉，从院子另一头向我跑来，"我到处在找你!还以为你在房间里。"

我张开嘴,又闭住了嘴,猜测自己是不是又犯了要受处罚的错误,或者我错漏了什么事情。或者伊琳娜已经发现安娜不在神殿里,我们两人都要被处罚了。安娜是因为晚归,而且还没完成功课,我则是因为允许她外出。

"伊琳娜,我可以解释……"

"没时间了!"她粗暴地抓住我的手腕,拉着我在走廊里飞奔,边跑边说,"我们有麻烦了,阿加塔!得赶快!"

我几乎是被她拖着在跑,感觉我们跑进了西楼。这里有图书馆、教室,还有医务室。

"你们两个蠢货,为什么不信任我们?!"伊琳娜转头看我,但脚下仍快步如飞。她眼里的悲伤多于愤怒,这使我十分不安。

"你应该把安娜的事告诉我们!我知道你说服不了她,但如果我们一起的话,是有可能说服她的,也就不会出事了。"她说到最后时,嗓音已经沙哑,而我突然觉得大脑中一片空白。

"安娜在哪儿?"我脚下变得跌跌撞撞,费力地挤出这句话。我有一刻觉得连走廊都在摇晃。

"基拉姐姐从三楼窗口看到她,马上派了几个执事去抢救她。女神啊!我们的小安娜比大家想象得更坚强。"她虽然在称赞安娜,但嗓音嘶哑,像唱挽歌前那样悲伤,"我一直知道,她虽然看起来柔弱无力,但和你一样,意志都很坚强。"

她说得对,当安娜的训练终于出成果以后,我也发现了妹妹的这个特点。安娜已经慢慢投入了狂热的搏斗训练中,感受到了自信。当她成功完成了一周前根本学不会的箭步动作后,双眼中爆发出了兴奋的光芒。我那时才发现，我以前根本没意识到，她和我有这么多的相似之处。

"不知道她在重伤下走了多长时间！"伊琳娜继续说着，"当看到有人来救她时才哭出声。蠢货！你们两个都是傻丫头！"

伊琳娜停在走廊尽头两扇近乎黑色的橡木门前，放开我的手，迅速推开了门。我一下子被一片忙乱的噪声和焦急谈话的嘈杂声吞没。所有的玛拉、医生和几个神殿女执事都在房间里。大多数人都来回奔忙着，但我一眼就看到了她们血迹斑斑的衣服和双手。女执事们的穿着和我们不同，她们穿的是用淡黄色的原色亚麻布缝制的衣服，因此裙子和袖子上的红色血迹十分显眼。

"在哪儿……"我再也说不出话来，因为已经看到了安娜。

嘈杂声好像远去了，房间里好像变得安静了。一切动作都变得十分缓慢，每一秒钟都好像被拉长了，我几乎能感觉到时间正在穿过我的身体。安娜躺在一张普通病床上，脸色异常苍白，嘴里有血流出。在那条曾经十分漂亮的白底红花裙子上，胸口和腹部位置被鲜血染红了。我们当中年纪最大的玛拉基拉正站在安娜上方，用纱布按着她腹部的伤口，想止住慢慢渗出的鲜血。妹妹像个小孩儿一样轻声啜泣着，看到我以后，放声大哭。

我跑到她跟前，脚下绊了一下，跪到她床前，双手抓住她伸出的手。

"阿加塔……原谅我！"她不停地哭着，我则泪眼模糊，拼命想查看她腹部的伤口，却因为伤口处的大量血污而看不清楚。

"怎么回事？"

"对不起……我没有……听你的话。我不该和他……约会。"

我紧紧抓着她的手,惊慌失措地看着神殿女执事们在我们身边忙碌着,听着她们大声交谈。一个年纪大一些的女执事正下令让别人拿什么东西过来,但我现在注意力全在妹妹身上,根本听不清她在说什么。

"这是谁干的?"

"阿里安……"

我没听懂她的话,觉得胸闷,只能张开嘴拼命喘着气。

"他背叛……了我。他想和我亲热,我……拒绝……了他。"

安娜身体抽搐着,因为剧烈咳嗽闭住了气,又有血从嘴里流出。我透过眼角余光,看到基拉正用一把特制剪刀剪开妹妹的裙子,想把伤口露出来,缝合上。血最后终于止住了,我长长出了一口气。

"他不喜欢……我反抗。他控制不住自己。"妹妹抓着我的手,继续说着。

安娜费力地说着,就好像这是当前最重要的事情。除了我,她不再关注任何东西,任何人。她甚至好像忘了疼痛。当我想起医务课上的知识,看了一眼她纹丝不动的双腿时,突然感觉自己身体在变冷。

"他突然把匕首……插向我……你的课,我能……"安娜突然微微一笑,露出了带血的牙齿。

她已经感觉不到疼痛了。

"……我砍了他……我可以……但我让你失望了,阿加塔。我……"她的目光变得模糊起来,变得冷冰,笑容慢慢枯萎,"当时应该杀了他,但……没有。原谅我……"

安娜看向旁边,好像已经看不到我。我强忍泪水,不让自己哭出来,抚摸着她的头发。我想朝她笑一下,但双唇哆嗦着,笑容看起来更像是在做鬼脸。

"妹妹,你是好样的!不用……道歉。你可以的。现在……"我飞快地扫了一眼伤口。伤口已经擦净,但安娜连抽搐的动作都没有。我能透过伤口看到内脏,但我不让自己去想这些。

"现在没什么事了。我们会治好你的。"

安娜微笑着看向天花板。她的伤口每缝上一针,我的身体就抽搐一下。

"以后……"我开始说。

"以后什么?"

"以后我会亲手杀死他的,你只要站在旁边看着就可以了。"

安娜想笑一下,但从唇边吐出了血沫儿,流到了她的下巴上。

"你……保证?"

"我保证。"

第九章

第二天早晨侍女们叫醒了我。她们接到命令，要在中午之前帮我洗完澡，穿好衣服。英娜给我端来了早餐，有煮蛋、金黄色的小面包、果酱和浓浓的红茶。她们仍然以为我是活人，所以为了不让她们误会，我往嘴里塞了个蘸满果酱的小面包，然后又喝了几口茶。食物的味道十分浓烈，以至于让我闭上眼睛停了一秒钟，但颚骨肌肉却因为陌生的紧张感而酸痛。我想咀嚼几下食物，却不小心咬到了舌头。

幸运的是，丹尼尔王子这次没有干涉我选择衣服的自由，所以姑娘们根据我提出的着装要方便一些的要求，给我选了一条家常、保守的红色连衣裙。下裙宽松合体，长可及地，上身缀满了花边。连衣裙把我全身从脖子到手指和脚踝都包裹得严严实实，所以我不会拒绝这样的衣服。

当玛丽娜快给我化完妆时,我注意到自己脸色比昨天好了一点儿,不过我现在仍没有心跳,脸上还是没有一点儿血色。

"请……"我听到了两下敲门声,刚说了个"请"字,但访客根本不等我回应,敲门提醒一下就推开了屋门,"……进。"

"阿加塔!你看起来越来越漂亮了。"

丹尼尔脸上挂着甜腻腻的笑容,让我一大早就心情不好。这个王子是否有过认真严肃的时候呢?

"殿下。"

"殿下!"英娜和玛丽娜几乎同时向丹尼尔致敬,行了屈膝礼,我没做任何反应,甚至没从化妆台前的小软凳上站起身来。

"姑娘们,感谢你们的帮助。请让我们单独待一会儿。"丹尼尔两只眼睛盯着我,向侍女们指了下门口。她们听话地离开了。

侍女们出去后,一个我昨天见过的黑发年轻人走进了房间。他轻轻关上屋门,于是安静的屋子里就只剩下了我们三人。现在我可以仔细打量他们了。丹尼尔和他的朋友除了身高一样之外,看上去确实是截然相反的两个人:这个年轻人看上去年纪更大一些,有二十二岁的样子。他的头发是黑色的,披散在双肩上,眼睛是纯净的碧绿色。他身上穿着家常裤子、白衬衫和前襟敞开的黑色长袍,着装看起来普普通通,与丹尼尔雅致并且贵重的衣服形成了鲜明对比。脖子下面的几个衬衫扣子没系上,给人一种玩世不恭的感觉,却很适合他的外表。年轻人先是一脸认真地端详着我,然后轻蔑地咧嘴一笑,把头转向了王子。

"这确实是她吗?"他只是在问丹尼尔。

我不喜欢这个人。

"是的。"

"你确信这就是那个著名的玛拉吗?"王子的朋友抬高声音,又问了一遍。

"是的。"我边回答,边站起身来,"这个玛拉能听到你的话。"

"阿加塔,让我介绍一下。这是阿隆。阿隆,这是阿加塔。"

阿隆鞠了一躬,弯腰幅度小得可笑,仍然咧嘴假笑着。

"阿隆会在王宫里陪同你。"丹尼尔看到了我眼中的疑问,回答说。

"是护卫吗?"

"是的。"阿隆插嘴道。

"很遗憾,我不能随时随地陪着你,所以让他在你需要的时候提供帮助。如果你感兴趣的话,可以向他提任何问题。如果需要进城,比如需要买东西,也可以找他。"丹尼尔补充说。

"也就是说,同时是护卫、保姆和亲随?"我发现阿隆明显不喜欢这个角色,不由得露出幸灾乐祸的笑容。

"差不多吧,虽然不是那么绝对,但总体上就是这样。"王子嗯了一声。

"谢谢,但不需要。"

两人一脸不解地看着我。

"还是让莫洛克来吧。我已经习惯他了,而且他看起来……"我故意慢慢打量着阿隆,就像他刚才看我那样,"块头儿更大。"

我说得有点儿违心,其实阿隆也很强壮。如果说丹尼尔的身材比较匀称,外表整洁端庄,那么阿隆的肩膀则更宽,大概从事的身体锻炼也更多。我相信他能保护好我,但总觉得他带来的头疼会多于好处。莫洛克起码不会饶舌多嘴。但令我奇怪的是,年轻人丝毫没有受了委屈的表现,而是双手抱胸,对我的话嗤之以鼻。

"阿加塔,莫洛克不能进宫。他从不来这里,这也是我喜欢的。我可不希望他吓坏那些侍从。"丹尼尔向我抬起胳膊,我知道王子会坚持他的决定,于是伸手握住他弯起的胳膊。

我们两人来到走廊里,阿隆像影子一样跟在我们身后。

"丹尼尔王子,我看得出您很信任他。他是什么人?您的亲属还是朋友?"

"朋友。"丹尼尔微笑着点点头,抬手把金发撩到脑后,"父亲三年前送我去军校学习时我认识了他。阿隆是王国南方一个相当富有的贵族家庭的继承人,但父母都去世了。他留下叔叔管理庄园和各种事务,自己决定来首都寻找幸福。阿加塔,我如果不是确信他能保护你,是不会把你交托给他的。阿隆是我们军校最优秀的毕业生,这两年来一直是我最好的贴身护卫。"

丹尼尔抚摸着我放在他臂弯里的手腕,我向身后看去,阿隆虽然能听到我们的所有谈话,但对王子的话毫无反应。他边走边百无聊赖地打量着走廊墙壁,活动着肩部肌肉,甚至故意大声打着哈欠。但当我和他目光接触时发现,他眼里没有一丝睡意。

我没有再提问题,我们默默地走进西配楼三层,走进尼古拉的房间。

拉赫马诺夫王室的大王子躺在大床上,全身埋进了松软的绒毛褥子和羽绒被里。他的房间奢侈豪华,符合他作为王位第一继承人的身份。然而在金光闪闪的墙壁装饰和繁复精细的纹饰图案的背景下，王子本身却像是个晦暗的阴影。

房间里除了两名侍女外，还有公主叶列娜。她正坐在大床旁边给哥哥读书。公主看到我们进屋后，马上停了下来，把侍女打发走，这样我们可以在没有外人在场的情况下讨论她哥哥的病情。

"你们来了，我很高兴！我恨不得马上知道能不能治好哥哥。阿隆！"

公主放下书，猛地站了起来。

"公主。"我的护卫满脸笑容，弯腰行礼。

"我还在想，你是不是又要去哪儿呢！我们上次见面时都没来得及说话。你什么时候回来的？"

"昨天。请原谅，叶列娜，我昨天回来后太累了，就直接回自己房间了。"

令我奇怪的是，阿隆没有和侍女们一起离开房间。看来不光是丹尼尔无条件地信任他，就连公主都对他信任有加。叶列娜走近王子和阿隆，继续说着什么，我不再理会喋喋不休的公主，走到了尼古拉床边。

"他是一个月前中毒的？"当房间里终于安静下来后，我提了第一个问题。

"是的。"叶列娜小声回答。

"他睡了多长时间？"

"开始时他的状态很糟糕，后来就人事不省了……但后来醒过几次。已经昏睡两周了。"

"他今年多大岁数？"

"二十五岁。"丹尼尔回答。

"他看起来状态很差",这句话刚要脱口而出,我就及时闭住了嘴。从他的脸型上很容易看出,他和丹尼尔确实是血亲骨肉。只是和弟弟、妹妹不同,尼古拉的头发是浅褐色的,长度只到耳朵上面。我抬起他的眼皮,发现瞳孔对光线刺激只有轻微反应。他的眼睛是天蓝色的。尼古拉的外貌大概和他母亲一样吧。我相信,这位王子在中毒前肯定是个魅力十足的男子。他体型不错,现在却瘦了很多,脸部瘦削,颧骨凸出。他的皮肤呈现出灰色。我双唇紧闭,仔细察看他手上已经开始分层的指甲和指甲下面发青的表皮。

他在这种状态下活不了多长时间。

"知道他中的是什么毒吗?"我又向在场的人提了个问题。

"知道得不太准确。不过御医认为是由罂粟提取的一种超剂量安眠剂,所以他没有被马上毒死。"丹尼尔走过来,神经质地搓着双手,盯着我的一举一动,"你检查时需要什么东西吗?"

"是的。需要您和护卫。"我挥了挥手,让抬起眉毛正一脸疑问地看着我的阿隆闪到一边,"把尼古拉扶起来,托着他的头。"

两个年轻人二话不说,小心翼翼地把大王子从床上扶起来。叶列娜也走过来,饶有兴致地观察着我的一举一动。我坐到床上,坐到了王子背后。

"你要做什么?"公主想确认一下。

"我想看下他的生命线,看他的情况有多糟糕。"

"你真的可以看到吗?我们听童话里说过,但我以前不相信这是真的。"

我抬起眼睛,看到公主浅褐色眼睛里闪烁着好奇的光芒,双唇因为惊奇而微微张开。她站得离丹尼尔这么近,让我一下子明白了一件事。

"你们是双胞胎。"我脱口而出。

丹尼尔惊讶地看了我一眼,然后看了下妹妹,又把目光转向我。

"你刚刚知道?"他微笑着问道。

我不知道自己为什么会感到惊讶,于是耸耸肩。我又转头看向尼古拉,手指抚摸着大王子的脖子,努力摸索着他的生命线。我刚刚摸到生命线,它上面的皮肤就泛起了微弱的金色光芒。公主"哎呀"一声叫了出来,阿隆则皱起眉头,认真地看着生命线。

我没有冒险把生命线提起来,虽然这样可以更仔细地检查,但已经看得很清楚,三条生命线中的两条已经十分暗淡,正慢慢地变细,马上就要断掉。总的看来,在其中一条断开之前,我只有不到两周的时间。我没有询问他们是否同意,直接撩起大王子的衬衫,在他后背上的几个小破溃处做了标记。我站起身,打了个手势,告诉他们可以把尼古拉放回床上了。在场的三人都一声不吭地盯着我,看着我走到窗前,若有所思地注视着楼下的主广场。

"你能救活他吗?"叶列娜第一个问道。

"有可能,但首先要增强他的体质,为此需要配制两副药剂。我们的麻烦是我们总共只有两周时间。"

"怎么只有两周呢?"丹尼尔的脸色变得苍白。

我咬着嘴唇,没有说话。刚才把实情说了出来,不知道自己做得对不对。

"需要什么东西呢?"阿隆表情严肃地问道。

"我需要你去趟城里,买些干薄荷叶、药用缬草、蔷薇果和山楂、鼠尾草……"

"鼠……什么？"阿隆打断我的话。

"……还有帚石南。不行……"我没有理他，一边绞尽脑汁地回想着药物配方和所需的药材，一边在窗前来回踱着步，"山楂和帚石南要用新鲜的，只能自己去采集。"

"鼠尾草？"丹尼尔也问了一句。

"就是洋苏草。或者把药材直接贴到他后背上，或者做成药膏。他后背马上就会溃烂。不过帚石南和山楂要到森林里去采集。"

"阿加塔……"王子犹豫不决地叫了一声，想引起我的注意。他走过来，抱住我的肩膀，我哆嗦了一下，从沉思中回到现实。

"我们先去问下御医，说不定能从他们那儿找到需要的草药。如果找不到的话，你可以进城去买。"

我点了下头，不动声色地脱开他的双手。虽然只是轻轻一抱，却让我感觉不错，尽管自己心里还不想承认。

"叶列娜，你能送阿加塔和阿隆去找御医吗？我去向父亲汇报情况。"

"当然可以！"

丹尼尔抓起我的手，我还没来得及挣脱，他就吻了一下，然后和我告别。

"感谢你给我们带来了希望，亲爱的阿加塔。"

我有一瞬间觉得很高兴，因为血管里的血液没有流动，所以不用担心脸红。丹尼尔转身，快步走出房间。

"你总能看到这些线吗？"当我们离开尼古拉的房间前往御医处时，叶列娜好奇地问道。

"不，我们尽量不去看，也不去触碰活人的生命线。"

"为什么？"姑娘有些好奇。

"这不算什么禁忌，但……这更多属于私人问题。"我踌躇了一下，考虑着如何措辞，"就像是窥探他人的私生活。当你一丝不挂时，你肯定不喜欢别人闯入你的房间。而如果触碰的话……"我犹豫不决，不知该如何向她解释，"总的来说，我们通常不会这么做的。"

"也就是说，对你们来说，他们就像赤裸的灵魂一样。"

"差不多吧。我们只看死灵的生命线，因为要找到并且把它们割断。"

"因为丹尼尔的原因，我童年时代听到的都是关于你们玛拉的童话，现在我居然和你走在一起，这太神奇了。是不是啊，阿隆？"

我们转头看着这个年轻人，他正懒洋洋地跟在我们后面。

"我不太了解玛拉，"他兴趣盎然地耸耸肩，"只知道她们都死了。"

"丹尼尔好像从童年时就喜欢上了阿加塔。"叶列娜嘿嘿笑了起来，"他一遍遍地请求讲述你和你妹妹的故事。"我被起皱的地毯绊了一下，阿隆看到后刻薄地一笑。

"丹尼尔的口味一向古怪。"阿隆挖苦说。我忍不住想痛打他一顿。

"阿加塔，我知道你妹妹的事。你自己恋爱过吗？"

我这次没被地毯绊到，却停下了脚步，惊讶于她为什么会提这个问题。阿隆差点儿撞到我后背上。叶列娜轻声笑了一下，抱住我一只胳膊，拉着我沿走廊向前走去。这个公主提问题时大胆直接，笑起来迷人，几乎和安娜一模一样。安娜询问私人问题时也喜欢给人当头一棒。我的大脑被这个问题刺激得一时之间全是空白。

"难道真没有喜欢的人吗？"姑娘开始追问。

"我们不许组建家庭。"

"那约会呢？"

"约会……可以的。"

"就是说，是可以接吻的，还可以一起……"

阿隆大声咳嗽了几声，表示抗议。

"请原谅，我太好奇了。我最近看那些浪漫的书时太投入了。"公主马上解释说。这更像安娜的性格了，我也对叶列娜产生了更多的亲近感。

"浪漫的……书？"

"是爱情故事或小说。玛拉们不看这些书吗？"

"我妹妹喜欢读这些。我们只看些教材、草药百科和可能遇到的邪祟生物的图册。"我沉浸在回忆中。

叶列娜把金发甩到身后，同情地微笑着。

"小说更有意思。我还送了一本给阿隆，希望他读起来能……认真一点儿。我本来想说'更浪漫一点儿'，不过这根本不适合他。"公主哼了一声，责备地向后瞟了一眼。

"我不知道接吻的描写对我能有多大帮助。我现在就会接吻。"年轻人也哼了一声，听起来和公主一模一样。

他答话时有些恼怒，我自己都忍不住想笑出来，我们两人有些惊讶地转头看他，这是他今天第一次有些羞恼。

我们来到了王宫医院。我们绕过病床继续向里走，找御医总管落实草药的问题。但当我闻到熟悉的草药和消毒水的味道，看到病床上浅灰色的床单后，我突然觉得喘不上气来了。叶列娜还在前面走着，我则走到一张病床前，一把抓住床头，停下了脚步。我的胸口激烈地起起伏伏，胸口越来越憋闷，大口喘着气，妹妹满身是血的形象如潮水般涌进了意识里，我喘不上气来了。

我惊慌失措。我已经死了！我不需要呼吸，我不会死的。这太荒谬了！

安娜刚死后，我第一次感到失魂落魄、六神无主，在那之后偶尔也遇到过这种情况。但妹妹死后我活的时间不长，所以没想到这会给我造成麻烦。没想到这个麻烦在我死后，在已经没什么东西能让我感到特别恐惧时，仍在折磨着我。

我想痛骂自己，为什么这么愚蠢，这么软弱，但现在只能大口地喘着粗气。对于所有活着的人来说，我妹妹的死可能只是一件尘封旧事，但对我来说，这只是几周前才发生的事情。我不记得坟墓里的事。

阿隆抓起我的手掌，开始用手指按摩，揉松手掌上的肌肉。他奇怪的手法让我惊奇，因为痛苦往事的画面不再浮现在我眼前。我抬眼看着这个年轻人，他仍全神贯注地盯着我的手掌，继续按摩着。

"没什么能威胁到你了。"年轻人平静地说着。

"我不……"

他猛地抬起头来，我闭住了嘴。他确信我不再说话后，又全神贯注地重复着单调的按摩动作。

"都已经过去了。她早就不再痛苦了。她远离我们,肯定在一个比你安宁、幸福得多的地方。接着呼吸吧,没什么东西能威胁到她和你了。"

他的声音安静平和,我慢慢地不再惊恐,呼吸也自己恢复了正常。我不明白,他怎么猜出我想起了妹妹。是否有人知道她是死在医院病床上的?传说中是否提到,我们已经给她缝合了伤口,止住了出血,但仍然太晚了,安娜五天之后还是死了。我答应给她复仇后,她睡着了,就再也没有醒来,无论我如何日日夜夜坐在她床前哀求。我刚刚让自己闭了一小会儿眼睛,她就死了。

"你好像说过,不太了解玛拉。"

他的手指在我掌心停了一下,嘴唇一动,露出一丝微笑。

"看来你注意听我说话了。这对我来说是个教训,说话要小心些。"

"御医等着我们……"我们没有发现叶列娜又回来找我们了。她的目光从我的手上移到阿隆的掌上,若有所思地皱起了眉头:"出什么事了?"

"没有什么,没出什么事。"我回答说。

我想把手抽出来,但年轻人不仅没有放开,反而突然握紧了我的手指。他狡黠地一笑,更用力地抓着我的手,拉着我走向库房。

"御医等着呢,我们走吧!"他扭头随口朝公主提醒了一句,公主则一脸愕然地看着我们走远。

我和御医总管谈过以后,找到了很多有用的草药。然而尽管找到了需要的浆果,但正如我所预料,浆果都是晒干的,而我需要的是新鲜的浆果。如果要做药膏的话,鼠尾草的数量也不够。

所以我请御医们只是把叶子捣碎，敷在大王子背上，然后小心观察他的身体，多给他喝汤药来保持体力。看尼古拉的病情，他体内很快就会脱水的。叶列娜待了一个小时就离开了，而阿隆则作为我的护卫留了下来，又多待了两个小时，看着我在库房里检查药材。刚才短短二十分钟时间里，闲极无聊的他已经唉声叹气地在木头椅子上扭了十来次，我看到后不禁幸灾乐祸地笑了起来。

"我要去趟城里，再买点儿药材。"我把盛着晒干的蒲公英的盒子推回原位，转身对年轻人说道。

"你告诉我要买哪些药，我去买。"他听到不用再待在这里，一下子来了精神头儿，马上回答说。

"对不起。不过我不敢确信，你能分得清鼠尾草和荨麻。"

"鼠……什么来着？"

"洋苏草！"

"那你就说洋苏草嘛！"

"王子怎么会想到让你来给我当助手？你确信自己会用剑吗？"我一边拍去身上的尘土，一边挖苦他。

"既然能讲古代语和莫名其妙语的两百岁的老……玛拉想考验一下我的剑术，那么你明天可以来参观我的剑术训练。"他提议道。

"你刚才想叫我老太婆吗？"

"不——"他拖长声调说着，脸上露出了厚颜无耻的笑容，让我再次想揍他一顿。

"我想都没想过。"

"我接受你的挑战，会去训练场找你。"

"不。我的意思是你在边儿上站一会儿,看两眼,赞叹几声就可以了。"

"你害怕了?"我扬起了一条眉毛。

"当然,玛拉们生前确实做过大量训练,丹尼尔也提过这个,但你的体重连我的一半都不到。"他从椅子上站起来,走近我反驳道,"这对我来说太简单了。"

"我保证不会留情的。"我冷冷地笑道。

"好吧。阿加塔,你看来是不会给我留选择余地的。"他也同样冷笑着回答我。我有种感觉,他好像也不介意教训我一下。尽管我们都不清楚这是哪儿来的敌意,我们可是今天早晨才认识的。

"不过我今天要进城。"我一边绕过他,一边冲他宣布说,然后走进了大病房,努力不去看那些病床,迅速从旁边走过。

"好的。不过我不能陪你去。"

他在走廊里追上了我。

"为什么?"我问道。

"进城的话,我……我的水平不够。命令就是这样的。或者我一个人去完成你的委托,或者如果去人多的地方,你只能和莫洛克一起去。"

我放慢了脚步,琢磨着他的话,他也跟着我的速度放慢了脚步。

"也就是说,他们还是认为我会伤害别人?"

"可能吧。不过这也是为了保护你。有关玛拉被唤醒的传闻早就在全国传播开了,我没法对付一群人,但不见得有人敢冒险攻击莫洛克。"

阿隆小心地抓住我的胳膊肘拉住我,让我看着他。

"你说得对。"我同意了他的说法,"人们是迷信的,而活尸,特别是曾经的玛拉,是不会让人有好念头的。"我发现了他眼中同情的目光。

"我去给你找莫洛克。你穿暖和点儿,去门口。"

年轻人没等我回答,就顺着走廊走了。我有些失神地看着他的背影,发现他的步态悄无声息、从容不迫。丹尼尔说阿隆剑术很高,可能并没有夸大其词。他至少可以做一个悄无声息的雇佣杀手。

我按着阿隆的建议,先上楼回到自己房间,把连衣裙换成裤子和衬衫,把居家皮靴换成皮毛加暖的高腰皮靴。我知道,现在天气已经很冷,最近几周将会降下初雪。我穿上了用黑色皮毛加厚的红色长袍。长袍是收腰款式,装饰着黑色绣花,上面的风帽可以把我太显眼的头发藏起来。

莫洛克站在街上,在王宫入口的台阶下面等着我,就在我们上次分手的地方。他手里抓着两匹马的缰绳,我看到其中一匹就是我骑过的那匹白马。莫洛克的样子一点儿也没变,扣着风帽的披风还是那么破旧,就像他刚刚跨越了千山万水一样。不能说我见到幽冥之仆后很高兴,但让我感到轻松的是,我不再对他感到恐惧了。

我们没打招呼,也没有交谈。当他像以前我肩部伤口还没痊愈,经常需要他帮着上马时那样,抱住我的腰把我放到马上时,我只是惊讶地"哎呀"了一声。

"我不用帮忙了,不过……谢谢你。"我小声说道。

莫洛克只是耸了耸肩,然后跳上了马背。我们一声不吭,骑着马慢慢走向繁华热闹的街道。秋天的白天很短,太阳已经滑向了西山。我们需要赶在日落前,趁店铺还没打烊买完所有东西。

"王子给我找到这匹马的时候,你在旁边。它叫什么名字?"我忽然提了个问题,想打破这尴尬的沉默。

莫洛克把头转向我。从面具上根本看不出,他是在思考问题还是有些恼火我又一次饶舌。

"我不知道。如果你觉得这很重要的话,可以自己给它取个名字。"

他的嗓音因面具而变声,还是那么深沉和冰冷,不过我已经习惯了,因此我的身体没有颤抖。

"不知道给这匹公马起个什么名字……"我摸着马脖子,小声嘟哝着。

"如果你仔细看的话,会发现这是匹母马。"

我一脸错愕地瞪大眼睛看着他,他对于我的愕然只是呵呵一笑。老实说,我确实没有注意马的性别。

"小雪花?"莫洛克突然说出了一个名字。

这个名字讨人喜欢,但和说出这个名字的人的形象反差太大了,以至于我都不知该如何回答,只是傻傻地看着他。让我奇怪的是,这个可爱的词居然听起来这么冰冷阴郁。

"小浆果?"他又一本正经地提出了建议。

"哦,不!"

"葡萄干?小彩霞?勿忘我?"

一个个名字让我的嘴巴越张越大,我只能震惊地来回摇着头,想阻止他滔滔不绝地说出那些可爱的名字。

"小花儿?小美人?小美女?小燕……"

"不!不!不!天哪!请你不要说了!"我忍不住笑了起来。我再也受不了一边从幽冥之仆的嘴里听到这些可爱的名字,一边感到后背不寒而栗的感觉。

"嗯……小珍珠?"他冷哼了一声,故意又加了一句。

"女神啊!"我笑得喘不上气来,费力地说了一句,"难道你是……在开玩笑吗?"

"还要我再建议吗?"

"不,求你了!"我笑得肋骨有点儿疼,差点儿没喊起来。"如果你再不停下来,我就叫它莫洛克。"当他又大声地长吸了一口气,想要再说出个可爱的名字时,我威胁他说。

马儿摇晃着脑袋,显然不满意我给它起的名字。

"我叫它暴风雪。"

莫洛克点头同意。

"你的马叫什么?"

"糖块儿。"

"你是认真的吗?"

"我是用几个糖块儿驯服的它。"莫洛克回答说。我可以发誓,我听出他的声音中是含笑的。

"我从没想到……"

"什么?"

"莫洛克会把马叫糖块儿。更没想到，你们会给马起名字。"

当我们走进街道第一排房屋的背阴处后，我环顾四周，想看下亚拉特城有多大变化。在下午阳光的照射下，我发现房子都漆成了浅色调，如浅黄色、淡蓝色和米色。几乎每座首都建筑的正面都有些装饰，但没有任何建筑能和装饰豪富的神庙相比，神庙不仅比普通楼房高，甚至超过了王宫，但这些神庙中没有一座属于我的女神。

街上行人熙熙攘攘，人们都急着收工回家。大街边上摆满了货摊，但我和莫洛克的出现却大煞风景。

无论我们走到哪条街上，都市生活的喧闹如果不是马上变得悄无声息，也会变成小声的窃窃私语，从四面八方传到我们耳朵里。孩子们不再哈哈大笑，而是目瞪口呆地看着我们；大人们向四面八方远远走开，好像我们一现身就能传染某种致命的瘟疫；货摊伙计们不再招徕顾客，大家都小心翼翼地盯着我们的每一步动作。我时不时地听到周围有人小声说"莫洛克"和"玛拉"。看来传闻已经到了这里。如果还有某个居民不明白为什么大家都在惶恐不安和交头接耳，那么他附近的人都乐意压低声音向他解释。

当我们被众人好奇的目光关注时，刚开始我还觉得不自在，但过了一会儿感觉就有些麻木了，和莫洛克一样，不再关注周围的情况。

"这边。"我的同伴随口说道，"我们把马留在这个马栏里，过一条街就是草药店。"

我们下了马，把牲口拴在柱子上。莫洛克朝看牲口的小男孩儿挥了挥手，小男孩儿却远远地跑开了，藏在树荫下的燕麦袋子后面。

"我把它放这儿。趁别人还没偷走,记得拿走它。"莫洛克把一个银币放在一个矮柱上。正当我诧异地欣赏他的慷慨行为时,他轻轻推了我一下,朝出口走去。

"我们之间的联系,"我趁着莫洛克今天心情不错,开始提问,"是怎么起作用的?你能感觉到我吗?"

"不是随时都能感觉到,只有需要的时候才可以。和你的能力一样,当你想看到生命线时,才能看到。"

"那我呢?我能感觉到你吗?"

他闭口不语。我们要过马路,正等着三辆马车从面前驶过。

"如果我受了重伤,你就能感觉到。"

"也就是说,如果我用匕首捅……我是说,如果有人用匕首捅伤你的话,我就能感觉到?"

莫洛克对我的口误只是嘿嘿一笑。

"如果你想用匕首捅我,我确信,你自己就会疼得要死,然后你会和我一起死掉。"

"如果你活下来了呢?"

"那你也会活下来。然后我会一不小心用双手掐死你,所以我不建议你去尝试。"

我也哼了一声,点点头。

"你现在和我在一起时已经不再抖得像风中的杨树叶子了?"

"像你这样的人,有很多可怕的传闻。"当这个男人把我推向药铺门口时,我抬眼看着他,老老实实地回答。

"你还会说,你相信我的面具下面没有面孔,只有一团黑暗。"

我咬住嘴唇,不想承认我确实是这么想的。不过我们一起在阿拉肯旅行了一周多时间，当王子考验我时，他给我帮了忙，从来没有让我为难，甚至为了聊天，还和我开过玩笑。我们不是朋友，但我已经习惯了和他在一起。

"我本以为玛拉们不会相信这种无稽之谈，实际上你们跟那些寻常的乡村老妇女们一模一样。"

"你再跟我说一遍！"

"否则怎么样，要把匕首捅到我肋下吗？"

我皱起眉头，知道我们的谈话再无法继续，但确信自己又感觉到莫洛克在笑。他在药铺门口停下，留在外面等着我买药。

药铺里接待我的女店员看到我的衣服颜色后，大概很快就猜出了我是什么人。当我掀开风帽环顾四周时，她忐忑不安地端详着我的头发。我没在意姑娘始终戒备的眼神，向她说了想买的药物后，她就开始按方抓药，不过总是尽量离我有一臂远的距离，而且有时会不自在地绕着我走。我多买了一些鼠尾草，想着应该把其中一部分扔到阿隆脸上，让他记住这种植物有两种叫法。我花了不到十五分钟时间买完了药，走出药铺，看到莫洛克正双手抱胸，后背靠墙站在门口。居民们看到幽冥之仆后，都远远地穿过马路走开，圈子比遇到我时绕得还要大。

"买完了？"他向我伸出手，我把盛着药物的挎包递给他。

"买到所有东西了？"

"没有。明天或后天需要去趟森林，离这儿有一天的路程，去采集寻石南和山楂。"

"那么需要赶在第一场霜冻之前。你说的森林是靠近塞拉特边境的那个吧？"莫洛克又推了我一把，让我过马路。

"是的。"

"我和你一起去。不过去那儿可不是个好主意。"

"为什么？"

"因为战争让那片森林……"莫洛克猛地停下，站到我身旁，伸出一只手护住了我。

一颗熟透的西红柿向他肩头飞来。先是一颗西红柿，紧跟着是第二颗，接着又飞来了一把盐。西红柿伴着令人恶心的"扑哧"声糊在他的披风上，又掉在马路上。我扭头看向一群人。当他们发现我们已经注意到他们后，恐惧地尖叫着，朝四面八方跑开，躲进了最近的胡同里。周围的人屏住呼吸，等着我们向他们施展魔咒或者直接摄走他们的灵魂，但莫洛克只是若无其事地抖了抖胳膊和衣服。

"这是给我准备的。"我嘟哝着。

"是给你准备的。"莫洛克表示赞同，"你们玛拉们太不切实际，总是穿红色，其实黑色衣服上有脏东西才不显眼。"

我和他在一起待的时间越长就越清楚，我们了解的关于幽冥之仆的信息是错误的。总的看来，他们和我们一样，面具之后也是活人。我的姐妹们都死了，这个世界上可能只剩这个莫洛克才知道我曾经有什么过往，玛拉是些什么人。我失神地看着盐屑。这些蠢货是想把附在我身上的幽灵赶走，而扔西红柿只是表示他们不喜欢在自己城市里看到活尸。父母们大概经常吓唬他们，说玛拉会绕屋行走，会抓挠墙壁，想杀死某个小孩儿。

我漫不经心地用鞋尖儿踢了一下西红柿。才只过了两百年，玛拉为人类所做的贡献就已经被彻底遗忘了。

第十章

安娜是早晨死的，死在了朝霞满天的时刻。她总共撑了五天时间，但第二天时我就发现，姐妹们和执事们都时不时一脸同情地看看我。

她们都知道会是这个结果。

我却不相信会有这个结果。

不仅不想看到，更不想接受这个结果。

当我握着她的手睡着后，她死了。当我过了八个小时睡醒后，姐妹们已经移走了她的遗体，先把她用白布裹起来，然后在外面裹上了安娜的红色法袍。

还要做三天祈祷，让女神立刻把妹妹召唤到身边，给她安排一个全新、美好的生活，让她不用和许多普通人一样，在两个世界之间苦苦徘徊等待。但当我想起自己应该承担的责任时，就觉得脑袋里嗡嗡作响，走廊也左摇右晃。

这是我应该关心照顾的妹妹。

她甚至还没有学完所有的课程。

姐妹们没有打扰我，但我能感觉到，有些姐妹在我后面走时想越过我，安慰我一下。但伊琳娜最了解我，不让任何人走近我身边。她知道，我正处于崩溃边缘，仇恨随时可能控制我的理智。她从没见过我这样痛苦过，人就好像被悲伤吞噬了一样。之前我自己都没有察觉到这种状态：当我刚刚想到复仇时，视线突然变得模糊，空气也变得刺骨地寒冷。

太阳落山了。当大家都以为我在睡觉时，我已经开始收拾东西了。我模模糊糊地意识到，我要去哪里，想去做什么，身体清楚地记得走廊的位置，机械地行动着。去阿绍尔——塞拉特王国的首都。如果骑马的话，需要四天时间。我计划着在沿途哪些村庄里可以换马。我们的武器库里几乎没有铠甲，所以我穿上了结实的紧身裤、黑色衬衫和那件带黑色花纹的深红色长袍。如果要去面对死亡，为什么不穿上最好的衣服呢？

我选了两把长匕首作为武器，把它们挂在大腿上，也带上了那把最喜欢的佩剑。我厌恶地看着用力抓在手里的厚厚的红色法袍——我真想穿上一件黑色法袍，但整个神殿里只有红色法袍。

"你要阻止我吗？"当伊琳娜挡住我的马时，我冷冷地问道。

她在距神殿领地出口大约五十米的地方拦住了我。再向外走就是森林、田野和阿绍尔了，之后我就会把匕首插进我妹妹曾经爱过的塞拉特金发王子的脖子里。

"阿加塔，你是知道的，我们不能因为私人原因杀死别人。"

"人们以前也不敢杀死玛拉，所有事情都有第一次。"

"阿加塔，安娜说过，他是个王子。"伊琳娜裹紧法袍，白雪在她的脚下咯吱作响。

"国王和王子与其他人没有两样，他们也会被剑杀死，也会流尽血液。"

"玛拉们也一样……"老师悲伤地摇着头。我知道，她不会用暴力把我关在神殿里，但仍想劝阻我。

"已经有第一个人敢杀害我们了。伊琳娜，你确信我下次不会成为那个受害者吗？或者是你？也可能下次是个十岁的玛拉？"

伊琳娜紧闭双唇，没有回答。最近几年这确实成了一个很明显的问题。我们总是悄无声息、迅速地完成任务，在邪祟生物还没来得及危害人间之前就杀死了它们，保护着阿拉肯和塞拉特。人们开始觉得，根本就没什么邪祟生物，不需要什么玛拉来保护他们。礼品越来越少，人们不再乐意和我们分享财富，因为他们不再对森林的阴影和平静的水面莫名恐惧。人们战战栗栗地传颂着那些众所周知的玛拉的传说，像一次杀死两个恶魔的希尔维娅，还有奥尔加的故事——她为了保护由于严寒而幽灵泛滥的塞拉特王国的一个村庄而牺牲，却把现在的我们看作是玛拉们壮丽过往投下的苍白阴影。

"你打不过他们。你杀不到王子身边，没法通过他的卫队。"

"我知道，所以我一个人去。"

"阿加塔。"我第一次听到伊琳娜的声音中透出了哀求的语气。她对我来说就像母亲，看到她伤心，我也心痛。

我不想让伊琳娜痛苦，有一刻心里有些动摇，但马上又想起了安娜。这些天来我们的女神都在哪里？是不是等我到了首都，就会听说她已经惩罚了王子，杀死了他，现在正在折磨那个负心人的灵魂？

"这个禽兽！他想强奸她！然后还用刀捅了她！"我恶狠狠地说着，但马上又平静了下来，因为知道这不是伊琳娜的过错，"这是我给安娜最后的承诺。我不会违背自己的承诺。你告诉其他姐姐，我爱她们。我也会为她们任何一个人做这些事的。"

我拉了一下缰绳，绕过老师向前走去。伊琳娜没再阻拦我。当我纵马狂奔时，她一动不动，头也不回。

第五天傍晚我来到了阿绍尔。我在半路上遭遇了暴风雪。我既不想跑伤马儿，也不想把自己冻死，所以在一个小村子里等了半天。那天我听说，关于一个玛拉被杀死的消息已经传开了。神殿女执事们经常到临近村庄采购食品，大概并非所有人都能守口如瓶。我在上个村庄里偷了一件黑色披风，把自己的红色法袍塞进了马鞍旁的一个挎包里。所以当我坐在小饭馆里，木然地向胃里填着食物只想着补充体力时，没人注意到我。

人们不知道我在旁边听着，喋喋不休地谈论着我死去的妹妹，甚至都不想压低声音，没有小声谈论。

塞拉特都城用落日余晖和燃起的火把迎接我，火把为居民们照亮了夜晚的道路。我认准王宫高耸的尖顶，拼命策马狂奔，根本来不及留意城市的样子——花园多不多、房子上是不是有什么装饰、有多少铺子一直营业到这么晚。

我只记得马儿沿着铺满石板的桥面奔跑时发出的清脆马蹄声。这座桥跨过一条宽阔的河流，而河流则把城市分为南北两个部分。我跑到王宫前的中心广场上，第一次拉慢了马，抬头打量装饰着灰色大理石的阴沉沉的宫殿。天色已晚，宫殿墙壁颜色暗淡，看起来像是黑色的，只有高高的窗户里闪着橘黄色的烛光，给建筑增添了一丝生气。宫殿高大宏伟，锐利的尖顶刺向天空。宫殿门前已经有十个卫兵排成了队列。

"宫门关闭！陛下不再接见。下次接见在几天之后，下周再来吧。"

我在离他们十五米远的地方翻身下马。我没有理会卫队的警告，从马鞍上拿下挎包，然后轻拍马屁股，让它跑到安全的地方。广场上几乎没有闲杂人员。其余人都感到莫名的紧张，离开了这里，但没有走太远，而是聚集在对面。

"你没听见吗？！"卫队长莫名其妙地观察着我的一举一动，冲我喊了一声，"宫门已经关闭了！"

我解开黑色披风的束带，把它扔到地上，然后从包里抽出另一件披风，用脚把挎包踢远。

"如果你不走的话，我们只能……"

当队长看到我"忽"的一声把红色玛拉法袍披到身上后，不知所措地闭住了嘴。我拿来的不是一件普通披风，而是一件十分华丽的披风，披风双肩和整个后背上用银线绣满了女神标志。我从披风中拉出了黑发，免得他们不清楚是谁来找他们复仇的。

"玛拉……"这个词在我背后的人群中和面前的士兵中像风一样流动。

"陛下……不接见……"当我缓缓抽出佩剑和匕首后，队长含糊的声音显得不那么自信了。

"王子杀了我妹妹！"我恶狠狠地吼叫着，让尽可能多的人听到，让他们知道应该为谁辩护。

"不可能……"

"你们王子想要强奸一位玛拉！她反抗时，他……杀了她。"我怀着刻骨仇恨喊出了最后半句话，"闪开！不要挡我的路！"

"他侵犯了玛拉？"

"他怎么可以这样？她们是……"

"……女神亲手选中的。"

"他给我们召来了她的怒火！"

"她们如果不再保护我们，那怎么办啊？"

"谁来清除鬼物？"

"想强奸……玛拉？！"

队长和士兵们呆若木鸡，听着愤怒的人们交头接耳，不知如何是好，我身后的人也越聚越多。又从宫殿里齐步跑出二十名卫兵，排成横队站在第一排卫兵身后。

"把王子交给我！"我向宫殿二楼亮着灯火的窗口喊道。我身体开始前后移动，就像猛兽在捕捉想溜回洞穴的猎物时那样。"谁敢动我妹妹，就要付出代价。"

"你不能进去，殿下是不会出来的。走开，玛拉。"队长看到他们在人数上占优势，又挺直了后背。

　　我知道一个人对抗这些士兵的机会十分渺茫。但我转动了一下手里的长剑，决定如果他们不让路的话，能杀死多少，就杀死多少，我是不会退下的。卫兵们抽出长剑，我把法袍大襟甩到背后，给胳膊和双肩留出更多的机动空间。

　　身后响起了叫喊声。先是一个人在喊，后来第二个人的声音显得更加恐惧，再后来人群像潮水一样涌动起来。哪怕在火把的昏暗光线下我都能看到，队长脸色苍白地看着我身后。我回头看去，看到我的玛拉姐妹们身披鲜红披风，正穿过人群，就像穿过水流一样向我走来。所有仅存的玛拉，所有五个玛拉。领头的是最年长的玛拉基拉和我的老师伊琳娜。当她们来到我身边，站在我背后，我放下剑，呆呆地看着她们。她们身上也穿着华丽的衣服，这是她们拥有的最美丽的衣服，每人腰上都挂着一把剑。她们赶来支援我的行动。我在她们眼睛中闪烁的异彩和脸上的阴影中，看到了出发前没看清的东西。

　　那是对命运的仇恨和复仇的欲望。

第十一章

一块煮土豆"啪"的一声掉进了汤盘——阿隆冷不丁发现了我,忘了把勺子放进嘴里。

"你走路像个幽灵一样!"他一边抓起餐巾擦拭着溅到衬衣上的汤汁,一边恼怒地说着。

太阳刚落山,我和莫洛克就赶回了王宫。幽冥之仆没有进宫,而我把买到的东西放回房间以后,决定在宏大的王宫建筑里转一下。我想趁别人不注意,悄悄探查一下王宫,说不定能找到武器室,也许能找到一把小匕首,但最后只找到了厨房。于是我想,一把厨刀也比手无寸铁好。没想到走进厨房以后正碰上阿隆,他正一个人坐在一张高大的桌子旁吃着可怜的晚餐。他只穿着白衬衫和黑裤子。

"你怎么一个人在这儿？"我本来应该离开，继续寻找武器室，但我走累了，所以在他对面坐了下来。

椅子也很高。这里应该是切蔬菜和水果的地方——桌子有很多刀痕。桌上摆着几个盛着食物的盘子、几个餐具、一个水罐和几个杯子。

"我喜欢一个人吃饭。"他一边接着吃饭，一边答道。

"要我离开吗？"

年轻人一边喝着汤，一边抬起绿色的眼睛看着我。

妹妹经常跟我说，当阿里安第一次对她微微一笑后，她的心就狂跳起来。她说，他脸上洋溢着白雪般的微笑，头发闪耀着金光，整个人就像是一道煦暖的阳光。

"阿加塔，你以后也会遇到那个微微一笑就让你移不开目光的男人。"当时安娜一边笑着，一边用胳膊肘挤着我的肋下。

我直到现在也没搞懂她的话，因为我看到丹尼尔温存的笑容后可以轻松地转过头去。但现在不知为什么，我的眼睛一直离不开这个愁眉苦脸的护卫投来的专注目光。

但说不上什么心会狂跳，因为我现在根本没有心跳。

"不用。"阿隆想了一下，回答完以后接着把头埋进盘子里。

"我想，以后我每走一步，你都要提防我了。"

他耸了耸肩，低头把勺子送进嘴里，长长的黑发披在胸前。

"我不用每一步都跟着你就能发现，你想偷一把刀子。"

我挑起了双眉。他现在正忙着吃东西，而在这之前，我明明看到他注视的是我的眼睛，没注意我的双手。阿隆喝完了汤，把空盘子放回桌上。他温柔地冲我笑着，只是带着十足的怜悯，让我不由自主地闭紧了双唇。

"阿加塔，如果你不知道的话，那我告诉你，你手里拿的是一把切甜食的刀子，它很钝的。"

我哼了一声，"当"的一下把银制餐刀放回桌上，刚才以为他没注意我就把刀子塞进了袖子。

年轻人点了点头。"小姑娘表现不错。我可不想强行搜身，看你到底把它藏到哪儿了。"

"它可能是有点钝，但我想，不用费力就能插进眼睛。"我故意漫不经心地说道。

阿隆一声不吭地把身子靠在椅子靠背上，双手抱在胸前。

"你什么时候去找其他草药？"他换了个话题。

"明天或者后天。莫洛克和我一块儿去。"

阿隆又点点头，我则想起了当时莫洛克没来得及回答我的问题。

"边境森林有什么问题吗？"

年轻人咬着嘴唇，考虑如何回答。我双手交叉放在桌上，等着他说话。

"玛拉们死了以后，你们当中没人重生。情况甚至变得更糟糕——你们的遗体没有腐烂。安娜的遗体也是这样，人们在神殿里发现了她的尸体。女执事们听说所有玛拉都死了以后一哄而散。她的尸体就一直放在那里，因为神殿里没有人，所以就没有安葬。她的尸体放的时间最长，不过一直没有变化。"

阿隆说话时声音平静，在干巴巴地陈述某个事实，我却把牙咬得"咯吱吱"响，不愿再次想起安娜躺在病床上的样子，不愿回忆给她缝合那道伤口的情景。

"按我听到的那些说法,是人们认为女神很愤怒,居然有人敢侵犯她的代言人,所以她没把你们召回身边。于是人们惊慌失措,害怕你们会变成邪祟生物,就把你们埋到了两个国家的无名墓穴里,并且不敢标示你们坟墓的位置。他们希望厚厚的土地会留住你们,所以找到你可不是件容易的事。"

"安娜呢?你知道她的墓地在哪里吗?"

"不知道。"阿隆低声回答,"我只知道,丹尼尔早在尼古拉中毒之前就开始寻找你的墓地。他被你们和莫洛克的童话所震惊。他一开始就想把你唤醒,但没有充足的理由说服父亲,而且要找到莫洛克也不是件容易的事,而要说服他把某个人从墓地里唤醒就更困难了。"

"后来呢?"

"所有玛拉死后,阿拉肯向塞拉特宣战,因为他们的王子居然敢侮辱你妹妹,后来他们的士兵还杀死了你们。要知道现在两个国家都无法对抗那些怪物。玛拉们都死了,一个也没有了。希望全落到了莫洛克身上,人们希望他们能接过肃清邪祟生物的任务。但发生了谁也没想到的事——幽冥之仆起来抗议了。"

"不可能。"我脱口而出。

"他们对世人如此对待你们愤怒异常,抛弃一切后就离开了,让人们自己去面对那些麻烦。开始时两国士兵想拦住他们,想请求他们,甚至哀求他们。但只要有士兵站在莫洛克面前的路上,他们就砍下士兵的头颅,割断他们的生命线,甚至不想听完他们的提议。"

我摇着头无法相信,幽冥之仆不仅察觉到发生了什么,而且还站在了我们这边，为了我们受到的伤害而报复世人。我不由自主地转头看了一眼刚才走过的漆黑门洞，就好像莫洛克可能会站在那里一样。我真想好好地问问他，他是否知道这个历史事件，这些都是真的吗。

阿隆站起身，拿起果汁罐给自己倒了一杯莫尔斯果汁。我转过头看着他。他给自己倒了满满一杯，犹豫了一下，往第二个杯子里倒了一点儿，然后递给我。

"没必要吧。"我迟疑着拒绝了，他却仍端着杯子，直到我把杯子接到手里。

我闻了一下，知道这是蔓越莓汁。

"这是我喜欢的果汁。"我喝了一口，好奇地问道，"你是怎么知道的？"

他没有回答，只是含糊地耸耸肩，又坐回桌旁。这个问题听起来有些愚蠢。我的口味只有姐妹们才知道，像这些事情是不会在传说中提到的。我默默地喝着果汁，阿隆则接着说道：

"当时爆发了真正的战争，军队主要在边境森林里战斗。你比我更清楚，如果很多人死于非命的话，那些地方会出现什么情况。"

"会出现不得安宁的亡灵。"

"是的，而且数量众多。有吸血鬼、溺水鬼、幽灵。它们在森林里几乎成群地游荡，士兵们对付这些鬼物的时候比和敌人战斗的时候还要多。所以阿拉肯王国要求处死阿里安王子，说处决以后他们就罢兵，战争就可以结束。这是他们提出的停战条件。"

"塞拉特同意了吗？"

"没有。不过他们也没能保住王子。阿拉肯派去了几个雇佣杀手，最后找到了王子，尽管他直到最后都坚称自己没有动过玛拉。甚至有人提出了更多的说法……"阿隆向前倾过身子，压低了声音，我也向他倾过身子，认真倾听着。"有人说，王子坚持说从不认识安娜，到死都坚持这个说法。他说，这是个阴谋，他被陷害了。塞拉特直到现在还坚持这种说法，所以两百年来我们两国之间的关系一直很僵。"

我冷冷地哼了一声，把金属杯子"当"的一声放到桌上。还好我把果汁喝完了，否则就会溅出来了。

"这些畜生！都两百年了，他们还不敢承认！妹妹亲口跟我说过他们的事！"

阿隆皱着眉头，嘴巴闭得紧紧的，低头看着桌子。我突然渴望知道，他是如何看待拉斯涅佐夫家族的。他是否也和我一样讨厌塞拉特，或者他根本无所谓？

"你们居然在这儿！"我们被叶列娜的声音吓得一哆嗦。

我们发现自己还趴在桌子上，两个人头碰头挨得很近，于是都直起身，靠向椅子靠背。不过我们两人同时、匆忙分开的动作更加让人觉得奇怪。公主装作什么都没发现，但她绕过桌子，停在了阿隆身边，纤细的手指爬过年轻人的肩膀，伸进他的头发中。我脸上还是不动声色，但准备起身离开了。公主的动作有点令人尴尬，让人觉得太过亲密了。

"阿加塔，你找到需要的全部药物了吗？"姑娘冲我微笑着。

"差不多吧。我们正在讨论如何去森林里采集其他药物呢。"我又看了一眼阿隆。他没有拿掉公主的手，但坐得有点僵硬。

"森林清理过了吗？"

"没有。莫洛克们前不久才回到这片土地上。就像我说过的那样,他们现在不再为世人效力了。他们到现在也没忘记那些事,没有原谅世人。他们现在只为了钱而工作,当然你要能说服他们才行。"

看来森林里确实很危险,需要小心些,最好不要走得太深。我听到了所有答案,点头同意,然后站起身来。

"谢谢!我要回去了。"我和他们告别。

我快走到门口时,背后传来了椅子被推开的声音。阿隆猛地站起来,我转过身来。

"我和你一起去。"

"去哪儿?去我房间?"我不解地挑起眉毛,公主也疑惑地看着年轻人。

"不是。去森林。"

"你疯了吧!"叶列娜抓住阿隆的手,喊了起来,"她是玛拉,而你进森林会死的。"

我歪头看着他,我一个人没法保护他。傻瓜,还是个没长大的小男孩儿呢!我嘴角不由得露出宽容的微笑。

"不。我和莫洛克去。公主说得对,那里对你来说太危险了。"

然后我在他没来得及反对之前就走出了厨房。

第十二章

"为什么?"我看着伊琳娜,痛苦地脱口问道。

"你刚走,我就叫醒了基拉,她把其他人都叫醒了。"老师温柔地笑着回答。

"这是个死局啊,但应该是我一个人的死局。"

"孩子,我们没请求任何人,更没强迫任何人。"基拉的绿色眼睛忽闪了一下,她虽然上了年纪,但眼睛仍然清澈明亮,"每个人都做出了自己的选择,每个人都是自己决定来找你的。"

"阿加塔,这不只是你自己的死局。"雅娜姐姐答道,"这是我们整个时代的终结。"

"你总是太贪心了,阿加塔。"莉莉亚娜责备我说,"就连死局都要一个人应付。"

"安娜也是我们的姐妹。今天要让他们记住，玛拉不可侵犯。"拉妲最后一个回答道。她和其他姐妹不同，她从来不笑。她总是很安静，有些忧郁。

拉妲第一个行动，振臂把披风甩到身后，这是为了战斗时更方便，所有其他玛拉也做出了同样的动作。人群和侍卫们被法袍甩动的"哗啦"声吓得哆嗦了一下。我看着固执的姐妹们，掩饰着因为她们的支持而激动到窒息的感觉，冷冷地笑着。

安娜确实与众不同，她是所有玛拉都可以为她洒下热血的那个人。

我长吸了一口气，正想再次要求把王子交给我们审判，但还没来得及说出口，一个站在门口，离我们很远的侍卫用劲弩向我们射了一箭。他这一箭是想示警。我及时发现有危险，于是向身旁迈了一步，尽管这支箭瞄准的是我脚下的位置。然而飞射的弩箭在石板上弹跳了一下，差点儿射进雅娜的腰部。我在最后时刻挥剑拦住弩箭，把它砍断。

我们都目瞪口呆地看着那支几乎杀死第二个姐妹的弩箭，这是给我们的明确答复。姐妹们"唰唰"地抽出了武器。

"你该让大家看看，为什么我说你是我最好的学生。"伊琳娜把长发甩到身后。

"我们对付这些人，你和伊琳娜直接杀进去。她熟悉宫殿，你跟着她。"基拉紧握剑柄，平静地下了命令。

"你们呢？"

"不要再考虑我们。不要回头，阿加塔，不要回头。"

基拉虽然看上去已年近五十，但仍像以前一样身材苗条，容颜美丽，尽管眼角已经出现了鱼尾纹。我们都知道，她战斗经验丰富，所以当她几个箭步前冲，然后做了一个轻盈的回旋，右臂猛挥，把狭长的匕首插进那个弩手的脖子时，只有我们毫无意外，觉得理所当然。

侍卫们冲向我们，我们也朝他们冲过去。基拉和莉莉亚娜冲在最前面，给我们清理前进的道路，我和伊琳娜跟着她们，其他人则跟在我们后面。我和伊琳娜只是防守，在士兵中穿插，按大姐的吩咐向宫殿门口杀去。我躲开挥来的手臂和利刃，看到玛拉们迅猛出手，轻松打退了侍卫们的攻击，哪怕是身穿法袍也没影响她们矫健的动作。

我们被教导手握长剑，成为战士。但我们接受训练是为了对付邪祟生物，我们可以勇敢地割断它们的生命线，因为它们本来已死。

但从没人教导我们如何无情地杀死活人，因为没人认为有这个必要。所以当姐妹们打退了敌人的进攻后，没有马上发动决定性的致命打击，而是迟疑了珍贵的几秒钟，犯下了大错。这几秒钟的停顿就让敌人伤害了两个姐妹。

我跑到宫殿门口后，没有听从基拉的吩咐，而是在进入宫殿前回了下头。我回头时看到，莉莉亚娜受伤，雅娜已死。

我胸中的怒火堵塞了喉咙。当走廊里又有新的侍卫冲向我和伊琳娜时，怒火化成了一声怒吼。我毫不手软地杀死了所有挡在我们路上的士兵。五分钟后，握着匕首的手上已经沾满了敌人的鲜血，手柄不断打滑。我的法袍有几处被割破，下摆被鲜血打湿，变得十分沉重。伊琳娜承受了大部分攻击，左腿受了伤。

"主厅！"她喊了一声，又杀死两人，"沿这条走廊，直走到底！"

我点点头，只一回头就发现，我们背后的道路上堆满了尸体，走廊里充斥着叫喊声和哀号声。但还有侍卫从走廊另一头向我们跑来，人数很多，比我们杀死的还要多。

我们跑过一个转角，我差点摔倒在铺满了地板的松软的红地毯上。我最终在走廊尽头看到了我们的目的地——装饰着金色植物图案的高大殿门，这是通往王宫大殿的门。我们两分钟前刚从一个侍卫嘴里得到这个消息，王子和国王就在里面。他们听到了我们要求交出王子的呼吁后，就一直坐在那里商量怎么办。

"阿加塔，去找他！"伊琳娜向前推了我一把，自己留下来对付那群护卫，为我多争取几秒钟的时间。

我有些犹豫，向前迟疑地走了几步。

"走！"

我颤抖着，最后看了一眼老师脸上温柔的笑容。我们都知道，我们的分别会很短暂。我们马上又要见面了，但已经是死后，在女神身边，她会送我们前往全新的、可能更幸福的生活。其他姐姐可能会比我死得早一点，但我也会在这所宫殿里迎接自己的死亡，所以我离开伊琳娜，向前飞奔。

我跑得很快，没有停下脚步，直接撞向了大殿正门，而大门在我的撞击下仅仅摇晃了一下。门被锁住了。我的胳膊被撞伤，痛得我大叫一声。我举剑砍向门上巨大的黄金把手，在刺耳的噪声中皱起了眉头。把手被砍得变形，被砍歪了一点儿，我一次次抡剑砍向把手，看着门锁被砍得像木头一样"喀喀"作响，慢慢被砍开。

再砍一两剑就可以了。

我从眼角余光中看到伊琳娜倒了下去，她的红法袍像一个鲜艳的光点，正跌出我的视线，消失在大堆尸体和跑向我的人群当中。

我怒吼一声，拼尽全力一剑砍去，门锁几乎被整个砍开。我伸手去拉右边的半扇门。在有人拉住我的法袍，迫使我转回头之前，我拉开了门。一把长剑插入我的身体，一剑贯通，扎进了我身后未被拉开的另一扇门上。然后我感觉第二把、第三把利刃扎进了我的身体。我对这从未经历过的疼痛感觉有些迟钝，却清晰地感觉到体内血液迅速流进了嘴里。血流得很多，流到了我的下巴和脖子上，淋湿了地板，让我喘不上气来，声音嘶哑。周围变得奇异得寂静无声。当我抬起模糊的目光，看向那些杀人犯时，他们没有人笑，没有人高兴，都满眼恐惧，向后退去，不敢留在我身边。于是我明白，我要死了，离我的目标只有一步之遥。

第十三章

"女士,您什么时候出发?"英娜快给我做完发型时问道。

她把我脑袋上面的头发编成了几条疏松的辫子,用发带盘在脑后,把下面的头发披散开。

"今天傍晚。"我回答说。

"我听说您要去边境森林,那里可是很危险的地方!"

"没什么可怕的,莫洛克会陪我去的。"

玛丽娜猛地从打开的柜门后探头看了我一眼。

"是那个恐怖的家伙陪您去吗?"她叫了一声,把给我找到的长袍按到了胸前,"他真的没有脸,是个骷髅吗?"

"傻瓜!女士怎么可能知道呢?!大家都听说过,如果你看到了莫洛克的脸就会死的!"英娜反驳道。而我则忍着笑,想着幽冥之仆对这类传闻如何不屑一顾。

"没什么,他只是保护我。"我安慰她们。

"这么晚出发吗?晚上外面是漆黑一团的。"英娜摇着头。

"如果考虑中间休息的话,路上需要一天两夜的时间,我们刚好可以在黎明时赶到森林。要靠近这种危险的地方最好是在白天。"我笑着解释。

"我们给您准备衣服和食物,回头把东西都放在这儿。"

我正在考虑是否谢绝食物,但想起莫洛克可能需要吃东西,所以点点头。

"女士,您看上去漂亮多了。"玛丽娜帮我在黑色衬衫外面穿上了一件暗红色长袍后说道,"以前您的皮肤十分苍白。我们走后,您要把早饭吃完,您需要增加体力。这是今天阿隆先生提醒我们给您送来的。"

我瞟了一眼托盘。今天她们给我端来了煮鸡蛋、金黄色小面包、苹果酱和蔓越莓做的莫尔斯果汁。阿隆知道我喜欢喝莫尔斯果汁,不过苹果酱的事他又猜对了。我生前也爱吃苹果酱。

"他还让我提醒您,说您答应去看训练了。"英娜微笑着,"需要送您过去吗?"

"不用。你们告诉我训练室在哪儿就可以了。"我谢绝了她们的好意。

"在一楼中间有个走廊。您直着走,然后向左拐,再向前。我相信您能找到的,那里通常很吵。"

姑娘们行了个屈膝礼,离开了房间。我端起盛着莫尔斯果汁的杯子,在喝下第一口果汁前傻傻地一笑,想到很久没有和别人对练了，我突然来了兴致，想知道阿隆是不是真的剑术比我高，或者莫洛克有多厉害。如果我向他请求的话，他会不会同意训练我？我对莫洛克的战斗能力丝毫不知。

尽管我的身体没有腐烂，但在二百年的时间里已经变得十分虚弱。我那天在林边的表现还不错，但仅仅是不错而已。我出现了失误，而且还受了重伤，如果我不是个死人的话，那天还可能死掉。伊琳娜曾说过，我是她最好的学生，因为我每天都在刻苦训练。我还记得，我曾经多么努力地重复着同一个击打和回旋动作，直到汗水糊住了眼睛。我当时就知道，我做这些不仅是为了保护自己，还要保护安娜。但最后这些训练在我面对突如其来的危险时，在安娜突然爱上王子时什么也没能帮到我。现在我只能希望莫洛克说得对，另外现在我的身体与被唤醒后第一周相比确实已经强壮了很多。

我按着侍女们说的路线走下了一楼。她们说得对，我每多走一步，就能更清晰地听到木剑的撞击声和人的叫喊声。根据嗓音和听起来很阴险的挖苦声判断，是阿隆和丹尼尔在对练。

我转身向喊声处走去，然后置身于一个宽敞的大厅内。大厅的天花板很高，巨大的窗户上挂着半透明的窗帘，勉强能遮住阳光。如果不考虑竖在墙边的几个放着训练和实战武器的架子，那么整个房间里空荡荡的。天花板很高，所以叫喊声和武器撞击声伴着回响在房间里飘荡。我停在门口，看到阿隆趁王子出现了一个破绽，一脚蹬在他胸前。王子摔倒在地，伴着刺耳的划擦声在涂了油漆的木地板上滑动。他训练用的长剑则向我飞来，砸在我的靴子上。

"阿加塔！"丹尼尔跳起来，冲我喊了一声。

他冲我露出迷人的微笑，满脸阳光，对于几秒前被丢脸地踹翻在地没有丝毫难为情。王子走近我，拾起地上的剑。我打量着他身上被汗水浸透、贴在胸前的暗灰色衬衫。

"我已经在想念你了。"他一边吻我的手，一边低声耳语，我不知为什么身子有些僵硬，有些不自在。

"丹尼尔！是不是可以把你拖延时间看成是认输啊？"阿隆站在离我们六七米远的地方，呵呵一笑。

我抬眼看了看他。我们的目光只有瞬间的交错，然后他又看向了王子。

"阿隆，你只要有一点点良好的风度，就应该知道，当一位小姐进入房间时，要欢迎她才对。"王子高兴地说了一句，又站到了训练对手面前。

阿隆又转头仔细看着我，眼睛里是品评的目光。他就和我们第一次见面时一样端详我。他微不可察地冲我笑了一下，又把注意力转向王子。

"国王给我付钱不是因为我会接吻，而是因为要经常给你们王室擦屁股。我们今天的训练还没完呢。"

"阿加塔！"我听到叫声后才注意到叶列娜，她穿着一件娇嫩的淡紫色连衣裙，手拿一本书，正把双腿蜷在身下，坐在墙边的一张软沙发上，"来我这儿。他们说废话的时间比训练的时间还要长。"

我呵呵一笑，坐到了叶列娜指给我的地方。公主说得对，两个年轻人又斗了几分钟的嘴，才重新动手。我仔细观察了一会儿，发现两个人都很出色。尽管两个人都有些累了，但依然行动迅速，闪避敏捷，出手凶狠。如果我在真刀实枪的战场上遇到这样的对手，也很难轻松打败他们中的某一个人。尽管丹尼尔明显比阿隆要弱一些，但阿隆的防守中也有不少破绽。我基本上对他们两人的剑术有了概念，但突然看得更仔细了。我发现阿隆在进攻时露出几个明显的破绽后，王子都能利用这些破绽，而此时阿隆的嘴角则露出微笑。我身子坐得更直了，发现我的观察结果是对的。阿隆即便没有发现王子的所有失误，但起码能看出大部分，有时会本能地动作，想利用对方的失误，但最后还是手下留情，有时甚至是主动露出破绽。

他在放水，他明显地压低了自己的真实水平。我开始时有些警惕，但后来想起他是在和阿拉肯的王子斗剑。他们之间的友谊应该有个不能超越的界限，阿隆大概不想让丹尼尔太难堪吧。

"你觉得我哥哥怎么样？"公主突如其来的问题打断了我的思路。

我转头看了下这位姑娘，她正把满头秀发甩到背后。她用拳头托着脸颊，身子斜靠在椅子扶手上，大概已经观察我一会儿了。

"王子好像是个好人。"我平静地回答道。

叶列娜使劲哼了一声，明显不满意我的回答。

"我是问，你看他是不是很讨人喜欢？"她微笑着，露出一口整齐的牙齿。

"他……嗯……是个讨人喜欢的年轻人。"

"你实际上和我们是同龄人。你是十九岁死的吧？"

"是的。"

"关于丹尼尔,你没有其他可说的吗?"

"他看上去……是个很善良的人。"我犹豫了一下才说道,不知道怎么回答才能让她满意。

她用拳头捂着嘴,小声笑了起来。

"那你呢,叶列娜,你爱那个谢维林吗?"

笑声一下子停住了,但我在姑娘脸上没看到愤怒的表情,她看起来若有所思。

"我只见过他几次,而且大约是在五年前。是的,我大概曾经爱上过他。他是个很漂亮的年轻人,但因为我们几乎从没有交谈过,所以我爱上的只是他的外表和风度。"她无所谓地耸耸肩。

"也就是说,你没有因为他拒绝你而心碎?"

"没有,但让我有点儿难过。谢维林很草率地拒绝了我,找了一个鬼才知道从哪里来的陌生女人。"叶列娜恼火地合上了书,"他说不定遇到的是个女妖,是女妖把他迷住了。我不知道怎么解释他这种愚蠢的行为。我为了他曾经压抑了对所有其他人的感情,不让自己去想除他之外的任何人,因为我知道,这就是我的命运。我的婚姻有可能为两国带来长久期待的和平。"

姑娘把两条腿伸到地板上,有些恼火地整理着裙子。

"当然,我也有一点儿幻想,期望结婚以后我们能真正爱上彼此。不过你可能也清楚,对于像我这样的人来说,为爱结婚是一种奢侈。"

我点点头,因为我确实清楚,在这类婚姻中看重的是政治利益,特别是如果涉及公主时。我有点可怜这个姑娘。她可能暂时逃脱了被用于交换的命运，但不知还能逃脱多久。

"谢维林为了满足他自私的欲望而唾弃了和平。"叶列娜感受到了我对她的支持，抱怨着。

"对他的未婚妻一无所知吗？"我又问了一次。

"一无所知。她现在好像已经是塞拉特的王后了。"姑娘几乎是咬着牙在说，"但谢维林像对待宝贝一样保护她，我们没有一个密探能了解到她的名字，长什么样儿。她完全跟个女妖一样！如果她不是女妖的话，那谢维林就是个十足的大傻瓜，舍弃了两国和平而选择了一个女人。"

"我很高兴，你不再爱他了。"

"为什么？"她有些吃惊。

"这样当我割开他的喉咙，割断拉斯涅佐夫家族的血统时，就不会感到一丝一毫良心上的责备了。这样我就终于完成了姐妹们拼死未完成的事情。"

叶列娜满意地点点头，握紧了我的手。

"你如果以后能认真考虑一下我哥哥，那我会很高兴。"姑娘狡黠地一笑，向我稍微倾过身子，压低声音说道。

"阿加塔，你要不要和我对练一会儿？王子已经累坏了。"阿隆坏笑着，用下巴朝丹尼尔指了指，丹尼尔确实累坏了。

我脱下长袍，走到大厅中心，从丹尼尔手里接过剑。

"你确定还要继续吗？"我看到他几绺漆黑的头发粘到了被汗水湿透的前额和脖子上，于是朝他晃着剑问道，"你看起来也累了。"

"嗯……那你大概就有机会打赢我了吧。"

他抢先发动了攻击,不过动作不够迅速,更多是一种试探。我轻松地闪开他的第一次攻击,挡开了第二次的砍劈。

"你真的认为丹尼尔善良,还很迷人?你觉得我怎么样?"当我们双剑交错时,阿隆低声问道。

我惊讶的目光在他脸上停留了一瞬。他居然偷听!

"我们刚见面时你就让我很讨厌。"我对他嗤之以鼻,全身放松,围着他绕开了圈子。

"很高兴听说第一次见面就给你留下了这么深刻的印象。"年轻人呵呵一笑。

我向前进攻,做了几个假动作,想绊他一跤,但他灵巧地闪开了。阿隆举剑刺来,我扭身躲开,剑交左手,以身体为轴转了一圈,转过剑刃,用剑身重重地拍在他肩头上。

"招数不错。"阿隆诧异地嘟哝了一声,开始防守薄弱位置。我相信他肩头会有一大块瘀青的。

他想用假动作欺骗我,但我在最后一刻挡开了他的剑。我们不紧不慢地绕着圈子,寻找对方的薄弱位置。

"原来玛拉的剑术这么厉害。"我的对手开始夸奖我。

"如果我们是在我生前交手的话,那你现在已经躺在地上了。"

"真的吗?"他故作吃惊,眼睛中却闪耀着兴奋。

他猛地向我冲来,速度比以前快得多,我费力躲开他的剑,明白了他刚才也在对我藏拙,现在才展示出了他真正的剑术水平。我低头弯腰,他的剑在我头上刺过,我一拳打在他身上。阿隆咳嗽了几声,我退后两步,一边嘴里"咝咝"地叫着,一边甩着手。看上去是我打中了他,但不知为什么,我感觉在他的步步紧逼下我吃亏更多。我突然想让他掀起衬衫，确认他有没有作弊，有没有在身上藏了块木板。我打量着他的肚子，有点分神，阿隆趁机猛攻几次，最后一次刺中了我的大腿。我脚步踉跄了一下，他顺势把剑尖抵在我喉咙上。

"你刚才分心了。"他说得很肯定。

"没有，只是不够快而已。我不想出一身大汗，也不想因为赢了你而伤了你的自尊心。"我笑着撒了个谎。

"你刚才一直打量我的身体，如此看来，也是想恭维我吧？"他一边挖苦我，一边接过我手里的木剑。

"主要是想数一下，王子在你衬衫上留下了多少脚印。"

丹尼尔和叶列娜笑了起来。

"阿隆，剑术对抗大概是你赢了。不过言语交锋是阿加塔大获全胜。"王子从座位上站起来，递过来我的长袍。

"作为男人，我骄傲地承认我失败了。"阿隆反讽了一句。

我尽量一脸淡定，不过他的话既让我难为情，又让我有些高兴。我从不认为自己喜欢挖苦人是个好习惯。我的姐妹们就因为我的这种性格而不喜欢和我争论，说我牙尖嘴利。只有莉莉亚娜和安娜偶尔会和我互相说些挖苦话。

"你能教我吗？"叶列娜站起来，抱住了阿隆的胳膊，身子紧紧贴着他，近得有些不成体统。年轻人身体紧绷，但没用力抽出胳膊来。

"如果公主喜欢的话，我会教的。"

"那我走了。我还要再去看下尼古拉，出发前要处理一下买来的药物。"我系着衣服上的扣子。

"等一下，我和你一起去。"阿隆正要收拾地上的剑，抬头说道。

"不用。"丹尼尔拦住他，"我先送阿加塔去哥哥那儿，然后再去御医那儿。你留下来陪叶列娜，教她一会儿。"

我看到兄妹俩在交换眼色，丹尼尔特意想让他们独处。我看到叶列娜抱着阿隆胳膊的样子，明白了公主说她再也不爱谢维林是真心话。她的心好像已经找到了新的倾慕对象，决定不再矜持，而是要把握住她喜欢的这个年轻人。看来阿隆在这方面是个不错的选择。

"那我们几天以后见，阿隆。"我最后朝自己的护卫点点头，他什么也没说，也点点头算是回答。

我大声地长出了一口气，引得莫洛克向我转过头来。

"没什么事。"我赶紧解释，不想让他担心，"我只是感觉好像从笼子里钻出来一样，这里就连呼吸都更畅快些。尽管这听起来很愚蠢，我是不需要呼吸的。"

"不愚蠢。"他摇着头，面具上的金色图案反射着阳光。

我们大约三小时前离开了王宫，沿大路前往北方的边境森林。城里路上行人很多，我们只能拉着马缰慢慢走，不敢放马狂奔。我们一直沉默不语，在市民们持续关注和怀疑的目光之下，我们感到一种无处不在的压力。当一小时前我们终于走出市区后，我们加快了速度，让马儿也能活动一下腿脚。田野和树木从我们身边飞闪而过，我们选择了阿拉肯和塞拉特之间的一条主干路。我记得这原来是一条很宽阔、人来人往的道路，但现在部分路段已经长满了野草。我们在路上只看到了三个行人，他们看到我们跑近后停了下来，退避到了路旁。

离日落还剩两个小时。秋天的空气已经很冷，但在煦暖阳光的照耀下天气却相当温暖，可以放下风帽，不用钻进厚重的披风里，把鼻子藏进皮毛里。我很高兴，因为我差点儿忘了戴手套，幸亏莫洛克提醒了我，否则双手此时已经冻得发青。

当马儿跑得有些累了时，我们放慢了速度。

"你觉得拉赫马诺夫家族怎么样？"我厌烦了这种沉默的气氛，所以提了个问题。

"和所有其他王室一样吧。我不喜欢他们。"

"你为什么要给他们效力？"

我先等了三十秒钟，又等了一分钟，等两分钟过了以后，我觉得他是不会回答这个问题的，但他五分钟以后又开始讲了起来。

"我当时听到一个传闻，说王子想唤醒一位玛拉。我听说他找到了你的墓地，我找过但没找到，所以我来了，提出给他们效力。"

"你为什么想唤醒玛拉？"

"有些原因。"

我等着他再说些什么，但他不再出声了。我紧闭嘴唇，感觉自己得不到这个问题的详细答案了。

"我听说，我们死后莫洛克们起来抗议了，这是真的吗？"我等了十五分钟后，又提了一个问题。

"是的。"

"为什么？"

"你是新一代玛拉,从你出生时往上算起,如果不是有上千年的时间,那至少有几百年时间没人给你们讲真话了。他们想回避这个事实,但我们的老师一直给我们讲实情。"

"你说的实情指什么?"我拉了下暴风雪的缰绳,让它绕过一个深坑。

"你从没想过吗,为什么玛拉中只有姑娘,而莫洛克中只有男人?"

"想过。"

我甚至还问过几个老师,但她们也不知道确切答案,把这一切归结为一种思想,那就是莫拉娜体现了女性之源,而幽冥则体现了男性之源,所以被选中者的性别也划分得一清二楚。

"玛拉和莫洛克最早就像兄弟姐妹们一样。"莫洛克的话让我震惊,"我们友好和睦,相互支持。我们尽管能力不同,但做着同样的事情。然而人们害怕幽冥,甚至害怕提起幽冥,所以想避开像我这样的人。玛拉们则向往爱情,想让世人尊敬她们,于是你的前辈们决定和我们划清界限。但我们没有忘记这些,所以听说世人如此对待你们,我们十分愤怒,直到现在仍然很愤怒。"

我低下头,感到有些难为情,努力收拾着散乱的念头。我尽管从未听说过有莫洛克伤害玛拉的事件,但一辈子都在害怕他们。因为他们与幽冥有关,一直让我,让其他人感到恐惧,实际上我们根本不用害怕他们,甚至可以说我们和他们一直是并肩作战的。

我脑子里闪过千百个念头,琢磨着在这个问题上是否应该相信莫洛克。但莫洛克撒谎和杜撰出来这些又有什么用呢?

"那么你是我的监督人还是我的……保护人？"我有些迟疑地问道。

"保护人。"

"丹尼尔最初威胁我，说会下令让你把我送到幽冥之地……"

莫洛克对此冷冷一笑。笑声阴郁、低沉，让我后背起了一层鸡皮疙瘩，不是因为恐惧，而是因为他的面具造成的低沉颤动。如果面具后确实是人脸的话，那么是面具把他的嗓音变得让人无法辨认。莫洛克并不是在恐吓我，但他的冷笑就好像是从一口深不见底的井里传出来的。

他笑过之后，下一句话又让我大吃一惊。

"如果他那天给我下了这样的命令，那我会立刻用双手砸烂他的脑袋，然后杀死他的所有士兵。"

当我的心脏突然传来一下轻微的跳动时，我颤抖了一下。跳动确实很轻微，轻得就像一次痉挛，但我已经太不适应这种心跳了，以至于我觉得好像全身都颤抖了一下。然后我又感觉到了第二次跳动。

第三跳。

第四跳。

"怎么了？"莫洛克看到我把手摁到胸前，问了一句。

第五跳。

又停了下来。

我失望地揉搓着心脏位置，希望它能再跳动起来，但什么都没发生。

"我刚才感觉心脏开始跳动了，但后来它又停止了。"

"这是正常的。还会再反复几次，有一天它会真正跳动起来。只有身体机能全部恢复了，才能把你复活。"

"就是说如果我的心脏不跳动，你就无法真正复活我？"

"是的。"

"你从哪里听来的这些？已经唤醒过其他人了？"

"是的。有过一次经验。"

时间对我们不利，而我们背后正在积聚的沉重的浅灰色乌云可能会使道路变得更加难行。如果下的不是雨而是雪，情况会更加糟糕。我们不仅会困在半路上，而且可能来不及在森林里找到所需的药物。我们之后几乎沉默了一路，拼命打马赶路。直到马儿需要休息，或者我们在马鞍里再也坐不住时，我们才停下来休息一下。让我们庆幸的是雨没有下起来，日落后也没有冷到让我们必须去村庄和旅舍投宿的程度，因此我们在道旁几棵稀疏的树木下面露了营。我们燃起了篝火，莫洛克给了我一个他带来的睡袋，我则把英娜和玛丽娜给我准备的食物篮子递给了他。

"我不用吃东西。不过你说你的面具后面是脸，那就是说，你应该还有嘴巴的。"我挖苦他说。

莫洛克呵呵一笑，不过还是伸手接过了篮子。

"你要摘下面具吗？"我尽量让声音显得漠不关心，把睡袋铺在篝火旁。

"还没人看到我摘下面具的样子。你不怕死吗？"

"你自己说过要保护我的。"我怀疑地看了他一眼。

"所以我不会在你面前摘掉面具。"

我只能点点头，不再坚持。他对我已经够好了。对于鄙视并且离开了莫洛克的玛拉来说，这可能已经超过了我和其他玛拉应得的待遇。如果我知道……如果玛拉和莫洛克们一起战斗，那么我坚信，我们那天会胜利的。我和姐妹们也不会牺牲，我可以用手掐死王子。

我脑子里想着这些，裹紧披风，缩进睡袋中。我特意背朝着篝火和莫洛克，让他能安安静静地吃一口东西。不过哪怕我想偷看一眼，也办不到：我刚刚找了个舒服姿势，就全身放松，进入了梦乡。

※

我们在路上又花了一天一夜的时间，到达边境森林外面时恰好是天亮后两小时。

"女神啊……这里出什么事了？"我长出了一口气，目瞪口呆地看着面前的林墙。

"战争。"莫洛克言简意赅地答道，拉了下马缰，让自己的糖块儿停在我身边。

面前的森林和我记忆中的模样完全对不上号。记忆中的森林里曾经长满了针叶树，每天早晨都有清凉的雾霭在林间飘荡，充满了神秘色彩。那时的森林终年苍翠，只有冬天才会覆盖上皑皑白雪。我和姐妹们喜欢来这里，也经常会遇到邻近的塞拉特和阿拉肯村庄的居民。他们来森林里采集红莓果和山楂，鲜红的浆果在冬天洁白的雪景下特别显眼。

现在的森林就像被一场迅猛火灾洗劫过的人间惨境。一半多的云杉和松树长得歪歪扭扭，树干颜色乌黑或者发灰。然而树干没有折断，仍倔强地矗立在那里，守护着自己的领地。它们长得高大异常，我只有仰头才能看到树冠；也长得极为茂密，十米开外的东西就很难看清了。脚下的土地覆盖着厚厚的陈年松针和发黑的松塔。我们不想走进这片森林，但别无选择。我知道在哪个方向上可以找到帚石南和山楂，所以期望着在两小时内完成任务。我相信，莫洛克也不想在出入这片森林时遇到麻烦。

我先向森林右边看了一会儿，又看向左边。林带向两侧伸展，平直得像一条人为划出的直线，两边都看不到尽头，无怪乎这片林子被称为无尽森林。

"里面有多危险？"我边从马上爬下来，边问莫洛克。

暴风雪停步不前，倒换着四蹄，不安地晃动脑袋，不想走近森林。我不想折磨马儿，所以牵着它走到孤零零地矗立在森林外边的几棵光秃秃的白桦树旁。莫洛克的糖块儿表现得也好不到哪里去，我的伙伴也拉着缰绳，牵着它走。

"很危险。但危险并不只是来自邪祟生物，那里还可能有塞拉特的士兵。"

"那我们还是希望邪祟生物只会撞上他们吧。"我漫不经心地回答。

"你一直这么毒舌吗，还是死亡让你性情大变？"男人讥讽地说。

"我不知道是你的幽默感让我害怕，还是吃惊于你居然会开玩笑？"我用同样的口气反唇相讥。

"如果你认为这就是幽默感的话，那是因为你没看到我为了消遣而把别人的眼球打爆,把小猫淹死。"

莫洛克看到我脸上露出带着点儿厌恶的恐惧神情后,笑了起来,又发出了那种像是从深井中传来的令人毛骨悚然的笑声。

"这些话是不是更符合我的形象,玛拉?"当我转身把马拴到树上时,他又嘲讽地加了一句。

我刚才有一刻相信了他的话,把他的话当了真,现在觉得有点儿不好意思。我不能再把他当成个怪物了。

男人突然递给我一把剑和两把长匕首。

"难道说丹尼尔同意给我武器了吗?"

"你还在以为那个小男孩儿是给我发号施令的主子吗?"他说话的口气中透出了一股不屑。

我笑了一下,拿过武器,拴在腰带上。莫洛克背后插着一把重剑,一把长匕首挂在大腿上。我想起了幽冥之仆的一些事,饶有兴趣地打量着他的剑。重剑看上去十分普通,就是插在一个有些破旧的黑色皮鞘内的长剑。剑鞘上的皮子也有些破旧,与其说是黑色的,倒不如说是暗灰色的。就连剑首都毫无花哨可言。不过,根据传说,他们的剑是特制的,在莫洛克中间一代代传承。他们的剑上涂了一层银,对幽灵和其他鬼物有特效。剑刃上雕刻的符文不仅能帮助杀戮,而且能割断生命线,因为莫洛克与我们不同,尽管知道生命线在哪里,但看不到它们。

我们朝森林走去。我走在莫洛克后面离他两步远,认真端详着他身上让我以前觉得破旧不堪的披风。我发现披风的布料有些奇怪,不假思索地就要伸手去摸。

"我听说,最初你是一个人去的拉斯涅佐夫王宫,想一个人去找王子送死。你知道自己是在送死,是真的吗?"面具下传来的阴森声音让我哆嗦了一下,使我清醒过来,我在他发现之前迅速抽回了手。

"嗯,是的。我是想抓住阿里安的金发,把他的脑袋撞碎在他的宝座上。"

莫洛克猛地停住脚步,向我转过身。

"你说什么?"

"我是说,我想抠出这个坏蛋的眼球,揪掉他的金发,听他如何哀号。但我既然没有找到阿里安,现在只能斩断拉斯涅佐夫家族的血统了。还好谢维林是他们家族最后一个人,杀死他不需要太多时间。"

莫洛克这次毫无反应。我们穿过林子边缘,走入树木阴影中。我们说好在林子里尽量少说话,免得引起那些生活在枯萎的树叶、苔藓和陈年松针下面的生物的注意。因为我知道要找的药物生长在哪里,所以他踩着我的脚印,沉默地跟在我身后。尽管莫洛克身体沉重,还穿着护甲,但他脚步很轻,以至于我经常不由自主地回头看一下他是不是还跟在身后。

我不喜欢这里。林子里异常死寂,闻不到森林中特有的那种味道,这让我全身紧张地绷着。以前这里散发着鲜活的气息,现在哪怕我大声吸气,也只察觉到腐败和老朽的气味。我们走得越深,看到的奇形怪状的树木就越少。森林深处的树木生机更强大。树木呈现出暗绿色,但显得阴沉沉的,长得很茂盛,就好像野性难驯,想要隔绝人群,不让任何人来到这里。半小时后我们进入了未被大火烧过的地方,但树枝遮挡了大部分阳光,把我们掩盖在一片异常的昏暗中。这里比森林外边要暖和得多。我们只有穿过这片乱树丛生的林区，才能进入一片松林。那里更容易通行，树木之间的距离更大，地方也显得更空旷一点儿。

我们最先找到了帚石南。出乎我的预料，我们在林中找到了一片不大的空地，上面长满了低矮的薰衣草花。这里帚石南的数量很多，完全够用。我撩起法袍，跪在地上采集草药，莫洛克则一声不吭地把一个小挎包放在我身边，让我把草药放进里面，自己则环视着四周。我在一片寂静中听到了猫头鹰的几声尖厉的叫声。我用匕首多割了一些草药，想着最好能多备一点儿，不知道尼古拉要喝多少药剂呢。

找山楂用的时间比较长，又花了一个小时才找到。在我以前采集山楂的地方，那里的浆果树所剩无几，只有两丛长着红色山楂的灌木。我把仅存的浆果采下来放进一个特制的篮子里，但采到的山楂数量不够，于是我领着莫洛克向森林深处走去。幸运的是，我们很快找到了四棵小树和几个灌木丛。为了早点采完，莫洛克也弯下腰来帮我采集。他开始时用力太大，把山楂在手中挤碎，果汁流满了黑色手套。他骂了一声，我小声笑了起来。他继续小声骂着，把手上的果汁和碎果肉甩掉，这让我笑得更欢了。

"不许笑，这不好笑。"他恼怒地嘟哝着。

"还不好笑吗？"我实在忍不住了，"你讨厌我的笑声吗？"

"不，我挺喜欢的。"

笑声噎在我的喉咙里，我咳嗽起来。我抬眼看着莫洛克，他就像什么也没发生一样，在苔藓上把手擦干净，继续采浆果。如果我请求他的话，他能帮我逃跑吗？现在是不是就可以尝试一下？

我晃了晃头，把这些不请自来的念头丢了出去。

我需要的不是自由，而是复仇。我不想拖累莫洛克，不想让他有生命危险。因为这件未竟之事，我的五个姐姐两百年前已经献出了生命。我不想让莫洛克成为下一个受害者。

一个小时后我们往回走。现在是我的同伴走在前面，我全身放松地走在后面，不再警惕地观察每一处阴影，不再对每个树枝的断裂声转头查看。

所以是一直警惕的莫洛克最先发现了它们。他抓住我的手腕，把我拉向一旁，想绕过危险之处，悄无声息地离开，但鬼物们离得太近了，马上把头转向了我们。

我在树木间发现了三个吸血鬼，但我相信，实际数量会很多。

"准备。"男人小声说了一句，把篮子和挎包放到了安全位置上。

我抽出两把匕首，不想用剑，因为有可能不小心把剑卡到树上。我想冲到前面，但莫洛克抓住我的肩膀，把我拉到了后面。

"我已经是死人了，我来处理更好。"我固执地说。

"别犯傻。"

"你要死了，我也会死。"

"你刚刚还因为我在旁边吓得全身发抖，现在就以为我对付不了几个吸血鬼吗？"

"你说得对。"我不满地嘟哝了一句，他则"唰"的一声抽出了长剑。当我看着长剑，吃惊地张大嘴巴时，他嘿嘿一笑。

剑鞘和剑柄看起来似乎普普通通，剑身却闪着幽光，像艺术品一样精致。剑身为黑色，刻满了银色图案，剑身中央有几个符文。我甚至在其中看到了莫拉娜女神的象征，这再一次证实了莫洛克的话——我们是有联系的。

"别担心我,小玛拉。我还不想死呢。"他开玩笑地抚摸了一下我的头发。

我为了掩饰窘态,双眼紧盯着慢慢走近的吸血鬼,不满地嘟哝着:"希望你不是用刚才把浆果挤爆的那只手摸的我。"

他来不及答话,因为第一个吸血鬼已经跳了过来。莫洛克向前跨出两大步,然后一剑斜劈。怪物脑袋斜飞出去,身子则倒在了苔藓上。他以同样的速度处理了第二个吸血鬼,然后冲向第三个。我从刚才的尴尬状态中清醒过来,对身后的动静迅速反应,奇迹般地及时转身,把匕首刺进一个吸血鬼的脖子和肩膀之间,然后匕首手柄下压,割开了它的喉咙。我抬头数了一下,看到有七个活尸绕过树木,向莫洛克冲去,它们闻到了他身上鲜活血液的味道。

它们从后面向我们冲来。

我抽出匕首,一脚把吸血鬼踹开,它暂时不会攻击人了。我挡住了走在前面的两个吸血鬼,它们马上向我扑了过来。我闪身躲开一个吸血鬼扭曲的手指,把匕首插进第二个吸血鬼的眼睛。这些吸血鬼想绕开我,去攻击我的同伴,我只能在它们之间闪展腾挪。我杀死了四个吸血鬼,但一把匕首在掷向第五个吸血鬼时丢失,第二把匕首则卡在了第六个吸血鬼身上。我本想把匕首插进它的心脏,没想到偏了几厘米。我回抽匕首,却发现它已经卡死在吸血鬼的肋骨上,与此同时吸血鬼把指甲插入了我的右前臂。我还没来得及喊一声痛,吸血鬼就撕裂了我的长袍袖子,抓伤了我的皮肤和肌肉。我身上只剩一把剑,但我无法用左手抽出它，而吸血鬼则疯狂地抓着我的胳膊，想把牙齿咬向我的喉咙。

"不！"我咬牙喊了一声。

我可以抬脚蹬它的肚子，把它踹开，但这会撕裂我的右臂，因为吸血鬼的指甲还深深地插在我的手臂肌肉里。但我此时已没有犹豫的时间，因为我看到最后一个吸血鬼正向我走来。我准备好忍受疼痛，抬起了脚，但这时莫洛克从我后面伸出一只胳膊抱住我双肩，左手把一把长匕首从吸血鬼的下巴插入它脑袋里。吸血鬼的嘴巴不再一张一合，摔倒在地不动了。第七个吸血鬼是被幽冥之仆徒手杀死的：当这只怪物跳到我们面前时，莫洛克抓住它的头，猛拧它的脖子，直到它脖子上的皮被扯断。

吸血鬼倒了下来，我随后也坐到了地上，莫洛克则杀死了又从树后跳出来的三个吸血鬼。他的动作轻巧、准确，但没什么优雅和美感。他的动作看起来毫无技巧可言，就像日常工作一样自然。当终于安静下来后，莫洛克挥剑砍下了我杀死的几个吸血鬼的头，因为我没来得及割断它们的生命线，它们还有可能站起来。

当他走近我时，我正疼得嘴里"嗞嗞"叫着，恼火地从胳膊里抽出第二根长长的怪物手指。

"需要帮忙吗，小玛拉？"

"谢谢！我还是自己来吧。"我咬着牙说道，猛地从胳膊里抽出了最后两根指甲，"你现在都给我起绰号了？"

"你确实是玛拉中最小的啊。"

我拔出吸血鬼的指甲后，摸索着找到这只吸血鬼颈椎里的生命线，然后把生命线抓在拳头里，拉到它的身体外面。莫洛克默默地看着我拉出吸血鬼的生命线，用从吸血鬼脑袋里抽出的匕首把生命线割断了。

"实际上我妹妹才是最小的。"我纠正道。

莫洛克没有答话，我感激地扶着他伸过来的胳膊站起身来，打量着幽冥之仆。他身上没有一道伤痕，活儿干得干净利落，除了手套上有血以外，披风和护甲上没有溅上一滴血。心底的骄傲让我不想回头看下他到底杀死了多少吸血鬼，谁让我好久才发现有怪物从背后向我们发动了攻击。

"啊！"当他"嗤"的一声从我的红披风下摆撕下了一块布，开始给我包扎受伤的胳膊时，我挣扎了一下。

"如果你感染了，那么需要很长时间才能愈合，也会更疼。"

"这是件新披风，你就不能从你的披风上撕一块吗？反正它也是旧的。"

莫洛克哼了一声。

"从我的披风上撕不下什么东西来。它是面具的延伸，如果需要的话，不仅能藏住脸，还能藏起头发和身体。"

我忘了疼痛，好奇地打量着披风。

"这是阴影，只是十分致密，就跟布匹一样。你可以摸一下。"

我一半怀疑，一半恐惧地伸手去摸，但当手指触摸到某种软得无法想象、更像是浓雾状物质的时候，马上缩回了手。手指没有进入阴影中，但披风凹了进去。披风看起来没有重量，但有形状和密度。我用手按住胸口，不敢再去触摸阴影。

"它为什么看上去这么破旧？"我感觉不可思议。

"并非所有阴影都是黑色的。"

"每个莫洛克的面具都不一样，每个人的面具都是专门制作的，是吗？"

"是的。面具所反映的就是它所隐藏的东西。"

我没听懂他的回答，不过没有再问，因为想起了我们还在森林里，我可不想再遇到那些鬼物。这里确实有很多鬼物。莫洛克帮我收拾了匕首，然后拿起包和篮子，我们继续向森林出口走去。我没有再放松警惕，而是一边忍着胳膊上钻心的疼痛，一边倾听着森林中的异响。

当我们最后再无惊险地离开森林后，我不由得长出了一口气，微笑起来。我们把采集来的浆果都放进了鞍袋里，解开马，决定在稍远的地方休息一会儿。我和莫洛克都不想在森林旁耽搁，因为随时都有可能从里面爬出新的鬼物来。

我们两个都异常疲惫，所以在回亚拉特的路上交流很少。第一天晚上我一躺下就睡着了，黎明时分被莫洛克推醒，提议继续赶路。第二天整个白天和晚上差不多也是这样。第三天是我们待在一起的最后一个上午，我没有急于回王宫。让我高兴的是，当我与暴风雪不紧不慢地赶路时，莫洛克没有催我，没有问我为什么，而是迁就着我的速度。

"你开始时问过我拉赫马诺夫家族的事。你治好尼古拉以后，会留在他们这里吗？"当离首都只剩几分钟路程时，莫洛克问道，大概想缓解一下紧张、沉默的气氛。

"不知道。如果我不想留的话，他们可能会命令你安抚我吧。"我无所谓地耸耸肩，"说老实话，我对他们知之甚少。你有什么可说的吗？"

"我知道得也不多。只知道德米特里曾经是个好国王，但他现在太老了。他的大儿子尼古拉是第一任妻子所生,据说性格特别像父亲。普通民众寄希望于他,认为大王子能恢复两国之间的和平,结束他父亲未能结束的战争,清理无尽森林中的邪祟生物,就像你看到的那些鬼物。"

"尼古拉和丹尼尔不是亲兄弟吗?"我想确认一下。

"同父异母。"

我想起尼古拉的外貌确实与叶列娜和丹尼尔有些不同。

"有段时间曾有个传言,说德米特里有个情人怀上了双胞胎,那时他妻子还活着。不过,王后不久之后就死了。直到现在也没人清楚她是病死的,还是那个情人因为不想孩子成为私生子而把她杀死的。这样国王就娶了第二个女人。"

我点点头,一边听他讲着,一边整理着裹在胳膊伤口上的包布。伤口在不断地愈合,但手指仍不听使唤,用左手拉着马缰不太方便。

"但是后来,五年以后,丹尼尔和叶列娜的母亲,那时她已经是王后了,也死了。因为得了热病。"

"阿拉肯王后的命运可不太好。"我总结了一句。

我们停住了话头儿,因为亚拉特城已经从前面的暮霭中浮现出来了。我们走到王宫门口时已经是黄昏时刻。幸运的是,除了侍卫之外,没人出来迎接我们。莫洛克把盛着帚石南和山楂的挎包递给我,拿走了以前交给我的武器。但在牵马去马厩之前,他抓住我的胳膊肘,让我面朝着他。

"我要离开一趟,去办件事。大概会走一个月或稍长时间。"

我紧闭双唇,感觉自己不想再次孤零零地无依无靠。特别是现在，当知道了莫洛克是站在我这边以后。我只能会意地点了下头。

"我不在的时候，别遇到什么麻烦，小玛拉。"

我开始时没有答话，但当他转身刚要离开时，我突然慌乱地朝他后背说道："我可保证不了，所以你最好早点回来！"

当这句话脱口而出，飘在空气中时，我紧闭双唇，有些难为情，因为这句话听起来似乎还有其他意思。男人停下步子，微微转回头，我只看到了他的胡狼面具的边缘，然后他点了点头。

第十四章

时间不算太晚,还没法指望着大家都上床睡觉了,所以我在城堡里静静地走着,几乎是偷偷摸摸地走着,不想遇到丹尼尔。我现在太累了,不想听到他甜腻腻的话语,更没有心思礼貌地回应他。我先把帚石南和浆果送到了御医那里,明天我要炼制药剂了。然后偷偷往走廊里张望了一下,发现除了几个护卫之外再没有其他人,就走向自己的房间。

我回到房间里,关上门,把后背倚在门上,眼睛闭了一小会儿,让自己缓了一下神。然后点起蜡烛,直接把披风甩到地板上,然后小心地避开胳膊上的伤处,费力地脱下长袍。我脱得只剩下一件衬衫和裤子,遗憾地看了下摊在地上的衣服。

三天前这还是一套漂亮衣服,现在长袍袖子需要缝补,披风则根本无法修补。

我坐在软床边，想解下伤口上的包布，处理一下受伤的胳膊，但这时房门"砰"的一声打开了，我不由得哆嗦了一下。

"对不起，我不想吓到你。"阿隆看到我神经质的动作后，小心地把门掩上。

"如果你记得应该有点儿风度，先敲门的话，就不会吓到我了。"

年轻人猛地停住脚步，然后困惑地转头看了看门，就好像第一次听说要敲门一样。他手上拿着一个盛水的碗和几块干净的布。

"你拿的是什么？"

"给你裹胳膊的。"他冲我的右前臂伸了伸下巴，上面还缠着从我的法袍上撕下来的一块布。赶路时这块布被弄脏了，上面沾满了泥点儿和血迹。莫洛克路上几次提议换一下包布，但我不想换，所以每次都拒绝了。伤口需要清洗干净，我又不想浪费莫洛克的水，因为我们剩下的水不多了。

"你怎么知道的？"

阿隆用手拍了下软椅，示意我坐过去。

"有人汇报。你可能是偷偷进的走廊，但士兵们还是向国王、丹尼尔和我汇报了，说你回来了。一个护卫还说看到你的胳膊上缠着布。"

我坐了过去，把胳膊伸给他，让他处理伤口。要是我自己处理的话，就只是取下旧包布，最多用水清洗一下伤口，但既然阿隆要帮忙，就没必要推辞了。年轻人把碗放在小桌上，把另一把椅子拉到我身边。他坐得很近，我的一只膝盖夹于他两腿中间。无论我如何挪动那条腿，都会碰到他的腿，要么是这条腿，要么是那条腿。

"别乱动。"阿隆发现我忸怩不安后,直接用膝盖夹住我的腿,让我没了选择。

我张嘴刚要奚落他两句,他就撕下了粘在我伤口上的一块布,我疼得嘴里"咝咝"地叫起来。

"神殿里没人教过你们换药布吗?"年轻人责备地摇着头,把解下来的第一块脏布扔到桌子上。

"我可不想跟保姆抢活儿,要不然丹尼尔把你派给我干什么?"

当他猛地一下子扯掉了粘在伤口上的最后一块布时,我忍不住脱口骂了一声。我想把胳膊抽出来,但阿隆的手指紧抓着我的手腕不放。

"还不算太坏。伤口会像以往一样长好,但你身体里的血液好像多起来了。"他转动我的胳膊,查看着丑陋的伤口。

他说得对,几周前上次受伤时,伤口包布还没粘得这么厉害。阿隆清理了伤口上的凝血和污垢,然后默默地用干净的布把伤口包上。

"丹尼尔和他父亲正在参加参议院会议。他让我带你去国王办公室和国王见面。"年轻人一边包扎着最后一块包布,一边说道。

我恼火地大声叹了口气,知道我应得的休息又要推迟了。阿隆低声笑着,递给我一件新长袍,我不满地看了一眼长袍,把它披在了身上,权当做做样子。还好他没建议我换上什么连衣裙,否则我会故意穿着那件弄脏的衬衫去见国王。

"我真想拿自己在坟墓里的休息开个玩笑,但我已经被人从里面拖出来了。"我郁闷地哀叹一声，站起来，跟着阿隆走出了房间。

年轻人领我来到了一间宽敞的办公室里。房间里靠墙的位置上立着几排黑木做的书架，上面摆满了厚重的书册。房间里还放着几把软椅和一张不大的桌子。最引人注目的家具是一张用红木制作的巨大桌子，桌子后面坐着国王，正一脸疲惫地埋头处理文件。我进门时，国王德米特里略略抬起目光。阿隆停在门外，丹尼尔看到我以后，走过来查看我的胳膊。

"你自己要小心一点儿，阿加塔，不要让我担心。"他握着我的手，挤出了一丝微笑。

我张嘴刚要答话，但被国王的声音打断了思路。

"我很高兴你能安全归来，玛拉。但我想看到结果。尼古拉什么时候能醒过来？"

我想起了我们在哪里，于是从丹尼尔手里抽出胳膊，向前走到国王桌前。王子随手解开自己的长袍，坐在扶手椅上，两腿交叠。

"我明天就配制药剂。这种药剂能让王子恢复精力，还能稍微复原身体。晚上我试着加固他的生命线，之后每天都要给他喝药剂，直到他苏醒为止。"我一字一句地说着，希望这是叫我来的唯一事情。

"你不能直接把他唤醒吗？"

"不能。如果我不想让他死掉的话。"

"真糟糕！"国王失望地把手拍在桌子上，几个墨水瓶被震得"叮叮"作响。"我们已经尽可能向参议院掩盖了我儿子中毒的事情。正像我和你说的那样，我不想把民众送上战场！但该死的塞拉特人又发动了新的攻击,已经有人在我国领土上看到了他们。这是很多年来的第一次。"

"而且是在你和莫洛克去过的地方。你们离开得很及时,没有和他们遇到。加急信使在你们回来前的一小时送来了消息。"王子插了一句。

"是的。"国王接着说,"我希望森林对他们会像对我们的士兵一样具有威慑力。但谢维林肯定是有什么打算!我需要你尽快了解他的计划。"

"我会去了解的,但尼古拉剩下的时间不多了。我现在不能丢下他不管。"我不满地答道,小心地活动了一下肩膀——肩膀肌肉酸痛得厉害,我需要休息。

"他几天以后能醒过来?"

"如果他能活下来,大约一周之后。"

"一周之后?!"国王脱口而出,欠身想从椅子上站起来,但又疲惫地坐了下去,"一周后我们要在王宫里组织庆祝活动。是参议院成立二百五十五周年纪念日,所有参议员都会参加。我没法取消它……"

"如果幸运的话,需要五天时间。"我又说了个期限,虽然有点于心不忍,但没再缩短期限。最好不要给君主们许诺太多,否则最后吃亏的是我。

"让我们祈祷会这样吧。我们需要让参议院看到尼古拉还活着,因为流言已经在遍地传播了。如果他们认为尼古拉中毒确实是因为塞拉特的原因,那我就再也无法阻止这场战争了。你可以走了。"他朝我挥了下手,向王子转过身去。"儿子,有任何变化马上告诉我。如果尼古拉醒了,我要马上知道。"

阿隆第二天早晨到门口来接我,殷勤地要帮我做任何事情,甚至包括清洗浆果。如果需要的话,阿隆可以表现得很安静、温和,所以我并不特别讨厌和他在一起。但大约半小时后,丹尼尔王子被国王派了过来,然后又过了半个小时,当叶列娜听说丹尼尔和阿隆还守在我身边时,也赶了过来。

这三个人现在几乎成了挂在我脖子上的包袱和石头。我在王宫深处找到了一个小厨房,想尽可能多配制一些药剂,而他们则在厨房里喋喋不休地说着,碍手碍脚地走来走去。我从一个沸腾的大锅前转回身,看到只有阿隆完成了任务——把完好的和被压坏的浆果分开,然后开始用一把锋利的刀子切着草根。他们明显不想把这种刀子交给我,所以我就把这项任务交给了我的护卫。王子、公主和他一样,早就寂寞难耐了。我倒是乐于把他们赶走,但他们不见得会听我的,所以我能做的就是在阿隆心领神会的目光下继续默默地干活。

"有什么能帮你的吗,阿加塔?"丹尼尔又一次站在我身边,手放在我后背上,提出了这个毫无意义的问题。

我听到阿隆"当"的一声把刀剁在桌子上,忍不住哆嗦了一下。他正在做着我交代的事情。我想转头看一下,他有没有不小心剁掉自己的手指,但丹尼尔在我背上向下滑动的手掌吸引了我的注意力。

"是的。如果能劳驾殿下把手从热锅上和我腰上拿远点，我是不会拒绝的。"我往锅里放了清理干净的帚石南和薄荷，继续搅拌着，"前者和后者都有可能对您的健康不利。"

我说话时声音很大，背后响起了阿隆的大笑声和叶列娜低低的笑声。

"丹尼尔，我说过，你的这些手段只适合那些准备爬上你床的女孩儿们。"

王子不仅没有把手拿开，还走得更近了。他站在我背后，把下巴搁到了我肩膀上。

"妹妹暗示我，说我追求人的方式令人讨厌。你不喜欢吗，阿加塔？"

他对着我的耳朵小声说着，我的后背一阵抽搐。只有几个人曾经追求过我：有人曾经轻浮地对我调情；也有人单相思地眉目传情；还有人抓过我的手，送过鲜花。但还没有一个男人敢离我这么近。有两种念头在撕扯我的身体——是听之任还是用滚烫的勺子敲破他的脑袋。如果只有我们两个人，我大概还能允许他离我这么近，但我不喜欢他当着阿隆和叶列娜的面这么做。

"你妨碍到我了，王子。"

丹尼尔悲伤地点点头，稍微走开一点，肩膀倚到了调料柜子上。

临近中午时药剂熬得差不多了，我建议助手们去吃饭。王子和公主欣然同意，走出了厨房。阿隆最后一个站起身来，他是我唯一想真心感谢的助手。

我终于一个人安安静静地熬好了药剂。我往杯子里倒了点儿药液，一个人端着杯子来到尼古拉的房间。他门口站着两个侍卫，但王宫里很多人都知道我是什么人，所以两个侍卫给我打开了门，没有提多余的问题。尼古拉的病情和以前相比没有变好，幸运的是也没有变坏。我检查着他的后背，闻到了鼠尾草的药味儿，看来御医们按我的吩咐做了所有工作。我想起了莫洛克所说的尼古拉和丹尼尔是同父异母兄弟的事，仔细端详起他的外表，发现了哥哥和弟弟在长相上越来越多的不同。我抬起王子的头，把药液倒进他的嘴里，并且很小心地放慢了速度，让他出于本能咽下了药液。

当我快要喂完药时，我的助手们走进了房间。我请丹尼尔和阿隆把尼古拉扶起来，自己坐到了他身后。

"阿隆，你还是扶着尼古拉。丹尼尔和叶列娜，你们离开一点儿，给我点儿光亮。"

"你要做什么？"丹尼尔按我的请求走得稍远一些后问道。

公主跟着王子走开，但明显变得紧张起来，抓住了王子的长袍袖子。她一只手揪着自己身上的淡蓝色裙子的领口，咬着下嘴唇，紧紧地挨着丹尼尔。

"加固他的生命线。这需要点儿时间，所以无论你们感觉到什么，你们想做什么或想说什么……"我故意停顿了一下，视线扫过三个人，最后停在阿隆的绿眼睛上，"都不要去做，也不要说话。"

"我还以为你要晚上做这些呢。"王子说道。

"是的，我本来以为尼古拉的情况会变坏。他现在看起来情况还不错，所以没必要再拖延了。如果幸运的话，他会在参议院聚会之前醒过来。"

"动手吧。"丹尼尔同意了。

我小心地摸索着尼古拉的脖子和脊椎,让生命线在我的触摸下闪出亮光。情况还和以前一样,有两根生命线勉强闪着光。我十分缓慢地用一根手指挑起中间那根光线暗淡的生命线,轻轻拉着,让它离开王子的身体。我只拉出一点,这样可以抓住它,攥在拳头里。我从眼角余光中看到,大家都像我一样神情紧张,因为我只要一个动作失误,就可能把生命线拉断。但幸运的是,生命线还有些弹性,于是我把它抓在拳头里,狠狠地咽了一口唾沫,决定有些情况先瞒着他们。治疗过程对我来说并不轻松,因为这根线马上就会变得滚烫,而我却没法放手。我闭上眼睛,有些迟疑地开始小声吟唱祷文。

从我最后一次吟唱这种祷文算起,已经过了很长时间了,我只能使劲地回忆着祷文,希望祷文能自己脱口而出。

丹尼尔听到我开始吟唱后就再也没有发出一丝声响。叶列娜大声"哎呀"了一声,然后猛地用手捂住了嘴巴。阿隆仍一声不吭地坐着。我吟唱完第一遍祷文后,睁开了眼睛,开始一遍又一遍自信地吟唱着小调祷文。生命线随着每一次吟唱变得越来越明亮,越来越像右边那根健康的生命线。当我的手被灼痛,空气中散发出焦肉的味道时,我皱紧了眉头。阿隆发现我的额头上渗出了汗滴,第一个感觉出了异常。他张开嘴,但马上又闭上了,咬紧了牙关。当我手上的皮肤发出"嗞嗞"的响声,手里的生命线变得和健康的生命线一样粗时,我在祷文中间停止了吟唱,小心地把生命线放回了原处。

房间里一片寂静。当我明白了，他们只是因为不知道是否可以说话，所以还在沉默时，我微微一笑。

"可以骂人了。"

"蠢女人！"当丹尼尔刚刚来得及张开嘴，阿隆已经恶狠狠地最先骂出了口。

"就这些？"我嗤之以鼻。

"不！"

但出乎我的意料，他没有再说什么，只是恼怒地抿住了嘴唇。丹尼尔单膝跪在我旁边，察看着我的手掌。

"阿隆说得对。"王子也极为不满，怒气冲冲，"我昨天刚跟你说过要小心些，不要让我担心。"

"那么如果你们能离开房间，可能会更好些，因为只剩下一条生命线需要加固了。"

"阿加塔，你的手都这样了，怎么继续啊？"叶列娜走了过来，但当她看到我手掌上的一条近乎焦黑色的烧伤痕迹和许多红色的水泡后，马上转过头去，吃惊地叹了一口气。

手掌看起来确实让人难受，而且气味更难闻。我试着握紧、松开手指，但手掌上有些地方的皮肤崩开了，流出了血液。

"我房间里准备了专用药膏和干净的药布，所以等我完事后，如果有人能给我处理、包扎一下手上的伤口，我将不胜感谢。阿隆，你能帮忙吗？"

"能帮忙。"

"我可以用另一只手完成治疗。幸运的是，我有两只手。"

丹尼尔痛苦地叫了一声，来回应我开的这个愚蠢的玩笑，然后走到了一边。叶列娜脸色苍白，用一只手捂住嘴，走出了房间。阿隆没有动，继续扶着尼古拉。我长出一口气，集中精力，小心翼翼地拉起了最后一根生命线。我把生命线握在拳头里，因为想到将要到来的疼痛而喉咙里有些发堵。我咽了一口唾沫，又开始了祈祷。不知为什么，这次花的时间更长，我最后只能皱紧眉头，忍着恶心的气味和钻心的疼痛，咬牙念着祷文。皮肤被烧得"嗞嗞"作响，我的左手不住地颤抖。阿隆看着我，手指紧紧抓在尼古拉肩膀上，直到我停下来，才如释重负。我把生命线放回原处，痛苦地把左手放到膝盖上。当我最后察看治疗效果时，手指仍神经质地抽搐着。现在尼古拉的三根生命线看起来都富有活力，一样地粗壮有力。

"治疗结束了。阿隆，把尼古拉放回去。"我站起身，脸上尽量表现得淡定如常，尽量不去触痛双手，"殿下，请向国王汇报，治疗很成功。我会每天给他检查身体，现在我们能做的只有等待。"

王子点点头，转身看向自己的朋友，他正把尼古拉放回原位，给他盖上被子。这位最年长的王位继承人的状态暂时没有好转，但脸色有些见好，呼吸更均匀、深长了。

"阿隆，你照顾一下阿加塔。"这个命令听起来有些责备的味道。丹尼尔离开了房间，我和护卫随后也准备离开。

年轻人帮我打开了房门，因为我无论如何都无法保证不触痛手掌。我们一起向我的房间走去，一路上默不作声，但我能清晰地感觉到同伴的恼火。阿隆推开我的房门，当我身子向墙上一歪刚要瘫倒时，他一把抓住我，才开始说话。

"我还以为你没事呢！"

实际上不是。手掌一跳一跳疼得厉害，额角的疼痛更让我无法忍受。这种感觉让我想痛哭，想号哭。

"永远不要在王室成员面前显示你的脆弱。"我肩膀倚在他胸前，苦笑着，"这是我老师教给我的。另外，她也不喜欢有王室血脉的人。"

"你是说，我的地位足够低，还可以信任？"阿隆想聊回我们平时已经习惯的带有讽刺意味的问题，但他的脸色太过严肃，不像开玩笑的样子。

"你没有金发，又不是王子，已经有整整两条对你有利了。"

年轻人扶我坐到扶手椅上，在化妆台上找到了用来清洗伤口的清水碗，几块布和药膏，这些都是我提前准备好的。

"你对金发特别讨厌吗？"他很感兴趣。

"这个有点像……哗……小心一点儿！"

当他抻直我的右手手指时，手心皮肤又开始破裂，我痛得咬住了下嘴唇。他一句话也没说，站起身，穿过一个小门，走进卫生间，端回来一小盆清水。他把水放到我面前，默默地抓起我的手腕，把我的双手浸到了冰冷的水中。手掌又像火烧一样疼起来。

我刚开始疼得大叫，想把双手从他手中抽出来，后来低声咒骂着，吼叫着，甚至哀求他放手，但阿隆脸上的表情丝毫不变，仍然把我们两人的手浸在水中。当我双手不再剧烈疼痛时，他才把手从水里拿出，他的双手已经冻得出现了红白相间的斑点。

"应该马上这么做的。"他一边解释着，一边用毛巾小心擦干我的手掌。

他又说对了。当我第一次给别人加固生命线后，伊琳娜把我从别人家里拖出，也是用力把我的双手按入最近的雪堆里。当时正是严冬，我看着手掌旁的雪都融化了，变成了红色，而我当时疼得尖声号叫，哀求她放开我。

我有气无力地点点头，算是回应了他的话，头发落在身前。

"你以前也这么做过吗？"阿隆问道，就好像能读懂我的心思。但正像我感觉的那样，他只是想分散我的注意力，好继续处理我被灼伤的手掌。

"是的，治疗过一次。这是个很痛苦的过程，所以我们很少这样做。另外并不是所有人都能承受这种疼痛，而加固生命线时只有一次机会。"

"什么叫只有一次机会？"

"在治疗完成前，过程不能中断。如果你做错了、停下来或者提前放下了生命线，那么再做第二次也没用了，无论你再如何尝试也没用。"

阿隆打开了药膏罐子，一股芦荟味儿扑鼻而来。当年轻人把清凉的药膏抹到我右手受伤的皮肤上时，我不由得抽搐了一下。他左手很温暖，轻柔地托着我的右手，让我不自觉放松下来，接着对他说道：

"我那年十五岁，窗外正是严寒的一月。离神殿不远有一个叫扎里奇的城市。城市不大，更像个村庄。不知道现在还有没有？"

"还有呢。现在已经是个真正的城市了。"阿隆马上回答说。

我点点头,觉得心里暖乎乎的,他虽然缠着药布,但在认真听我讲话。

"整个村里只有一名医生,叫阿列克谢。他四十岁左右,但当时他的头发就都白了。玛拉们经常去找他,我成为玛拉后认识了他。他对我很好,像对待其他孩子一样对我,尽管我穿着红披风。他妻子做的苹果馅饼是我尝过的最好吃的馅饼。"

我看到阿隆嘴角露出微笑,有点儿不好意思,觉得自己聊得太过坦诚了,就又聊回了那些不带感情细节的平常往事。

"他是个好人,帮助他能治疗的所有病人,哪怕他们付不出药费也不在意。那年冬天他被一个患者传染了重感冒。阿列克谢自己治好了感冒,但身体变得虚弱无力,连路都走不动了。玛拉中只有最年长的基拉和我的老师伊琳娜能加固生命线。但伊琳娜不知为什么认为我也可以。但要证实这一点儿,只能……实际动手。"

最后一句话我说得有些生硬,因为我记起了当时体会到的恐惧:如果我抓不住阿列克谢的生命线,他就会因我而死掉。因此束缚着我意识的恐惧帮我忘掉了疼痛,让我坚持到了最后。

"你成功了?"

"是的。"

"他又活了很长时间吧?"阿隆小心地包裹着我的第二只手。

"希望是吧。"他有些奇怪我为什么这么不自信,抬眼看着我,我怅然若失地笑了一下,耸了耸肩,"我死得比他早。"

"好了。"年轻人把缠满药布的双手放到我膝盖上,"你给尼古拉治完病了,暂时还不能拿剑,莫洛克又走了,所以你有一周的空闲时间。"他若有所思地一一列举着，我则莫名其妙地看着他，不知他想说什么。

"也就是说，你这一周除了享受和我待在一起的时间，什么也干不了。"

我看着他的双唇慢慢咧开，露出一脸坏笑，露出雪白的牙齿，想起了妹妹说过的那种你看到后就很难把目光移开的微笑。

第十五章

阿隆说他会陪我一周并且让我开心,他在这个问题上确实没有开玩笑。他第二天一大早就在我卧室门外等着,我出门时还和他撞了鼻子。

"准备好了?"

跟在我身后出门的侍女们被年轻人的声音吓得跳到了一边。年轻人看到她们后点点头,算是打了招呼。

"难道你这个时候不是在和丹尼尔、叶列娜一起吃早餐吗?"我扬了扬眉毛。

"我马上吃早餐。"他点头表示同意,"但丹尼尔今天很忙,所以我觉得,你今天会和我一起吃早餐。"

"我已经吃过一点儿了。"我小心翼翼地答道,因为英娜和玛丽娜还在身边。

"那你可以看着我吃饭。"年轻人寸步不让,对我恼怒的样子也视而不见,挥手让我跟他走。

我张嘴刚要拒绝他这并非邀请的邀请,但英娜麻利地推了一下我的后腰,让我往前走了几步。

"走吧,女士!阿隆比王子看起来更善良。"

我不解地转头看着她。

"你怎么知道的?"

"他虽然是王子的朋友,但对所有侍从都很有礼貌。他还记得很多人的名字。"

我只能信任这位姑娘的意见,跟着年轻人向前走去。我双手缠满了药布,早晨都没法自己系衬衫扣子,所以姑娘们给我穿上了一件袖子很长、很宽的连衣裙。让我奇怪的是,连衣裙上身,包括胸衣上,都绣着金线,缀着花边,只有下身的裙子是红色的。

"既然我得陪你坐着,那说下你自己的事吧。"当我们重新坐到了小厨房里那张熟悉的桌子后面时,我对他说道。

这次除了我们两人以外,还有几名侍女忙来忙去,给阿隆端来了早餐。他今天穿着一件黑衬衫和黑色长袍,长袍上缀满了银丝绣花。

我打量着他的衣服,发现衬衫上面的几颗扣子就像往常一样没有扣上。阿隆听到我的问题后,把手插进自己乌黑的头发里,若有所思地盯着面前的果肉粥。[1]

---

[1] 果肉粥是俄罗斯的传统食品,通常由大米、小米、荞麦、燕麦等加水或奶、果肉等煮制而成,通常比较稠,为半固态。

"你有没有什么具体的问题,还是要我从头讲起?"

他拿起勺子,等着侍从们离开厨房,只剩下我们两人。我没有催促他,知道他不想把这些讲给别人听。

"讲一点儿你愿意讲的吧。你是不是也有妹妹?"我提了个简单的问题。

"有一个。不过不是妹妹,而是弟弟。"年轻人飞快地咽下去几勺粥。

"你们关系很亲近吗?"我把胳膊肘挂在桌上,下巴放在胳膊上,迷人地笑着,想让他觉得,既然他吃饭时我无法走开,所以准备听他讲那些动人的故事了。

阿隆心慌意乱地抬头看了我一眼,用手捂住嘴,使劲咳嗽着。我不知道他为什么这么惊讶,就笑得更灿烂了。

"不……不太亲近。"当咳嗽停下来后,他费力地说道,"我从十岁起就很少见到他了。父母想让我和王室走得近一些,认为我的位置应该在国王身边,所以派我来首都学习。我几年才回一次家,而且在家停留的时间也很短。"

"你父母都去世了?"

"是的。"

"弟弟呢?"

"弟弟还活着,住在我们庄园里,由叔叔照顾。我最近一次看到他是当丹尼尔去接你时,另外一次是一年前我回家待了四个月,因为听说叔叔病了。在这之前,父亲刚死后我和他见过一面,去看了他一趟。"

"你喜欢弟弟吗?或者你们现在已经太疏远了?"

"喜欢。他和叔叔是家里仅有的亲人了。"

"你叔叔是个什么样的人？"我马上提了一个新问题。

年轻人忽然苦笑了一下，又埋头吃东西。我耐心地等他嚼完。

"我叔叔是个好人，但年轻时有几年过得大手大脚，随心所欲。幸好我们钱还够花。当我明白要把弟弟留给他这个不靠谱的人监护时，我才感觉有点儿担心。但出乎我的预料，我们的庄园现在仍然完整，他也是个合格的监护人。他单身了很长时间，没有结婚。"

"你已经在军校毕业了，为什么不回去找弟弟？"

"暂时不行，我有留在亚拉特的原因。"

阿隆不作声了，低头继续吃饭。我盯了他一会儿，等他接着说下去，但他装作不知道我在关注他的样子。他一带而过地讲了自己的往事，我本来期望能听到更详细的内容，不过也没有冒险去追问更多。我和他毕竟还不是朋友，这是他的私人生活，我无权过问。他同样也不会追问我的，但我不知为什么内心里还是觉得有些失望。

我靠在椅子靠背上，提了一个问题，而这个问题我从来也没打算提出，至少不会以现在的方式提出："这个原因，顺便问下，是不是因为一双褐色的大眼睛和迷人的笑声？"

阿隆又一次把勺子停在了嘴边，抬起疑问的目光看着我。眼睛在我的脸上扫来扫去，看得出，他想搞清我在说什么。他愣了十秒钟，然后眼睛里才露出恍然大悟的眼神。年轻人慢条斯理地把勺子放在差不多已经空了的盘子里："如果是因为迷人的笑声和一双淡蓝色的、几乎透明的眼睛，那你会说什么？"他的两个嘴角向上弯起。

"那我会说,这是胡言乱语。"

"我对你的猜测也是这个答案。不过我很高兴。"

他就着茶水飞快地吃完了黏稠的果肉粥,所以当我再提出下一个问题时,他已经站了起来。

"高兴什么?"

"你小小的醋劲儿。"

"我没……"我生气地刚要反驳。

"嘘!"他把手指竖在唇边。我闭住嘴,紧张地转过头,听到走廊里传来轻微的响声。

王宫的仆从和侍卫们正埋头做事,没发生什么特别的事情。当我转头看向阿隆时,他狡猾地嘿嘿一笑,因为他就这么轻而易举地转换了话题,忽悠了我一下。

我们共处的时间没有仅限于一顿早餐,阿隆一连三天都拉着我到处闲逛。我早饭和晚饭时和他待在一起。午饭时我去给尼古拉检查身体,我的护卫就和王子、公主待在一起。我有时会去看阿隆和丹尼尔的训练。阿隆还领着我在王宫里好好游览了一番。他给我看了拉赫马诺夫家族长长的肖像画廊,看着那些长得差别不大的王室家族成员,我走了一半就看累了。大多数人要么长着天蓝色眼睛,要么长着褐色眼睛,头发从很浅的金黄色到淡褐色都有,偶尔还有人长着栗色头发。丹尼尔的很多亲属长着和他及他妹妹一样精致的脸型。后来我实在看得腻烦了,阿隆就带我去了花园。正是冬初时分,花园里景色贫乏,没有鲜艳的绿色和花朵,喷泉则根本不喷水,一片干涸。

有时当我的护卫走在前面，全神贯注地沉浸于自己的讲述时，我会从他身后跑开，从纷繁复杂的走廊中找到一条拐进去。但阿隆每次都能迅速找到我，复杂的走廊对他来说就像是自己家里的一样熟悉。即使我傍晚时离开阿隆，丹尼尔也会接过他的接力棒，或者给我送来礼物，或者继续实施已经习以为常的追求活动。

我在第四天时躲到了图书馆的一排排书架里，但阿隆又轻轻松松地找到了我。当时我坐在一张长桌子后面，正慢慢翻看一本在书架上找到的讲述玛拉传说的书。书页散发着陈腐的气息，满布灰尘，颜色已经泛黄，不过插图上玛拉的红色披风依然色彩饱满。我看到了红色书脊上的金色书名，先是从旁边走了过去，不想再回想自己死亡时的场景，但刚走五步就停了下来，在原地踟蹰了一会儿，又走回那本书前面。我想知道，丹尼尔在讲述我们的历史传说中到底看到了什么。人们如何描述我的姐妹们？那些见证人如何向后代讲述我妹妹的故事，如何评价塞拉特王子的背叛？我是从书册开头读起的，想要找到有关玛拉和莫洛克之间关系的内容。书里是否提到了莫洛克与幽冥的关系？不过这本书更像是传说和童话的合集，收录的并非史实。

"你在这儿呢。"阿隆坐到我对面问，"找到什么有意思的内容了吗？"

年轻人看我没答话，而是继续仔细翻看着面前的书册，于是探身越过桌子，想看清书上的文字。

"啊哈！写玛拉的书。丹尼尔最爱读的书。我相信，他每个故事都能背诵下来。我基本上没读过。"

"为什么？"我抬头看了他一眼。

"嗯……你说得对。我们看一下，都写了关于你的什么事！"他笑得阳光灿烂，却猛地把书拉到他跟前。我赶紧伸手去抓，结果受伤的双手空拍在桌子上，不仅没有抓住一秒前还在我面前的那本书，而且疼得我长号一声。

"小心点儿，亲爱的玛拉。"阿隆装作惊慌失措，学着丹尼尔的样子故意拉长声音说着，结果被我骂了一顿。不过被我骂过以后，他的笑容变得更加灿烂了。

"别担心，我大声读出来。"他开始迅速地一页页翻看着，慢慢翻到了书册最后，"奥尔加的传说。戴安娜，唯一头发颜色不一样的玛拉。著名的希尔维娅，一个叫阿黛拉的玛拉……这里写的是她如何给塞拉特的一位国王延长了寿命。"阿隆不停地翻看着，我轻轻点着头，这些故事我都听说过。"嗯……这是关于玛拉和……莫洛克的故事。"

"什么？"我回过神来。

"他们……相爱了。"

"什么相爱了？"我伸手想把书从他手里夺回来，但阿隆把书拿开了，不过仍在出声读着。

"……一个名叫达娜的玛拉在森林里发现了一个重伤的莫洛克，没有置他于不顾。她怜悯他，因为玛拉们都有姐妹陪在身边，而莫洛克学成之后就要孤身奋战。达娜拿下了他的面具，想检查一下他脖子上的伤口。她不知道姐妹们是否会接受他，所以瞒着她们秘密治好了莫洛克。然而莫洛克爱上了玛拉，不想和她分离，而达娜虽然也爱着他，但还记得不许玛拉们组建家庭的禁令。她不想剥夺莫洛克将来遇到其他姑娘的机会，因为并没有类似的禁令约束莫洛克。她想赶他走，但他没有让步，成了她的影子，不仅保护她对抗各种怪物，而且为她遮风挡雨，为她排解烦恼。达娜被感动了，准备为了莫洛克而摆脱女神指定的命运。但她想起了她将要离开的姐妹们身负的使命，于是向姐妹们坦白了实情，决定接受家庭的审判。而姐妹们对她……"

阿隆皱起眉头，若有所思地咬着下嘴唇，继续出神地默默读着。我忍不住又想伸手把书抢过来，但他又一次躲开了。

"她们说什么了？"

"她们同意了。因为……以前从未出现玛拉和莫洛克想要长相厮守的情况。他们两个都不是平常人，都与众不同。姐妹们没有拒绝给达娜祝福，都衷心地祝福了她，都因为她们中的一个人在艰苦的命运中找到了幸福而高兴。从那时起莫洛克就找了一幢房子，和玛拉们生活在一起，像保护自己的姐妹一样保护着她们。就这样，十年以后，他在保护几位玛拉时牺牲了。她们像哭别亲兄弟一样送别了他，而达娜也随他而去。"

我目不转睛地盯着光滑明亮的桌面，仔细端详着各种材质的木板上的花纹。我的思绪飘得很远，嘴里尝到一种苦涩的味道。达娜很幸运，因为玛拉们很少有这种幸运，能拥有十年的幸福生活，这对于我们来说太过奢侈。但哪怕是这样，十年时间也太短了。

"这好像是说你的……这章叫《最后的玛拉们》。"

当阿隆翻到书尾时，我又从沉思中回到了现实。

我不知为什么觉得心里发紧，因为书里可能会写到我的某些私人信息而让我感到难为情，尽管我的生平里并没有让我觉得羞耻的事情。但我仍然有些紧张，等着他可能会读到某些我不想让别人知道的事情。

"开头这里有个简短的人物介绍。是这么说你的。"

阿加塔，黑头发，天蓝色眼睛，当前辈阿娜斯塔霞因为年老而自然死亡后成为玛拉。是继她之后的玛拉，也是最后的玛拉安娜的亲姐姐。曾经的神殿执事把她描述成一个意志顽强的美丽姑娘，学习努力，每天坚持训练，想变得更强，好保护妹妹。

据说她在十三岁时就独自杀死了几个吸血鬼，这是在无尽森林中迷路的几个孩子亲口说的。他们讲了如何撞到两个活尸，如何惊慌失措，到处乱跑，直到遇见了一个正在采蘑菇的玛拉。根据这些孩子的描述，这个玛拉年龄只比他们大一点儿，手里只有一把小刀。玛拉在十六岁之前禁止与怪物作战，因为她们还没有经过完整的训练。但这个小玛拉没有逃跑，而是起身保护这些村童。这些孩子发誓赌咒，说看到……

阿隆继续无声地读着，额头上挤出了几条细小的皱纹。我出神地咬着自己的腮帮。

……她用双手扯断了一个吸血鬼的生命线，因为她在杀死第一个鬼物时丢掉了小刀。玛拉告诉孩子们往哪个方向走才能找到最近的村庄，但没有告诉他们自己的名字，不过后来还是搞清了她的名字，因为当时只有一个玛拉这么小，她的名字叫阿加塔。

"这些都是实情吧？"

叙述人讲的是事实，但很枯燥，实际上当孩子们跑开以后，我因为双手沾满了吸血鬼的污血，因为恶臭的气味而翻江倒海地呕吐不止，当然在书里一句话也没有提到这些。我的双手被生命线割破，疼得大哭，而当神殿女执事们给我缝合手上的伤口时，我则哀号不止。

不过当我看着阿隆，听他读着这些时，仍然感觉有点儿怪怪的。我甚至没有把整件事告诉伊琳娜，因为这违反了规定。我当时应该逃跑，而不是去战斗。尽管她们从我手上的伤口很容易就猜出了事情的经过。

"差不多吧，虽然实际上没这么简单。"

我端详着缠满药布的双手，直到现在才想起，那些老伤疤现在都不见了。拉断生命线后手上的伤口都很整齐，尽管很深，但都能愈合，不会留下丑陋的伤疤，当然并非一点儿痕迹也不留。我的双手手掌上以前有一道道发亮的皮肤，提醒我到底有多少次不是用刀，而是用手拉断了鬼物们的生命线。我复活后所有的伤疤都消失了，我的身体好像完全重生了。阿隆翻了几页，又开始出声读起来：

据说她是一个人来的。她从肩上甩下黑色披风，换上了红披风，向面前的侍卫们展示了真实身份。当背后人群听她说王子杀死了她妹妹——被女神亲手标记的玛拉，并命令他们交出王子时，人们惊呼连声。人们看着刺骨的寒风撕扯着她乌黑的头发，感受着她的满腔怒火和深深的悲伤，和她一起声讨罪犯。她被拒绝以后，抽出了武器。一个人面对几十个人……

阿隆又不作声了，两眼在描写我死亡过程的文字中掠过。我本以为他不会再出声朗读了，但他又小声读了起来：

……最后的玛拉，阿加塔，死在了距复仇目标一步之遥的地方。她死得惊心动魄，悲惨异常，塞拉特王子阿里安亲手把将她钉在门上的三把长剑一把一把地拔出。他亲手把她的尸体放在地板上，用王袍把她裹好。身旁的侍卫们成了见证人。他们说，他在她尸体旁长坐，请她原谅，对所有人发誓，说他从未动过安娜……

我听着最后几句话，没有生气，也没有什么特别的感觉，只是从鼻子里哼了几声，阿隆抬头看着我。

"王子应该在我的姐妹们被杀死之前，自己当面跟我说这些。"

"你会相信他吗？"

"我会听完他的话，然后再杀死他。这样显得更诚实些，我的姐妹们也能活下来。"我皱起眉头，知道在这件事中有很多种可以让姐妹们活下来的情况，但事情仍然像已经发生的那样发生了。

"都过去这么多年了，我看你的仇恨一点儿也没有减少。"阿隆合上书，把书推给我，书在桌子上发出轻微的摩擦声。

"这两百年对我来说就好像不曾存在过。"我把书拉到跟前，回答道，"对我来说，事情就好像发生在不久前一样。"

"书写得不错。"他像法官一样冷漠地下了断语，"不过丹尼尔说，还有一本特别版。"

"特别版？"

"是的，是一本真正的玛拉和莫洛克事迹的合集，内容更准确。"阿隆认真地点点头，"那本书是某个叫玛拉基·佐托夫的人在你们消失一百年后写的，书名叫《玛拉和莫洛克轶事》。丹尼尔打听到，书里记录了大量真实可靠的信息，但他没有找到这本佐托夫的著作。作者只抄了两份手稿，谁知道呢……说不定早就没有了。"

"女士！女士！"玛丽娜气喘吁吁地跑进来，撞到了我们面前的桌角儿上。

侍女双手使劲压在桌面上，我们耐心地等她平复气息能够说话。看样子，她为了找到我们已经跑了大半天了。

"殿下……醒了！叫您过去！哪儿也找不到您。"

我和阿隆对望一眼，都一把推开椅子，跳了起来。我们知道，他说的是尼古拉。

"他怎么会这样，玛拉？"我刚走进大王子的房间，国王就劈面问道，"他醒是醒了，但迷迷糊糊的，嘴里还在嘟哝着什么！"

房间里站着一群人，有国王和三个侍卫、一个婢女、一个女御医、丹尼尔和叶列娜，现在又来了我和阿隆。我直接忽略了国王提的问题，坐到床边，想给尼古拉检查一下身体。大王子有气无力地回应着周围发生的事情，但瞳孔可以缩小和扩大。当我翻开他的眼皮时，他含糊不清地说着什么。

"把窗帘拉上,端点水和粥一类的流质食物来。"我向婢女请求道。当她走到门边时,我又冲她后背喊了一声:"不要太热!"

然后我又开始检查尼古拉,检查了他的脉搏和肌肉的状态。他说话困难,但这很正常。大家都迫不及待地等着我的诊断结果,我把头转向了国王。

"王子很健康,但没法马上下床。他需要时间来清醒和康复。我们现在最多可以给他喝点东西,然后再让他睡着。不过他每次醒来后都会有好转。"

我把王子的头稍稍抬起,把煮好的药剂端到他唇边。他等了一会儿,喝了几口。

"两天之后整个参议院的人都会来这里。他在这之前能恢复吗?"德米特里又回到了原来的问题上。

"不见得能站起来,大概可以说话。幸运的话,可以坐起来。如果您需要让别人知道他还活着,那就跟参议院的人说他病了,让他们派个人来看一下。不能把所有人都带来。"

"父亲,这是个好主意。"丹尼尔支持我的意见。

尼古拉又语无伦次地嘟哝了一会儿,然后安静下来,沉沉睡去。

"好吧,那就这么办!玛拉,你也会受邀参加活动。我想让参议院知道,你是真实存在的,然后和他们一起讨论进攻谢维林的计划。"国王随口说道,没有问我是否同意。他整理了一下制服上衣,就和自己的两个卫兵走出了房间。

"我们可怜的哥哥啊。"叶列娜坐在床边,把金黄的秀发甩到身后,双手握住了哥哥的一只手,"不过他马上要醒过来了,一切都和以前一模一样了。"

"这个房间的侍卫数量增加一倍。"阿隆对剩下的那个侍卫下了命令,侍卫马上出门执行命令。

"做得对。"丹尼尔若有所思地说道,然后转向静静地站在屋角的女御医,"照顾好我哥哥。注意让房间里始终有人,始终有食物和水,以备他突然醒来。保证房间里备有需要的东西。如果有什么问题,马上叫我或阿加塔。"

"好的,殿下。"

"你还需要做什么吗?"王子转向我。

他的头发今天都梳到了脑后,制服扣子系得整整齐齐。他严肃地让人觉得不适应,但当他一笑时,脸色马上又变得柔和起来。

"不用了,他现在需要的只是时间。"

"阿隆,既然阿加塔要参加庆祝活动,那你也得去。你能和叶列娜做伴吗?"

阿隆马上泰然自若地看向公主,点头同意。

"当然可以。"

"太好了。那阿加塔,你不反对和我做伴吧?"丹尼尔走过来问道。但王室子弟的这个问题根本不算是问题,就像他刚才向阿隆提的那个请求一样,根本就不是请求。

"不,殿下,我不反对。"

第十六章

　　当天晚上我梦到，不是我，而是安娜闯入了阿绍尔王宫。她在走廊里纵横冲突，拼命想找到阿里安为我复仇。我看到她也和我一样死了，身上插着三把剑，被钉在大厅正门上，鲜血从嘴里涌出，流到了地毯上。当长得和丹尼尔一模一样的王子从这座大厅里走出时，安娜的意识仍然清醒着。当王子伸手去拔安娜身上的长剑时，脸上满是痛苦和绝望，但拔了三次才拔下一把。当他去拔剩下的两把剑时，侍卫们都不敢过来帮忙。妹妹的尸体失去了支撑，颓然倒地。别人还没来得及抬起尸体，王子已经用王袍把尸体包裹起来，指天发誓，说从来没有动过她。

　　我从噩梦中惊醒，辗转反侧，等着噩梦的痕迹从脑海中消失。但我刚一闭上眼睛，又回到了妹妹尸体旁。

我看看高悬天顶的月牙儿，知道现在还是上半夜，离天亮时间还很长。我在睡衣外面披了件厚长袍，到了走廊里。黑暗中的走廊墙壁更加让我想起了阿绍尔的王宫和我的噩梦。我先是沿走廊向前走着，想找一个凉台或者阳台，可以出去吹吹风，然后想起了阿隆带我看过的画廊，他在那里给我指过一个阳台。我很快就在三楼找到了画廊，但感觉画廊里很冷，就停在了门外。这里光线暗淡，只是在房间中央大理石台上的几根高大的烛台上点着蜡烛。阳台的门大开着。我裹紧了长袍，然后才发现有个人正背朝着我，坐在房间中央的一张沙发上。

丹尼尔面朝哥哥的画像坐着，但没有看他，而是两只胳膊挂在膝盖上，向前倾着身子。他向前低着头，散乱的金发遮住了大部分脸庞。当我轻轻地走到房间另一端，关上阳台门后，他才发现我。这么冷的天气冻不死我，王子却可能因为重感冒或其他病而倒下。

"是你啊，阿加塔。"他有气无力地笑了笑，身子向后靠在天鹅绒蒙皮的沙发上。

丹尼尔穿着一条黑色的家常裤子，白色衬衫上的扣子解开了一半。他大概也因为失眠而起来了，或者根本就没睡过。我尽量不去看他裸露的胸膛，在他旁边坐了下来。

"这里对您来说太冷了，王子。"

"就叫我名字吧。"他扫兴地叹了口气。

"您在这儿做什么呢，丹尼尔？"我没有坚持，叫了他的名字。

"我在考虑事情。你这么晚来干什么？"

"我做了个噩梦。"我也身子向后，靠在沙发靠背上，看着身穿礼服的尼古拉的巨大画像。

大王子的画像是半身像。他的淡棕色的头发被整齐地梳到脑后,眼睛周围有几条勉强可见的皱纹,正面对画师和未来的观众矜持地微笑着。

"我要感谢你救回了我哥哥,你是真正能救活他的人。"丹尼尔也和我一样看着前面的画像,但声音里透出的更多是疲惫和哀愁,而不是喜悦。

"但您在尼古拉还没中毒之前,在很早之前就想复活我,对吗?"

我看他在回答之前沉默了很久,就知道他对我提的问题有些吃惊。丹尼尔大概在考虑是要撒谎,还是说实话比较好。还好,他选择了第二种做法。

"是的。"

"为什么?"

"大概,叶列娜说对了,我爱上你了。"他看着地板,一字一句地慢慢说道。

如果他像以前每次那样微微一笑,然后看着我的眼睛;如果他说这些话时抓着我的手,那我有可能相信他。但这时我感觉他只说了一半真话,还有些东西他没有说出。

"我们刚见面时,您答应为了我把塞拉特从世间抹去。"

丹尼尔轻声一笑,笑得很勉强。

"我很奇怪,你居然还记得这些。我现在没有别的选择,只能信守诺言了,为了你承受的痛苦,也为了我哥哥向谢维林复仇。等你杀死谢维林,享受了复仇的快乐以后,我们就让塞拉特成为阿拉肯的一部分。拉斯涅佐夫家族的统治将被终结。"他给我描述这些计划时,既没有好勇斗狠的样子,也没有自吹自擂,好像说的就是日常事务,是有点令人厌烦,但需要完成的事务。

我点点头,但因为是刚睡醒,所以大脑和心里空荡荡的,没有以前的那种因为即将大仇得报而产生的满足感。

"您为什么仇恨他们,王子?为什么您反对和塞拉特议和?"

年轻人软弱无力地把一只手放在沙发靠背上,大声而又缓慢地呼出一口气,目光扫过房间,他在考虑如何回答。

"拉斯涅佐夫家族不费吹灰之力就获得了一切,而他们却……肆意破坏,对这一切太不珍惜了。"他开始讲述,注意力又回到了我身上,"他们杀死了玛拉,让世人在邪祟生物面前失去了保护,现在没有人去处理这些鬼物。然而塞拉特民众即便是还没有原谅他们的统治者,但至少没有暴动。我们给了塞拉特一个很有利的条件——杀死一个阿里安就能获得和平,但他们立刻拒绝了,决定让两个国家兵戎相见。我们向谢维林提议娶最美丽的公主叶列娜为妻,而他竟然置之不理。有时我会想……他们是否已经因为所作所为而受到了一点儿惩罚,或者宿命单单就饶过了他们?他们打碎了旧世界,那时有女神选中的人行走世间,他们是否有权再享有好运?"

王子没有穿制服,脸上也没有程式化的微笑,现在看起来惊人地年轻,根本不像十九岁的样子。他就像一个坚信旧日传说的孩子,又给这些传说增添了某些隐秘的内容。但问题在于,他听到的都是玛拉和她们创下的神秘功绩的传说。听到的是有着与众不同的命运和漂亮姑娘的故事。我记得那本书里面没有一句话提到几十个无名玛拉的事迹，她们都倒在了恐怖怪物的尖牙利爪之下，每一种怪物都会让你恶心地呕吐不止。没有人知道，连我都不知道，有多少人因为战斗动作不够快，就这么无声无息地牺牲了。我在神殿的九年时间里，一次也没敢问起伊琳娜和基拉，在我加入玛拉团队之前，她们到底失去过多少姐妹。

"王子，您真的认为以前更好吗？"我没带任何嘲笑的意思，但没等他回答，就接着说了下去，"我生前从不记得自己有什么伟大功绩和值得惊叹的胜利，但我记得吸血鬼恶臭的气味，湖中腐水的味道，有一次我差点被活尸拖进里面淹死。我记得在神殿中日复一日、重复单调的训练和学习，以及我们明天还会是这样单调生活的那种念头。"

丹尼尔脸上最后的一丝微笑消失了，他很认真地听着，但我很感激他，因为在他脸上没有看到怜悯。怜悯对我来说是排在最后的东西。

"您想过吗，有多少玛拉毫无声息地牺牲了？她们并没有什么宏伟目标。谁知道呢……大概，我也是其中一个吧。"

"可能吧，不过最后所有人都记住了你的名字。"年轻人小声回答。

"但代价有多大啊？因为我想复仇，五个姐妹都牺牲了。如果我没赶往拉斯涅佐夫王宫，她们可能会过完自己的一生。有可能……幸福地过完一生。"

"也可能是稍晚些牺牲。"丹尼尔反对说。

"有可能。"我同意他的话。

"但你永远无从得知了，因为时间已无法逆转。就像我也无法知道，如果玛拉能活下来，我的世界会怎样。"

我看到了他目光中的倔强，微微一笑。我的话可能在他心里种下了一颗小小的怀疑的种子，但他是那种看不到结果就不会真正相信的人。

"阿加塔，你会留下来看我如何摧毁他们的王宫吗？我该怎么复仇？"

当丹尼尔坐得更近，握住我的手时，我猛地把头转向他。他小心地抓起我的手掌，没有碰痛伤口。他就这么专注地凝视着我，眼眸深处闪烁着期待的光芒，等着我的答案。他的期望是这么热烈，让我想安慰他，对他说"我会的"，答应他留下来。但我现在还不知道，我想要的东西到底是什么。我有时甚至在琢磨，在我大仇得报以后，是否请莫洛克不要复活我，而是把我送回坟墓中，最后让我能休息一下，因为我所爱的一切都在很早以前就已葬入了土里。

"我为谁而活？"这个问题让我莫名震惊，以至于脱口而出，声音很小，但王子能够听到。

"为我而活，阿加塔。让我先成为你的朋友，然后，如果可能的话再成为你更亲密的人。请给我这个机会，哪怕让我尝试一下。"他的祈求是这样真诚，毫不设防，一下子触动了我的心底。从没有人向我提出过这种请求，从没有人寻求过我的关注。所以当丹尼尔揽住我的腰，把额头放在我肩头上时，我没有躲开。我甚至很享受丹尼尔的这种陌生的亲近感和那种疲惫无力的坦诚。只有当周围无人，他和我单独相处时，他才会流露出这种坦诚。

我想起了他曾经故意装出一副无所谓的样子，向他父亲说，塞拉特根本不把他当回事。想起了当谢维林伤了他妹妹的心，他又如何假装淡定。当我一次次拒绝他时，他如何一直对我和颜悦色。王子在哥哥的阴影之下长大，就像我在漂亮妹妹的阴影中长大一样。如果我和妹妹走在一起，没有人会注意到我。

"你身上还是我送你的薰衣草香皂的味道。"他耳语着，然后双唇印上了我的脖子，留下几个热吻。

我浑身像被热浪击中，随后又如坠冰窖，我的身体因为这种舒爽的感觉而僵硬，喉咙发干，让我失去了吞咽能力。当丹尼尔的身体离开后，我才恢复了呼吸能力。当他向我道歉时，脸上透出一抹红晕。他大概以为我会生气，所以他一直躲避我的目光。他扶我起来，送我回了房间。我没有抗拒，但一句话也说不出来，因为身体里有一种奇怪而又陌生的温暖感觉。这让我忐忑不安，让我又想起了莫洛克。我脑子里突然跳出个念头，我可以躲到他那个用阴影编织而成的安静的披风下面，躲开这些陌生的感觉。然后我又想到了阿隆，他是我在王宫里遇到的第一个可以稍稍信任，对我没有任何诉求的人。但他更多的是丹尼尔的朋友，受雇于国王，我不确信可以完全信赖他。

❦

参议院成立周年纪念日那天我尽量不走出房间。仆人和侍卫们正在准备庆祝活动，走廊里人来人往，这种忙乱令我烦躁不安。我直到上午才走出房间，去检查尼古拉的身体。他现在醒来的次数多了，每次清醒时间不少于四个小时，之后才又陷入沉睡。他清醒的时间越来越长，他能认出亲近的人，可以连贯地说话，吃下容易消化的食物，有时甚至能坐起来。我和他天南地北地聊过一些话题：要么聊聊天气，要么说说食物，要么谈谈王宫中的新闻轶事。

"我从来没想过，弟弟居然是这么回报我给他读的童话。"当我坐在他旁边，把一勺粥送到他嘴边时，尼古拉苍白无力地笑了笑，摇着头说。他的手指仍然软弱无力，抓不住勺子，侍女们被我打发去吃早饭了，所以我留下来照顾王子。

"您指的是？"

"以前是我给他读你的故事，现在是你用勺子喂我吃饭，而且你还是个死人。我一开始还以为自己也死了。"他的声音听起来很温和，能听出他自己也很奇怪现在的状况，所以他的话没有让我觉得难堪。

"殿下，生活是个永远让人捉摸不透的东西。我也没想到，两百年前我已经死了，现在居然还像个保姆一样照顾阿拉肯的王子。"

王子微微一笑，把粥咽了下去。

"谢谢你救了我。"

"不用客气。"我平静地回答，又把一勺粥递到他嘴边。

我扶着尼古拉下床，看他能否站起来。王子两腿膝盖发软，全身重量都压到了我身上，之后我费力地把他放回床上，向他保证说他的身体能够复原，只是需要时间而已。他没有抱怨，又客客气气地点头道谢。和他待在一起出奇地轻松。我本以为会遇到一个任性别扭的病人，但尼古拉却顽强地接受了病床上的治疗，不对食物挑三拣四，毫无怨言地喝着我给他端来的酸乎乎的药剂。

我照顾好大王子以后，去了趟图书馆，搬了几本书跑回房间，等着庆祝活动开始。我一想到要在人群中挤来挤去，还要应付上流社会没完没了的攀谈，就心绪不佳，希望这一天马上结束。离庆祝活动开始还剩两个小时，我想起阿隆今天一次也没有来过，有点恼火，"啪"的一声合上了书。整个白天他随时都可以过来和我做伴，帮我尽快熬过这度日如年的一天，但他却没有来，也不知道在做什么，大概在围着叶列娜转吧。我赌气地把书从床上推到了地板上，沉重的书册"砰"的一声砸到地板上，把正在给我整理礼服的玛丽娜和英娜吓得一哆嗦，转过头看着我。

"出什么事了，女士？"

"没什么，就是心情糟糕。"我嘟哝着回答玛丽娜的问题。

"您不喜欢参加庆祝活动吗？"

"我不喜欢人多的地方。"

"您不用担心，殿下和阿隆会一直陪在您身边。"

我心不在焉地点点头。

"莫洛克还没回来吗？"我又提了个问题。

侍女们向我投来诧异的目光。

"还没有，女士。您难道不害怕他吗？"玛丽娜双手抱住了自己的胳膊，就好像一提到他的名字，房间里就会变冷一样。

"以前怕过，现在不怕了。难道说你们到现在也不知道我是什么人吗？你们不害怕我吗？"

姑娘们难为情地扭头看向别处，就好像裙子没有熨平一样。

"我们不是马上知道的。所以当知道您是玛拉以后，我们已经了解您了，就不害怕了。"英娜回答说。

这个消息让人高兴。

"你们自己呢？你们喜欢在王宫里工作吗？"我忽然对她们产生了兴趣，想聊天解解闷儿。

"是的。王室对我们挺好的。"玛丽娜笑着点点头，"我们虽然是仆人，但在王宫里大家的薪水很高。幸好最近几年战争平静了下来，饥饿的冬天也变少了。在最困难的时候只有这里能找到工作，让我们能照顾弟弟、妹妹。我有两个妹妹，英娜有一个妹妹和一个弟弟。"

我赞同地点点头，很高兴听说拉赫马诺夫王室能善待为他们工作的人。

"你们觉得阿隆怎么样？"

既然这个笨蛋一整天都对我不理不睬，那就怪不得我在背后扯他的闲话了。

"他是三年前和王子一起来到王宫的。"英娜一边抖搂着我要穿的连衣裙，一边说了起来，"大家都马上开始关注这个年轻而又前途远大的人物，而且他长得也很出众。当然，他那时留的还是短发。我们听说，他和王子在军校里一开始不对付，但后来又因为都痴迷于军事和古老传说而性情相投。"

"哪些传说？"

"关于玛拉和莫洛克的传说，女士。"玛丽娜回答说。

"你们是想说，阿隆很早之前就对这些传说感兴趣？"

"我不知道有多早，但他是第一个支持丹尼尔王子有这个爱好的人，他们就这样成了好朋友。至少在侍女们中间是这么流传的。"

这个骗子！还跟我撒谎，说没读过关于玛拉的书，对玛拉一无所知。我咬着牙,琢磨着如何利用这些信息对付他。我脸上挤出笑容,请姑娘们接着讲。然而我的笑容看起来太过残忍,以至于英娜和玛丽娜都略带担忧地打量着我。

"阿隆一年后成了王子亲信,参加了他的个人卫队。他现在是丹尼尔王子和叶列娜公主的个人卫队长。"

"他弟弟来过吗?"

"我们听说过他有个弟弟,但没来过,从来也没来过。"玛丽娜摇摇头。

"阿隆不久前去过弟弟那里,就在您来之前。"英娜补充说。

当姑娘们说该准备去参加活动了,我点点头,从床上站了起来。我这次不用问就明白了,这又是丹尼尔选好的连衣裙。这件连衣裙和上件一模一样,都极其华贵,缀满了饰品,下裙蓬松。又是深领口、露肩膀和紧身胸衣。颜色是大红色调,不过胸衣、袖子和部分下裙加了一层半透明的黑色闪光布料,让连衣裙透着一股忧郁气质,同时下裙的颜色从深色调慢慢过渡到鲜艳的红色。

我手抚昂贵的衣料,享受着丝滑的感觉,微微笑着,直到英娜拉紧胸衣,才让我想起任何美丽都是有代价的。由于连衣裙比较开放,我后背的复活印迹又露了出来,所以侍女们没有多问,直接把我的头发披散开,还用火钳把头发烫成一绺绺蓬松的鬈发。化完妆后,玛丽娜拿来一个我从未见过的天鹅绒外皮的小盒子。

"殿下坚持让……"她刚说到这里,我就皱起了眉头。姑娘打开盒子,里面是一条镶着红宝石的硕大、贵重的项链。

"我明白。"

我没有办法,只能撩起头发,让她们给我带上这串漂亮的项链。项链很重，让我想起了被唤醒后曾经戴在脖子上的镣铐项圈。应该告诉王子，我不喜欢这类饰品，也不想他用金钱来收买我的友情。

我看着镜子感觉就像看到了一个陌生人。我从没穿过这种连衣裙，也没有戴过这类首饰。从没有人把我的头发烫成漂亮的波浪，而且我原来的头发是黑色的，不像现在是灰色的。以前我的脸型柔和，颧骨也没这么凸出，我从没有像现在这么迷人过。这是一种奇特的美，张扬而又晦暗。两个姑娘不知用什么方法把我打扮成了一个洋娃娃，现在缺少的只是脸上健康的红晕和心跳。心脏不知为什么直到现在仍顽固地沉默着。

我向玛丽娜和英娜道了谢，姑娘们走出房间，留下了我一个人。我继续坐在镜子前胡思乱想，觉得丹尼尔应该复活我妹妹。她更适合享受这些礼服和首饰、庆祝和舞会，她更适合与王子在一起的新生活。他会成为她的朋友，或者更亲密的什么人。我轻轻触摸着脖子上的红宝石，知道应该是由妹妹来享受这一切，而不是我。安娜是我们当中最小的，只有她才配得上这种新生活，才能获得幸福。

当一只温暖的手掌放到我裸露的肩膀上时，我哆嗦了一下，手掌的触摸也把我带回了现实。阿隆正站在我背后。他第一次穿得这么郑重：一件黑衬衫的扣子系到了脖子底下，长袍和坎肩也是黑色的，但装饰着各种繁复的银丝绣花。腰带上挂着一把长匕首，大概更多是为了装饰，而不是作为武器使用。不久前还梳理得整整齐齐的头发有些凌乱，因为他习惯性地又把手指插进了头发里。我在镜子里看到了他的绿色眼睛，眼睛里透着不安。

"出什么事了,阿加塔?你看上去就像要哭了一样。你的手还疼吗?"他单膝跪在我身旁,察看着我的手掌。

手掌快痊愈了,皮肤是刚长出来的,还是粉红色。我活动手指时不敢剧烈动作,不过现在手上没有出血,也没有灼伤的痕迹。现在都不需要再缠药布了。

"阿隆,你觉得丹尼尔能找到安娜的坟墓吗?"

年轻人抬眼看着我,琢磨着这个问题。他知道,我的情绪和手上的伤痛没有关系。

"你要做什么?"他小心翼翼地问道。

"我想修改和国王交易的条件。"

"怎么修改?"

我看到他的脸色更加严肃,变得阴沉起来,尽管他想表现得轻松一点儿,但话语不再连贯。

"我会完成交易中自己的那部分任务。我已经治好了尼古拉,我会杀死谢维林,但作为交换,我想让他们找到我妹妹的坟墓,让莫洛克复活她。把她唤醒,然后复活她。"

"这就意味着,你要重新躺回坟墓。"

"是的,但这样才是对的。"

屋外传来了钟声,说明参议员已经和客人们见面了,也就是说庆祝活动马上要开始了。阿隆站了起来。

"你该去找叶列娜了。误了和公主的约会不光不礼貌,还很危险。"我挤出一个很勉强的微笑,但年轻人毫无反应,继续盯着我,脸上半是失望,半是懊恨。

他一言不发地离开了,我又等了两分钟才走出房间,差点儿又和丹尼尔撞了鼻子。王子专门挑选了和我的连衣裙颜色相搭配的制服。他全身也是黑色和红色,只有肩章和领结是金色的。

"亲爱的阿加塔,庆祝时间到了。"

我费力地挤出一个微笑回应他,握住了他的臂弯。我现在能做的就是希望丹尼尔不喜欢跳舞,我可以在庆祝活动上熬完两个小时就逃走。

第十七章

"塞拉特人攻击了我们的一支部队!他们居然敢踏足我国领土,杀死了我们二十多个士兵,然后又逃进了无尽森林。"我们刚走进主厅,也就是我第一天晚上被带到的那个大厅,国王德米特里就恶狠狠地在我耳边说道。

现在的大厅里站满了人,大厅尽头和左侧墙边摆着几张长桌,上面摆满了葡萄酒和各种招待用的自助食品。大厅中心被留出来作为舞池,乐师们坐在高台下的左侧位置。高台上还是摆着一把大王座和三个小王座,所有王座都空着。空气中弥漫着食物的香味,回荡着轻柔的乐声和嘈杂的人声。客人们三三两两站在一起,端着葡萄酒杯,讨论着各种问题和时事,交换着意见。

国王抓住我的胳膊肘,把我拉到一边,丹尼尔则留在了原地，免得让太多人关注我们。

"我们要尽快除掉谢维林，玛拉。"

"我知道，陛下。现在可以了，因为尼古拉已经醒来了，我也可以离开了。但我一个人没法穿过成群的鬼物和塞拉特的军队，没法通过边境森林。"

"我不能把军队交给你。我们是要杀死谢维林，而不是发动侵略战争。我不想发动大规模战争，我们不能让塞拉特民众知道，我们和他们君主的死亡有关。"

德米特里发现人们开始转头看向我们，于是拉着我走到摆满食物的长桌旁，装作想吃点儿东西。

"我需要莫洛克。"我一边挑选着水果，一边说道。

"只需要他一个？"

"是的。莫洛克和我一样，不属于任何国家，所以即使塞拉特有人认出了我们，也没人可以指责是阿拉肯实施了暗杀。另外，有莫洛克的帮助我可以轻松地对付那些鬼物。"

"但莫洛克几周后才能回来。"

"那除了等待，就没有其他办法了。"

国王用固执而又不满的目光凝视着我。他匆忙地倒了一杯葡萄酒塞到我手里，又给自己倒了一杯，然后一口气喝下了差不多半杯酒。我一动不动地看着国王，等着他的答复。

"好吧。"他同意了，"当"的一声把金属酒杯放到桌子上，"让我们期望幽冥之仆能在谢维林采取新行动之前回来吧。"

"需要我对参议员们说点什么吗？"我被一种奇怪的念头驱使，喝了几口葡萄酒，酸得咧开了嘴。

"不需要。他们现在正开心着呢，我会把你介绍给他们的，这是我要考虑的问题。然后你可以和我儿子也开心一会儿。如果想回房间的话，也可以回去。"

我不喜欢和他儿子开心一会儿的说法，所以为了克制心里的恼怒，我又喝了几大口葡萄酒。德米特里有时让我觉得是个公正无私的国王，会给治下的民众争取福利，但同时又和其他统治者一样，是个骄傲自大、自视甚高的人。

我知道还要和他再待上一会儿，所以打算先不放下手里半空的杯子，不知道这位国王还要用让人尴尬的话语刺激我几次。如果是伊琳娜处在我的位置上，她能轻松搞定，但我从来没这种耐性，因此我的舞蹈课和外交课成绩要比武器课差得多，因为我可以在武器课上发泄自己积压的愤怒。

"先生们，这就是最著名的玛拉阿加塔。她是真正的传说，因为我儿子丹尼尔的原因她成了最后活着的玛拉！"国王向一群穿着华丽制服但已不再年轻的男人们介绍道。

他们一共有十来个人。所有人的头发都已经斑白，有人体型匀称，另一些人则因为过量食物和葡萄酒而体态肥硕。他们都从头到脚打量着我，默默地品评着。站在后面的几个人开始交头接耳，直到前面的三个人开始向我发问。国王放下了我的胳膊，他在此之前一直礼貌地托着我的胳膊，这让我感到轻松了一些。

"这么说，你就是那个想杀死塞拉特王子的阿加塔？"一个人问道。

"是的。"

"但你真的没有成功吗？"第二个问道。

"没有成功。"

"你的妹妹被强奸了吗？"

"她被杀死了，没被强奸。"我拼命忍着没向这个傲慢的"公火鸡"吐一脸口水。

"我听说，所有玛拉都因为你妹妹的原因死了。"后面传来一个声音，这不是一个问题，所以我闭紧嘴唇，没有吭声。

一些人继续提着这些没有分寸的问题，另一些人则无所顾忌地发表着他们自以为是但毫无意义的意见。有些问题我会回答，有些问题则故意忽略，不过内心里逐渐生出自信，觉得自己可以撑过这场煎熬，因为我现在决定要收取回报了，参议员们和国王的羞辱对我来说不算什么。不过国王已经失去了对我的兴趣，正站在稍远处，和两个参议员讨论着某个问题。

"先生们，请原谅。"我感觉一个手掌按在我的两个肩胛骨中间，我本能地向后靠去。

"阿隆！你在丹尼尔身边干得怎么样？听说小王子喜欢吹毛求疵，不好看管。"我面前一个令人讨厌的家伙哈哈一笑，问道。

"我很幸运，王子没我跑得快，所以想跑出我的手心可不那么容易。"阿隆嘿嘿一笑，几个参议员笑着点头，表示同意，"另外，这个玛拉答应给我讲一下，如果有人侮辱了她们，她们是如何割断那些人的喉咙的。所以如果我拉走她，和她讨论一下这件事，你们不会反对吧？"

他的暗示和同情的微笑极其含蓄，这些人甚至都没听懂他话里的潜台词，只是扬了扬手，稍微点了点头，就放过了我。

阿隆揽着我的腰，把我拉到旁边，我还没来得及道谢，他就俯到我耳边说道：

"我和叶列娜说了，只走开一小会儿，来拿杯葡萄酒。我没时间听他们对你喋喋不休。我的一小会儿时间用完了，你去找丹尼尔吧。"

他双唇碰到了我的头发，离耳朵很近，我屏住了呼吸。他像刚才在我房间里那样，语调冷淡、疏远。当他把我推向王子的方向，自己消失在人群中时，我什么也没说。

我又喝了两口酒，把杯子放到身旁的桌子上，感觉到身体里一阵莫名的轻松。当我走近丹尼尔时，已经可以用习惯的动作握住他的臂弯，另外按着阿隆的建议，尽量不从王子身边走开，希望在他身边时我只要对和他交谈的人微笑，安静地等待这场煎熬结束就可以了。

"你感觉还好吧？"当我们又从一位高官身旁走开时，丹尼尔抚摸着我的手问道，"你很少说话。"

"挺好的，殿下。只是刚才喝了一点儿酒。酒精对我虽然作用不大，但还是有影响的。"

"大家喝完酒后都会兴奋，但看你的样子，就好像要呕吐一样。"

我报以苦笑，同时惊讶于他的善解人意。

"还是玩一会儿吧，不管怎么样是个喜庆的日子，虽然很差劲。"王子意有所指。

"请您相信我，我跳舞比做饭还要糟糕！"当王子拉我去舞池时，我站着没动。

丹尼尔轻声笑着，把我拉近身边。当我明白他并没有开玩笑，而是完全认真地想和我跳舞时，我瞪大了眼睛。我看到了阿隆和叶列娜投来诧异的目光，他们正在不远处舞得团团转。他们跳得很优美，动作流畅，双脚只是轻轻接触地板，动作像呼吸一样自然流畅。他们投来的目光让我更加无地自容。

"我的天哪！难道你在害怕吗？"

丹尼尔流畅地迈开了舞步，我却觉得浑身紧绷，两只脚像木头一样不听使唤，紧张地屏住了呼吸。我脑子里立刻浮现出莉莉亚娜给我讲过的舞蹈课教程，她跳得最好。她总是批评我对舞伴不信任，所以才会踏错舞步。安娜也和她们一样，总是不停地跟我唠叨："只要信任领舞的人就可以了。"但我确实是这么做的啊！我信任舞伴，也放松了，但还是会迈错舞步。

当我又一次迈错步子，踩到王子脚上时，他没有任何反应，但我脑子里还是在计算错了几次。

五次。

舞曲才演奏了一半。

七次。

丹尼尔忍着没笑出来。

"你大概是不喜欢我的鞋子吧。"他一本正经地猜测着。

"我不……对不起，殿下。"

"你是在请我的鞋子原谅吗？"

我猛地把目光从地板上收回来，看着舞伴的眼睛，刚才忘了跳舞时不能看脚下这个基本要求。

"对不起。"我又傻傻地重复了一句。

"鞋子还在难为情呢……"丹尼尔忍着笑，小声耳语道。我目光飘移，但总是避开丹尼尔的眼睛，想缓解自己的紧张，咒骂乐师们演奏的曲子太长了，就好像永远都不会结束一样。

"您很高兴吗，殿下？"我发现他很开心，不满地嘟哝着问道。

"那还用说。还好开始跳舞了，否则我白白花了两个小时听着他们无聊的谈话。画廊那天晚上……"

"那天晚上怎么了？"

"我考虑了很久，应该为我的……那些接触行为道歉。"

"我接受您的道……"

"我想，"他加重了语气，打断了我的话，"我应该道歉。但我只遗憾一件事。"

他扶在我腰上的手握得更紧了，虽然我穿着紧身胸衣，但仍感觉到了。

"你遗憾什么，丹尼尔？"我小声问道，用了个比较亲近的称呼，但不相信自己能得到答案。

"我遗憾的是当时停了下来。"他温柔地笑着。

我有些不知所措，视线不由自主地移到他的双唇上，而此时舞曲终于停了下来。我轻松地长出了一口气，声音很大，动作很明显，让丹尼尔又笑了起来。他于心不忍，把我送到旁边，让我休息一下。但我的好运从来不会长久。当叶列娜和阿隆走过来时，好运就彻底离我而去。阿隆左手背后，右手伸向我，邀请我跳舞。我吓得连连摇头，向后退了一步，后背撞到丹尼尔胸前，他又笑了起来。

"我看到你想把王子的双脚都搞残废。"阿隆笑着揶揄道，"所以为了他的安全，当然这也是我的工作，我要检查一下你到底有多危险。如果来得及的话，也可以借一首舞曲教给你点儿什么。"

叶列娜笑着举起酒杯，挡住了脸。她身上淡蓝色的连衣裙轻盈飘逸，头发蓬松有形，她就像刻板的制服群里的一朵娇嫩的鲜花或者一口清新欲醉的空气。

"太遗憾了，阿加塔，你没有别的选择。他已经邀请你了，不能拒绝他。"丹尼尔火上浇油，把我推给阿隆。

我把一只手放到他手上，就像把手放进狼吻中一样。阿隆马上握紧我的手指，把我拉向他。他把右手放到我背后，把我拉向自己，左手则轻轻握住我的手掌。

"放松，看着我的眼睛。"

我听话照做，指望着如果听从他所有指示的话，他跳完一曲就会放过我。他的动作出奇地轻快、自然。或者是刚才和丹尼尔跳舞时我的记忆被激活了，或者是阿隆确实精于此道，我出的错少了很多。

"你觉得这活动怎么样？"年轻人又开始提问。

"令人厌恶。"

他有些诧异地双眉一挑。

"令人吃惊地……诚实。"他嘿嘿一笑。

"我就是说一切都很棒，你也不会相信我的。"

"是不会相信的。"他点头同意。

我们都不再吭声，沉默的气氛逐渐变得凝重起来。因此当他又提起了一个话题时，我如释重负地长出了一口气。

"我后来把和你一起找到的那本书看完了……"

骗子。我差点儿没冲他的脸脱口说出。现在我知道了，他很早就对像我这样的人感兴趣。

"……然后发现,你们学过礼仪和仪表,甚至还学过跳舞。知道玛拉们以前经常参加宫廷活动。如果需要的话,还可以担任十分重要的顾问。但阿加塔,你为什么跳舞这么差?"

我故意踩了阿隆一脚,他脚步一顿,差点儿明显错过了拍子。

"看眼睛,阿加塔。"我又抬头看着他的绿色眼睛。出乎我的意料,他没有笑,大部分时间都一脸严肃。

但在这首舞曲结束之前,跳进了圈套的并不只是我自己,现在是我和他两个人。我抓紧他的手,全身放松,完完全全地让他引领我的动作。阿隆已经明显感觉到,舞步并不是无缘无故就变得轻松了。我凝视着他的眼睛,能看到他眼中闪烁着怀疑的目光。

"你撒谎。"一句话就让他的伪装面具出现了裂纹,但他几乎马上就控制住了自己。

伊琳娜总是教导我,让我在抛出诱饵时要虚虚实实,要含沙射影,这样才能从别人嘴里掏出比原先预想得多的真话。

"你指什么?"

"你比你说的更了解玛拉。"

"当然。"他一下子放松了,"我把那本书读完了。"

"你很早就知道这些。"

他没有答话。

"你到底关心什么?"我没有退缩,他的瞳孔在收缩。

他更加用力地把我拉向他,但动作已经不再流畅。阿隆想冷静下来,但没办法一下子做到。微笑又慢慢浮到他脸上,但眼睛里却不见微笑,我马上明白了,他这是在假笑。

"你的能力。我关心的是生命线到底长什么样。现在我知道了。"

一个狡猾的半真半假的答复,但只有一半是实情。如果他真有这个目的的话,他不会琢磨这么长时间。

"你们为什么在所有玛拉中单单复活了我?"

"丹尼尔一开始就想复活你,所以他找寻的目标就是你的坟墓。"

"他选择时你没参加吗?"

他现在脸上是真笑,但有些忧郁。他抬起我的手,让我转圈,背朝着他。他巧妙地逃避了答案。他的手掌滑过我的肩膀,滑过小臂,打断了我的思路。我感觉到了他胸膛的温热,着迷地体会着他的手指轻柔滑过我的皮肤的感觉。他的动作如此暧昧,让我耳朵中"隆隆"作响,只能勉强听到乐曲的旋律,觉得这一刻是只属于我们的私人时间,从我的喉咙里冲出一声颤抖的喘息。当我们又回到原来的姿势后,我勉强回忆起了刚才的问题。

"就是说,你参与选择了。"我嘴里发干,咽了口唾沫,替他回答道,"我知道丹尼尔的目的,但你的目的呢?你想从我这儿得到什么,阿隆?"

"没什么。"

"你在撒谎吧?"

"有可能吧。"

这是个诚实的答案,也是我得到的最后一个答案,因为音乐停止了,阿隆把我送回王子和公主身边。他这么做是对的,因为知道我在他们面前不会再追问他,但如果他以为我以后不会再追问,那他就大错特错了。

丹尼尔礼貌地递给我一杯葡萄酒。当我接过酒杯,一口喝下半杯，感觉到身上满满的自信时，大家面面相觑。

"丹尼尔，我想修改一下我们交易的条件。"

王子有些奇怪，但什么都没问，而是把我领进了旁边的房间。阿隆作为王子护卫跟在我们后面。

"你想要什么，阿加塔？"丹尼尔坐在一把柔软的扶手椅上问道。

我等着阿隆关上我们身后的房门。年轻人站在我面前，挡住了我出去的路。

"我想让您找到我妹妹安娜的坟墓。"

丹尼尔给我指了下对面的椅子。我坐在椅子边上，但是身体并没有放松，后背挺得笔直。我们面对面坐得很近，但丹尼尔仍向前倾过身子，两肘拄在膝盖上，若有所思地搓着双手，认真打量着我的脸。

"你想做什么？"他提了一个新问题。

"我会完成交易中我的其他任务。我会杀死谢维林。但我想让您在这之后找到安娜的坟墓，让莫洛克把她唤醒，把她复活。"

丹尼尔搓动的双手停了下来，阿隆则一声不吭，房间陷入了令人耳鸣的寂静中，只有远远传来的轻微乐声打破了寂静。

"阿加塔，你知道你在请求什么吗？"王子冷冷地问道，眼睛里透出了失望。

"是的。"

"一个莫洛克不能复活两个人。甚至没法唤醒两个人！"王子担心我不了解这些，开始耐着性子给我解释，"这就意味着，亲爱的阿加塔，你还要再死一次……"

"我现在也不是活人。"

"……再躺进冰冷的泥土中……"王子没理会我的插话。

"殿下……"

"……你以后再不会有任何机会了。"

"丹尼尔。"

"什么？！"他坐直了身子，咆哮起来，我勉强控制着自己没有颤抖。

他恼怒地长吸了一口气，用双掌疲惫地搓着脸。我转回头去看阿隆，但他根本不参与我们的谈话，死死地凝视着前方，看不出他是否在听我们谈话。

"阿加塔，"丹尼尔又开始心平气和地说道，"你还记得那天晚上我请求你的事吗？你什么都没回答。我当时以为，沉默就意味着你同意了。原来你已经下决心了。"

他说得不对，不过我继续沉默着。我那时的沉默确实是表示同意了，但今天白天，当我看着那些首饰时，我改变主意了。

王子把身体向后靠到椅背上，一只手指下意识地敲着椅子扶手，凝视着我。我的双手抓紧了膝盖上的裙子。

"你不会改变主意吗？"

"不会。"

"如果我把你关起来呢？"

我摇摇头，不相信他真会这么做。但他是王子，谁知道他为了达到自己的目的会做出什么举动来呢。

"如果那样的话,那您那天晚上请求的事情,就永远不会实现。"

王子的头发被烛光染上了金色和橘黄色。我们两个死死地盯着对方,他第一个举手投降。

"好吧。你让我考虑一下。你让我找安娜,但我不确信能否找到她,所以给我一点儿时间。"

我点点头,站了起来。丹尼尔跳了起来,走近我,比往常任何时候都靠得近,他伸手抓住我的肩膀。我想退后一步,但双腿抵到了椅子上。他继续抓着我,右手抬起我的下巴。

"那么我们的交易就不再是平等交易了。如果你最后拒绝了我,想离开的话,准备好给我什么东西作为交换了吗?"

丹尼尔说话的声音很轻,我不知道阿隆能否听见,也不知道他是否看见。王子的大拇指滑过我的脖子。我的双唇张开,丹尼尔的目光变得阴郁起来。我知道他想要什么。如果他要吻我的话,我是不会推开他的。我身上泛起一阵莫名其妙的战栗。我不知道自己是被这个念头吓到了,还是在等着他向前再进一步,等着他弯下身子。我不知道,为了妹妹,我需要付给他什么东西,但我知道,只有当……

"是的。当你找到她的坟墓以后。"

丹尼尔温存地一笑,抚摸着我的脸颊。他的手就这样在我脸上温存地停了一会儿。

"阿隆,带阿加塔回她的房间。我觉得她今天太累了。"

丹尼尔退后一步,我也退到了安全距离以外,走向我的护卫。阿隆打开我面前的房门,等我出去后,也跟着走了出去。

走廊里的人比平时多，我们默默地向前走着。我们走出房门后，阿隆一句话也没说。我看着他挺拔的后背，猜测他听到了多少。我离王子越远，和阿隆待的时间越长，内心越忐忑不安，不知道阿隆会怎么想我，他会怎么看待我改变交易的决定，怎么看待我为了新的交易准备出卖自己的决定。

我们离开了喧闹的王宫庆祝会场，走向王宫生活区。客人们不能来这里。我突然意识到，走廊里只有我和阿隆两个人。阿隆脚步声中的怒气越来越大，右手紧紧攥着长长的匕首。年轻人嘴里嘟哝着什么，就好像他脑子里的念头太多，盛不下了，变成了不知所谓的嘟哝声。我继续默默注视着他的背影，看他拉扯着坎肩和衬衫上的扣子，拼命想解开它们，就好像衣服勒得他喘不过气来一样。我有两次听到他在嘟哝时提到了我的名字。

"阿隆？"当我们快走到我房间时，我犹豫不决地叫了他一声。

他哆嗦了一下，就好像刚才忘了我的存在。

"我怎么惹你生气了？"

"因为你自己！"

我惊讶于他的回答，不知道他指的是什么。我一连几秒钟一句话都说不出来，也不知道该怎么接着问他，才能明白他的意思。

"真该死！做了这么多，现在又一下子完蛋了。"年轻人痛苦地说，"我听到四面八方只传来一个声音：阿加塔、阿加塔、阿加塔！"

"你怎么……"我刚要插话。

他推开我卧室的门，做了一个手势，让我进屋。房间里很暗，只有几盏昏暗的油灯亮着，免得让人撞到家具上。我走进房间，年轻人仍不断地嘟哝着，有什么让他欲罢不能。

"从四面八方，开始只有一声！后来是第二声！每天都听到你的名字，真是见鬼了！"他关上房门，恶狠狠地嘟哝着，然后抓住我的胳膊肘，把我推到墙边，不让我转身，也不让我走开。

我后背撞到墙上，却没感觉到疼痛，因为石头墙上贴着雅致的墙纸。我瞪大眼睛继续盯着阿隆，完全不了解他在说什么。

"阿加塔这个，阿加塔那个！一年又一年，一天又一天！阿加塔……"他最后一声是带着哀号发出的，就好像我的名字让他痛苦不堪一样。

他朝我走了一步，离我更近，我大声吸了一口气。他的右手仍然放在长匕首的手柄上，左手把我的脖子拉得更近。他的绿眼睛中有一瞬间闪烁着痛苦抉择的目光，就好像他不知道是要杀了我还是……

"阿加塔……"他冲着我的双唇叫了一声，然后把自己的嘴唇盖了上去。

我的双眼不由自主地闭上了，朝他张开了双唇。这不是我的初吻，但以前的吻平平淡淡，有些笨拙，这次不一样。我的身体反应比理智还要快，要我回应他，要我享受他柔软的双唇。他的吻并不那样热烈，而是像人生中第一口葡萄酒那样甜蜜、醇香，我也知道自己渴望更多。当我的心脏强有力地跳动了一下，我明白发生了什么事情，推开了阿隆。我立刻抽了他一耳光。这耳光比我预想得更有力。年轻人被突如其来的耳光打晕，迟疑着向后退了几步。

他伸出冰凉的手掌捂着发红的脸颊，又抬起眼睛看着我。我们两个人都不知所措地看着对方，不知道说些什么。而我的心脏又跳了第二下，第三下。

第四下。

跳得十分有力。我自己都能感觉到血液在奔流，流向全身的血管，脸上泛出火一样的红光。

七下。

八下。

阿隆像中了魔法一样怔怔地看着我的皮肤变成了粉红色，泛出一种鲜活的、健康的色调。

十二下。

十三下。

"我的心脏……"

"它在跳动？"阿隆迟疑地问着。

"是的，好像是的。"我抬眼看着年轻人，微笑着，又有了全身暖洋洋的感觉。

阿隆高兴地咧嘴笑着，又走到我身边，低下头，脸几乎贴在我胸前心脏处。他双手揽着我的腰，头发落在我胸衣上面裸露的皮肤上。身体里的温暖变成了炽热，心脏跳得更快了，我把身子紧紧贴在墙上。阿隆发现我的呼吸变得沉重了，抬眼看着我，眼睛在昏暗的房间里显得更加漆黑。

"可以吗？"这个朝着我的嘴唇提出的问题显得有些荒唐，但他的嗓音这样深沉，我一点儿也没觉得好笑。

"是的。"我的脑子还没想明白，拒绝的话语是由哪些字组成的，嘴唇却先动了起来。

但阿隆没有动作，没有缩短我们之间的距离，他被那个只有他才明白的抉择折磨着。

"但对我来说不值得。"年轻人伸出胳膊，撑着我脑袋旁边的墙壁把自己推开，就好像他自己挪不动步子，需要有人推他一把才行。

他先是离开了一臂远的距离，但感觉这还不够，又向后走了三步。我一语不发地看着他，有些失望和不解。他咽了口唾沫，深呼吸了几次，平复了一下呼吸，然后又用以往那种平静的声音说道：

"已经太晚了。休息吧，阿加塔。今天太累了。"

阿隆绕过我，走到门边，抓住了青铜门把手。他停了一会儿，但随后坚定地拉开门，走了出去，留下我一个人在房间里。我把一只手放在胸前，六神无主，头脑空空地感受着心脏均匀的跳动。我的身体机能开始运作了，莫洛克现在可以复活我了，但已经太晚了。我决定把这个机会让给妹妹。

第十八章

　　我要有个备用计划。当我早晨被久已遗忘的心跳吵醒后，就明白了自己不能全指望丹尼尔的承诺。他可能会撒谎说正在寻找安娜的坟墓，他可能会撒谎说找不到坟墓或者她的尸体已经腐烂了。我得问下莫洛克，我得说服他帮我找到妹妹埋葬的地方。但国王曾给他允诺过什么，大概是某种报酬，而且莫洛克既然答应为了复活我而付出自己的部分力量，那这个报酬大概会闻所未闻地高。莫洛克不想把我送进幽冥之地，并不意味着我的请求会比国王的条件更有分量。他如果完全站在我这一边的话，那么早就会解放我，放我走或者和我一起离开了。

　　我应该搞清，他们给莫洛克许诺了什么，然后我再提出自己的交换条件。当我请侍女们帮我找件穿上以后行动方便但足够漂亮的连衣裙时，她们都惊讶地看着我。当第一件连衣裙因为胸衣包得太严实而被我放弃后，她们又开始手忙脚乱地寻找新的裙子。玛丽娜和英娜很清楚，我有多讨厌太暴露的衣服。但我只有通过丹尼尔才有可能了解到国王许给了莫洛克什么报酬，而他喜欢带有暗示意味的裙子。姑娘们最后找到了一件合适的连衣裙：一件深红色的连衣裙，式样简练，下裙蓬松适度，但不影响走路，肩膀完全裸露，但胸衣包得很严。

一想到我将要利用丹尼尔对我的眷恋从他那儿偷取信息，我心里就觉得不舒服，但当我知道丹尼尔在吃早饭而走进餐厅，却看到了叶列娜和阿隆也坐在桌边时，我觉得更不舒服了。我的视线和那双专注地凝视着我的绿色眼睛相遇后，脑海里如潮水般涌来了有关昨天晚上的回忆，我觉得心脏跳得更厉害了。我想平复一下心情，于是转回身，装作走错了房间，但差点儿撞到了门框上。

"阿加塔！"丹尼尔叫了我一声，我只能停下来，手里抓着雕花门框。刚才我差点儿在这上面撞破额头。

我长吸了一口气，若无其事地向他转过身来。王子坐在长桌的一端。他的右边坐着阿隆，左边坐着叶列娜。两人都莫名其妙地盯着我，而丹尼尔相反则满面带笑。

"你既然来了，就请和我们坐一会儿吧。"

左墙边和右墙边各站着三个侍卫，他们都在仔细打量我，琢磨着我有多危险。

桌子很大，至少还能坐下十五个人。我认真考虑了一下。如果我坐在桌子另一端，尽量远离王子，他肯定会哈哈大笑。我迟疑了一下，走到阿隆身边，决定还是坐到他身旁比较好，否则坐在他对面会不停地和他目光相遇。年轻人没有任何反应，只是沉默地给我倒了一杯莫尔斯果汁，放到我面前，又埋头于盘子里的食物。叶列娜皱着眉头，看着阿隆。姑娘看起来心情糟糕，与往常大不一样，就连她的连衣裙都是深灰色调，面料厚重，完全不同于她平时喜欢穿的那些粉嫩颜色。公主用手指按着自己的额头，按摩着。

"我们今天怎么这么荣幸？"丹尼尔一边切着盘子里最后一块乳渣馅饼，一边问道。王子把一小块馅饼在果酱上蘸了一下，送到嘴里。我着迷地看着他的动作，想起我好多年没吃过了。

"我走错门了。"我撒了个谎。

"原来这样啊。"王子礼貌地笑着，看来未必相信我。

"庆祝活动最后还好吧？"我绕开了这个尴尬的话题。

"真那样就好了。"叶列娜从鼻子里哼了一声，然后因为新一轮的头疼而皱起了眉头。

丹尼尔轻轻笑了两声，解释说：

"遗憾的是，妹妹喝完酒后头痛。"

"如果你们三个人不是离开了那么长时间，把我一个人丢在那里，就不会这样了。"公主下意识地咬住下嘴唇，把水杯推向阿隆那边，"你答应了会回来的！"

"叶列娜，请你原谅！"阿隆露出歉意的笑容，平静地回答说，"我当时被音乐吵得脑袋嗡嗡响，所以就回房间了。"

我稍稍转头看向旁边的阿隆，但他仍对我毫不在意，只是关看着自己盘子里的食物。

"都是你的缘故，我只能和参议院的奥列格、瓦基姆跳舞，不停地聊天！我只能靠着葡萄酒的支持，才没有中途粗鲁地打断他们漫长而又枯燥的农业经济话题。"公主继续发着脾气。

"哎呀，妹妹！你是唯一一个能忍受他们废话连篇的人。"

"但这总是让我早晨头痛欲裂。"叶列娜烦躁地看了看面前只动了一点儿的食物。

"尼古拉怎么样？参议员们和他见面了吗？"我喝了口果汁，换了个话题。

蔓越莓果汁，我的最爱。

"哥哥在自己房间里呢，暂时还站不稳。我听说参议员们很满意，不过我当时不在场。"

"你们早饭后想不想去花园里散会儿步？"

我只看向了丹尼尔，所有人却都抬眼看着我。我看到就连王子都在嘀咕，满腹狐疑地琢磨着我有什么目的，然后他笑了一下，放下了叉子。

"我很高兴去。而且我还要说一句，我已经吃完早餐了。"

"我也是。"阿隆也放下了叉子。

"什么你也是？"王子一脸疑惑地问着朋友。

"我也吃完早餐了，也去散步。我还是你和她的护卫。而且如果你们在一起，照顾你们两人也更方便些。"年轻人一边从桌旁起身，一边心平气和地解释着。

"阿隆，没这个必要。尼古拉现在没什么危险了，我又不是很重要的王位继承人。你放松一下，不要总是拼命限制我的自由吧。"王子冷淡地微笑着，不过年轻人对他的提醒置之不理。

"给我付薪水的是你父亲，丹尼尔。我最近一段时间已经给了你太多自由，让你一个人去世界另一端寻找阿加塔。"

"但当时是你回家了。"叶列娜用手拄着下巴说。

"因为丹尼尔决定雇用莫洛克，所以我才给了他这个机会。"

王子闭紧嘴巴，点头让步。

"好吧。但我希望尼古拉登基后你能消停下来，这样我就可以彻底摆脱身上的责任和你的喋喋不休。"

我无论如何也没想到会有旁人在场，而且还是阿隆。当我们走向通往花园的玻璃门时，仆从们给我们三人拿来了厚暖的外衣。当丹尼尔给我穿上暖和的长袍，把我包裹得像个无助的洋娃娃时，我的视线神经质地扫过阿隆，看着他整理身上的佩剑和匕首。我没有拒绝王子的殷勤帮助，没有抗拒，相反为了实施自己的计划还很配合他，表现出很享受他的关心的样子。虽然按我的品位来说，这种关心有点多余，根本不需要。

天空中布满了乌云，我深吸一口冰寒的空气，能感觉到离初雪只剩下几个小时，也可能只剩下几分钟时间了。因为身上的血是热的，我现在能更清晰地感受到寒冷。我的鼻子和脸颊马上被冻得通红。我把一只手藏进衣服口袋，另一只手揽着丹尼尔的胳膊。

"应该说，花园平时比现在要漂亮得多。"王子信誓旦旦地说着，不满地打量着光秃秃的灌木丛和高大的乔木、干涸的喷泉和脚下枯黄的落叶。只有林荫道上的松树和云杉给花园带来了一丝生气。

"我相信，等下雪以后，这里会更漂亮。"我支持他的意见。

"如果是别人提议出来散步，我会不假思索地拒绝。天气实在是太糟糕了。"

"那您为什么同意了？"

"因为这是你的提议，你可是从来都没提议过什么。"我挑了下眉毛。我应该垂下目光，装作难为情的样子，但我实在不擅长这个。我希望被冻得通红的脸颊能让我显得有些难为情。

"您根本不想当国王吗？"

"王位看上去是个漂亮的装饰物，但实际上是副镣铐，我只有死后才能摆脱它。我有他就够了，为什么还要再给自己增加束缚呢？"丹尼尔指了下阿隆，他正像影子一样落后几米远，跟着我们。

从我们护卫的脸色来看，寒冷对他影响不大，就连他的脸颊都只是微红而已。尽管冷风不断地吹起他长长的头发，但他都没有围上围巾来保护喉咙。我想请他把长袍扣子系上，但话刚要脱口而出，我就闭上了嘴。如果我计划好了要重新躺回坟墓，就不能和他过于亲近，就连那次接吻都不应该有。

"但您答应我，要把塞拉特从这世间抹掉？"

丹尼尔眉头紧皱，思索着。

"你说得对，阿加塔。想不想我和你一起去杀谢维林？"

"这个建议听起来不错，不过谢维林是我的目标。另外有莫洛克和我一起去。如果只有我们两人的话，能更方便、更快地完成任务。但如果您能把阿里安到底做过什么，以及我为什么要割断他的种族血统的真实原因写进历史教科书，那我将十分高兴。您可以告诉世人，他们如何为了虚荣，因为贪婪而拒绝了和平。

玛拉们如何因为他们而全部消失，人们如何因为他们而遭受邪祟生物的侵袭。"

王子一脸认真地点头，一绺金发掉在他的眼睛上。

"好的。不过我也不会放弃自己的承诺。塞拉特将从地图上消失，我向你承诺过的。另外……你今天跟往常不一样。"

我不知所措地眨眨眼睛，不明白他指的是什么，于是王子补充道："你的脸色，有红晕。难道说你的心脏开始跳动了？"

"是的。昨天晚上开始的。"

"有意思。是出了什么事情还是它自己开始跳动的？"丹尼尔大感兴趣。

"自己开始的。"我努力不往阿隆的方向看，故作轻松地笑着耸了耸肩，希望我的笑容不会显得太做作。

"我很想知道，你们到底许给了莫洛克什么，才让他同意复活我？"趁着王子没有盘问细节，我赶紧转换了话题。

我装作无意中提出了这个问题，把身体靠向他的胳膊，和他十指交叉握在一起，分散着他的注意力。

"你指的是把你从坟墓中唤醒吗？"丹尼尔有些失神地从头上看着我，然后抽出胳膊，抱住我的双肩，把我拉向他，朝着我的脸低下头来，"很多钱，多得不像样子。"

我不想让旁边的阿隆看到这一切。我的呼吸变得粗重起来，不过幸运的是，王子以为我这是因为激动所致。当他冰冷的嘴唇触及我的脸颊，我没有躲开，而是闭上了眼睛，不去回忆阿隆温热的双唇。这个坏蛋，一个吻就把事情全搞砸了，让我的心脏开始跳动，让我的脑子里多了无数个念头。我不满地朝他瞪了一眼,而他回报我的是更加恼怒的目光。

"如果要复活我呢?"我小声提了一个新问题。

"复活?"王子也小声地重复了一句,把我抱得更紧了,但听到有人在喊我们,就放开了我。

"丹尼尔王子!殿下!"两个侍卫跑到我们面前,"国王在找您。"

"好的。稍等。"

"要马上去,殿下!国王说是紧急会议。"

"他说让你们带我去见他?"丹尼尔冷冰冰地问道。

"是的。"

尽管我早就察觉到空气中散发着雪的气息,但当洁白蓬松的初雪一片片飞舞,飘落到我的脸上、头发上,飘落到长袍上时,我还是觉得有些意外。我们都瞬间停下了动作,抬头仰望天空。

"好吧。"丹尼尔最后吐出了一团白气,"阿加塔,我们晚上必须讲清这件事。"

王子最后又握了一下我的双手,跟着侍卫们向王宫方向走去。我又抬眼看向天空,看着我的女神莫拉娜降临到自己的王国。然后我转身,从阿隆身边走过,向王宫方向走去。

年轻人一把抓住我的胳膊,拉住了我:"站好别动!"

他让我伸出手,开始往我冻得通红的手上戴手套。先戴上一只,然后又戴上了另一只。他脸上还挂着恼怒的痕迹。阿隆默默地做完这一切,抬起眼睛看着我,我朝他走了一步。我也这样默默地系上了他长袍上的所有扣子,让毛皮衣领盖住了脖子,这样更暖和些。我做这些时也和阿隆刚才一样恼怒,就好像我们两人的相互关心给我们带来的只有愤懑。

"你神智正常吗，尼古拉？"国王先是茫然发呆，然后转身向侍卫们下了命令，"去传唤玛拉！"

我来得太巧了。当我走进大王子的房间时，看到房间里不仅侍卫们不知所措，就连国王，甚至就连丹尼尔都困惑不安。我和阿隆在一楼分手后，想去找尼古拉，帮他练习一下走路，却没想到重要会议原来是在这里举行的。

"陛下，出什么事了？"我把药杯放在旁边的床头柜上，杯子发出一声轻响，打破了房间里尴尬、沉默的气氛。

"你再检查一下我儿子，我要确认他是否神智正常。刚才他在胡言乱语。"国王疲惫地坐到窗前的软椅上。

"父亲！我很清楚自己说过什么！"

尼古拉坐在床上，看上去精神饱满，脸色也很健康，不再那么干瘦，头发也开始发亮。我把他的药剂递给他，仔细察看着他的手指、指甲和指甲下面甲床的颜色。我没发现任何生病的症状，满意地放下了他的手。尼古拉已经习惯了我的触摸，当我检查他手腕和脖子上的脉搏时，他没有任何抗拒反应。

"我没看到有什么问题。"我向国王说，"王子十分健康。"

"检查一下他的生命线，这才是最主要的。"德米特里命令道。

"我不建议这么做。"我想拒绝这样的命令。

"有什么问题吗？"国王马上逼问。

"我们不建议触碰健康人的生命线。大家都说会产生某些特殊的感受，这是私……"

"检查一下！他要成为下一任国王。我要确信会把王位交到一个神智正常的人手里。"他打断我的话。

我想寻求丹尼尔的支持，但他只是点点头，双唇抿成了一条细线。尼古拉坐直了身体，让我坐在他后面。

"向您预致歉意。"我低声对他说。

"阿加塔，没什么事。"他微笑着向我转头说道，"检查一下吧。"

我越来越喜欢尼古拉：他对我很和善，大概是这个王宫里唯一不想利用我的人。我双手在他脖子上摸索着，生命线在皮肤上发出了金色光芒。生命线看起来很有力、强壮，十分健康。但我既然已经开始检查了，只能检查到底。当我用手指拉出三根生命线后，尼古拉抽搐起来。我按住他的肩膀，不让他活动。大王子闭着眼睛，咬着牙小声呻吟着。丹尼尔张大嘴巴，朝我们走了一步。他可能是想请我别让他哥哥太痛苦，但当我挑起生命线，检查它们的弹性时，尼古拉重重地吐出一口气。从他脸上的微笑可以看出，他根本就不疼。丹尼尔有些惊讶，退了回去。我尽量避免做出笨拙的动作，想尽快检查完毕。最后我用手指沿着生命线捋了一遍，尼古拉则稍微弓起了后背。我放开生命线，小心地将其归位。

大王子难为情地从我面前转过身，我会意地朝他笑了笑，拍了两下他的肩膀。

"一切正常。"我又向德米特里重复了一次，注意到窗外的雪已经下得纷纷扬扬了。

"那他为什么还在说胡话，说谢维林没给他下毒？"国王失望地扬起双手。

"父亲,我已经说过了!谢维林没有干这事!"

"蠢货!你弟弟已经找到证据了!甚至还找到了一个塞拉特人,他对自己的罪行供认不讳!"

"怎么供认的,是在拷打之下吧?"尼古拉嗤之以鼻。

"哥哥,你不相信我吗?"丹尼尔冷冷地回应。

尼古拉用审视的目光看着他。

"我相信谢维林没有给我下毒。而你却在计划杀死谢维林,而且可能在发动一场比现在更可怕的战争。"大王子又把头转向父亲,"我已经跟你说过,我很早就在和谢维林通信,协商大家渴望已久的和平,他也知道战争会摧毁我们的土地,所以他也一直支持我的意见。特别是现在,冬天要来了!"

"当然,你的证据是停战协定。"国王怀疑地说。

"确实如此!父亲,是谢维林首先签署的,然后他寄给了我。拉斯涅佐夫在国书上签字,这已经是自缚手脚。他在给我寄出这封信时,就已把自己、自己的政权和自己的国家都置于威胁之下。"

"当然,这份国书丢失了!"国王咆哮着。

"是的!"尼古拉也恼怒地喊道。

我向后退了几步,走到墙边,不知道自己待在这里是否合适,但没有国王的许可我又不敢冒险出去。

"真该死!"尼古拉抬手把头发撩到脑后,"我亲眼见过这份协定。我把它藏在房间里,然后我就中毒了,然后它就不翼而飞了。我生病时所有人都来过这里,现在没法搞清谁是奸细了。"

"谢维林也可能反悔了,所以让人给你下了毒,盗走了国书。"丹尼尔说道。

"据我所知,进入亚拉特的唯一一个塞拉特人在你的拷问之下没能活多久。"尼古拉回答说,"所以我不知道,他是怎么先给我下毒,然后再把国书盗走的。而且是你逮捕的他,据说是在我中毒的那天。更符合逻辑的情况是:王宫里有奸细。战争狂比爱好和平的人要多很多。"

国王愤怒地站了起来:"如果不是塞拉特人在无尽森林旁攻击了我们的军队,那么我倒是可能相信你的话。恰恰是他们在不久前又侵犯了我们的国境!"

"父亲!"

"够了,尼古拉!我已经决定了。我不想让你坐在拉斯涅佐夫家族的火药桶上来统治这个国家,它随时会爆炸的。玛拉会杀死谢维林,这样我们所有的问题就都解决了。"

尼古拉一脸吃惊地转头看我。

"这么说你是去暗杀谢维林的杀手?"

我点头。

"你根本不了解他……"

"他的先人阿里安杀死了我妹妹,然后他的士兵杀死了我和所有玛拉。"我平静地反驳他。

"但这是阿里安干的,而且他也付出了生命代价。"尼古拉失望地摇着头,"阿加塔,不能因为血统的原因就给谢维林下了死亡判决书。和一个人谈条件,要比对抗整个国家简单得多。我不知道塞拉特人失去国王以后会如何行事。他们现在有王后,会团结在她的周围。"

"那玛拉就把王后也杀死。"国王打断了他的话,这却使我感到愤怒——我不想杀死那位素不相识的姑娘。

尼古拉疲惫地叹了一口气,知道他无力对抗执拗的国王。我也听累了他们之间的争吵,拿起空杯子向门口走去。

"阿加塔!"当我的手已经抓住了镀金门把手时,尼古拉叫住了我,"你应该认真考虑一下你要做的事情。"

"这是我交易中的一部分,王子,所以我已经考虑过了。"我冷冷地回答他,头也没回地走了。

如果交易中涉及的是我的复活,那他的话会在我心中埋下迟疑的种子。但我现在是为了妹妹的生命在做这些,所以我没有权利拒绝。

我第二天上午坐在图书馆里,一边翻看着厚重的书册,一边在心底里咒骂着尼古拉,咒骂他的理智和他的喋喋不休,虽然他的话是正确的。我从书架上抽出了所有关于塞拉特和阿拉肯王室的书籍。尼古拉说我对谢维林一无所知。我恶狠狠地一口气吹去空中的浮灰,又打开了一本书册。王宫图书馆里收集的关于塞拉特执政者的书册很少。既没有画像,也没有插图,甚至没有完整的王室家谱。看起来拉斯涅佐夫王室在邻国面前严格地保住了家族秘密。

我虽然找了几个小时,也只是了解了谢维林母亲和父亲的名字叫斯维特兰娜和阿列克谢,即前王后和前国王。斯维特兰娜·

拉斯涅佐娃[1]死得早，生下二儿子谢维林四年后就去世了。谢维林有个哥哥，叫亚历山大。他们的年龄相差两岁，但大王子十岁时就死了。最后拉斯涅佐夫王室中只剩下了国王阿列克谢和他儿子谢维林。当我看到阿列克谢·拉斯涅佐夫的死亡日期时，有一瞬间开始怜悯谢维林。几年前他刚刚失去了最后一名家庭成员，也是他最后的生活支柱——父亲。

我有些恼怒于自己居然对阿里安的后代心生怜悯，用力合上了书册，空气中又腾起一团尘雾。

我在另一本书中读到，阿列克谢是个杰出的国王，十分公正。他减轻了普通民众的赋税，每个漫长的冬季都从王宫的储备中拿出粮食来救济饥饿的百姓，也正是在阿列克谢执政之初塞拉特和阿拉肯的关系才多多少少有所缓和，因为是他首先约束军队，停止了进攻。后来他们只是防守，从没越过阿拉肯的国境线，也从未攻击平民。从传闻来看，阿列克谢还找到了一个或几个莫洛克。他们同意收取报酬，逐步清理无尽森林中的邪祟生物，保护附近村落免受侵袭。

我读到这些后，因为阿列克谢已死而高兴，因为我不用杀死他了。对我来说，要杀死一位如此关心百姓的国王确实有些困难。谢维林不久前才继位，所以还不知道他统治得怎么样。我能找到的有关未来猎物的唯一信息就是他的年龄。他现在二十四岁。叶列娜公主说得对，根本找不到关于他的王后的只言片语。

我满怀惆怅地看着窗外，看着昨天下的雪。大雪把整个大地

---

[1] 俄罗斯妇女出嫁后会随夫姓。俄语名词有词尾变化的特点，所以丈夫的姓和妻子的姓的词尾会有不同。

都裹上了厚重的白色。天空中乌云没有消散，虽然是中午时分，天色却阴暗得像是黄昏。尽管现在也可以算作黄昏，因为冬季的白天确实十分短暂。

我从昨天晚上起就再也没见过阿隆和丹尼尔，从昨天早餐时起再也没看到叶列娜，那时她还头疼欲裂。我想起了莫洛克，离他回来还剩一周时间，或者更长时间。幽冥之仆寿命长久，可以随心所欲地旅行。他大概见过谢维林，知道他的某些事情，但我只能过段时间看到他之后才能问他。

我把所有书册放回原位，疲惫地走向自己房间，想去换件比连衣裙更方便的衣服，好去照顾尼古拉。尽管我并不想看到他，知道他会努力劝说我不要复仇。

我换上紧身裤、黑衬衫，披上了一件带黑色刺绣的深红色收腰长袍，走向了大王子的房间。当我打开门走进房间时，窗外开始变暗，所以王储的房间里已经点起了蜡烛。我的运气不错，叶列娜公主也在房间里，正坐在哥哥床边给他读书：

"我们需要小姑娘，她要和我们一起走。"女巫对自己的护卫说道。那些人尽管已经同意了，但仍准备带上所有行人，弄晕他们，把他们送到敌国。但无论是小姑娘，还是她的朋友都不肯投降，没有放下武器……

我随手关上了房门，叶列娜停了下来，目光从破旧的书册上移开。

"阿加塔，太好了！我正想和你谈一下呢。"尼古拉没有对我微笑，我有气无力地叹了一口气，知道他想和我谈什么。

房间里除了我们三人外，没有其他人。

"御医或者侍女在哪儿呢？"当叶列娜合上书走到旁边时，我问她。

"我让他们去吃晚饭了。"

我把药杯递给王子，他皱了下眉头，但没有抗拒，喝下了药剂。我相信明天就能扶他站起来了，他又可以走路了，虽然开始只能慢慢走。尽管尼古拉对塞拉特执政者持友好态度，另外我们之间有分歧，但他身体在慢慢恢复，同时如果像他这样通情达理的人能当上国王，我还是很高兴的。

"阿加塔，你考虑昨天那件事了吗？你还是坚持要去吗？"

"是的。"

"你的姐妹们是回不来的！"他的话并没有让我很痛苦，因为我早就明白了这一点，但他的声调比平时要高，尼古拉还没有当着我的面发过火呢，"你的决定可能会杀死几百人，甚至是几千人！死亡的不仅是士兵，还会有平民！阿加塔，会有大饥荒的！"

当我坐在尼古拉身边，检查他的脉搏时，他仍向前倾着身子，努力想说服我。他抓住我的手腕，不让我站起来。丹尼尔走进了房间。当他看到我以后，惊讶地瞪大了两眼，看起来忧心忡忡。

"你在这里做什么？"

"跟往常一样，给王子检查身体。"

"为什么现在检查？你都是白天检查啊！"他关上房门，下意识地问了一句。

"我白天在图书馆里，耽搁了一点儿时间。"我耸了耸肩。

"阿加塔,不要听丹尼尔的。"尼古拉仍然抓着我,不停地抖动我的手,但我继续凝望着小王子的褐色眼睛,不明白他为什么不满意我在这里。

"不要发动战……争!"

尼古拉一句话还没说完,鲜血就从他口中喷出,溅到我半边脸上、双手和胸前的衣服上。我大惊失色地转头看向大王子,看到鲜血从他的嘴里大量涌出,他的脖子和白衬衫上一片狼藉。他喉咙里发出嘶哑的声音,想要说些什么,但只是从嘴里喷出了血沫儿。当尼古拉低头看向自己胸前,我的目光也随着他看去,看到了他胸膛上赫然插着一把小匕首,我的眼前一片模糊。刀刃恰好从肋骨间插入,正中心脏。我尖叫一声,从床边向后退去,后背撞到了雕花的床篷柱子上。但我没感到疼痛,只是一眼不眨地看着尼古拉的生命力渐渐消失。他最后紧盯着叶列娜冷漠的脸,她正从床的另一边走开。她的双手只溅上了几滴鲜血。

"蠢货,你干了什么?!"丹尼尔愤怒地骂道。

"做了你做不到的事!"叶列娜用同样的口气回敬她哥哥。

他们站在床的两边,中间是他们的哥哥,正吐出最后一口气,鲜血浸透了床上的羽绒被。他脸上凝固着对亲人背叛的困惑,一只手仍抓着插在胸膛上的匕首。

我摇晃着脑袋,胸膛中的心脏慌乱地跳动着,一口气也喘不上来,一步步后退着离开床边。

"我们是有计划的!你为什么把一切都搞乱!"这是丹尼尔看到他的孪生妹妹刺死哥哥后的唯一反应。他这是在发泄愤怒和不满,这让我震惊得站不住脚。

我彻底摸不着头脑了。

"我警告过你了。"叶列娜反唇相讥,"我说过,让你把她从阿隆身边弄走!"

"我是让他做她的护卫!"

"我看到他们之间有事情发生!谢维林的事我支持你,打消了让他回头的念头。我把发动战争的借口留给了你,但我当时就跟你说了,阿隆是我的!"

"他就是你的!我说过了,我们完事之后,我就给你举行婚礼。我们需要阿加塔,但你做了什么?!"丹尼尔看都不看地朝我扬了扬手。

"我们现在不需要她!"

"你能不能想一下,为了找到她的坟墓,我花了多少精力和钱财?!"

"哥哥,你真的做对过一件事情吗?"姑娘毒辣地挖苦着哥哥。

"是的。我把一切都做好了,但你破坏了这个完美的计划!你为什么要当着阿加塔的面做这事?!她不应该在这里的!"

我向后躲去,模模糊糊地发觉自己绊到了地板上的兽皮,差点儿摔倒。我继续一步步后退,直到后背撞到了正在熊熊燃烧的壁炉边缘。他们说的话都进了我的耳朵,但我脑子里仍是一团混乱。我不明白,他们怎么能讨论这些事情。他们怎么能站在自己哥哥尸体旁边这样对骂。我想要叫喊,想喊来卫兵和国王,但我现在连一口气都吸不进肺里。房间在我面前变得模模糊糊,好像被暴风吹得摇摇晃晃。我要从这里出去。但我仍然不能相信,我费尽千辛万苦治好的尼古拉就这样被杀死了。被把我从坟墓里唤醒的人杀死了。

叶列娜满脸鄙夷地哼了一声，绕过床，坐到尼古拉尸体旁边。当她抓住哥哥身上被血污浸透的衬衫，开始拼命哭号时，我只是怔怔地看着她。

我像是被一把鞭子猛地抽到了裸露的皮肤上。我几乎确信自己又感觉到了，公主自私的谋杀行为就像是一把利剑扎入了我的身体。这是第一把利剑，把我的身体扎得通透，就像我死亡时那样。

当丹尼尔遗憾地看了我一眼，但没阻止妹妹时，我被第二把利剑穿透了身体。

侍卫们冲进房间，是在叶列娜哭号了二十多秒之后，出奇地晚。不过我觉得，这二十秒就好像是一个世纪那么长。侍卫中有阿隆。他先是看了我一眼，当他发现我脸上和衣服上有血污，双手沾满血迹，不住颤抖时，他瞪大了眼睛。阿隆朝我走了一步，但目光转向了尼古拉。

"门口为什么没有护卫？！"阿隆大声喝问士兵。我也迷迷糊糊地想起，我来时确实没有护卫。

这一切都是有预谋的。

"护卫！"叶列娜哭得声音嘶哑，她的脸庞又变得美丽而忧伤，出现在我们面前的仍是那位被痛苦击倒的温柔的阿拉肯公主，"把这个杀人犯关起来！她背叛了我们！把玛拉扔进监狱去！"

我想抓住阿隆的衣服，紧紧抓住他的长袍，向他讲出实情，向他痛哭，希望他能相信我，但我无法移动，也张不开嘴。我不想让别人认为他是我的同谋。

"丹尼尔？"阿隆迟疑地问道。

"把玛拉关起来。"王子愤怒地说了一句,"阿隆,你去监督。"

"好的。"阿隆咬紧下巴,冲护卫点点头,带着愤怒和怀疑的眼神看着我,长剑把手被他攥得"吱吱"响。我感觉第三支利剑插入了我身体。这是最后一把剑,也是让我最痛的一把剑,因为第三把和前两把剑的痛苦同时到达了我的意识中。

护卫们朝我扑过来。当他们十分用力地把我推到墙上时,我没有反抗。我的额头撞到了壁炉旁边的一块雕塑上,疼得我牙齿直打战。他们死命扭着我的胳膊,从额头上深深的伤口中流出了鲜血。我的心脏在跳动,额头出血很多。我茫然若失地感觉到,鲜血顺着脸往下流,流到了右眼睑上,然后流到脸颊上。

他们捆住了我的双手,粗暴地把我从墙边拖开。我们在叶列娜做作的哭声中刚向门口走了几步,突然一声钟鸣又加入了哭声中。先是一声钟鸣,声音宏大,大概整个亚拉特都能听到。然后是第二声,第三声,声音小一些,但很尖锐。我们都停住不动了。就连我都知道,这钟声意味着什么。这么多年来,钟声的旋律从未变过。我怀疑地抬头看了一眼丹尼尔,他正出神地看着窗外深沉的夜色。现在我明白了他们所有的对话,明白了叶列娜问他的是什么事,明白了他说可以完成那部分计划时,并没有撒谎。

"国王驾崩了。"一个侍卫小声说道。

"国王万岁。"第二个侍卫看着丹尼尔,也小声说道。

"国王万岁!"其他人大声、坚定地重复着。

"送玛拉去监狱!"阿隆看了一眼仍然温热的尼古拉的尸体,出声打断了这场闹剧。

我也做了同样的动作——最后看了一眼大王子。我很喜欢他，尽管我们的意见最后并不一致。我小声地读了一个简短的祷文，请女神关照他的灵魂，然后就被人推出了房间。

第十九章

在黑暗的走廊里,当我不再茫然若失,当喉咙里的震惊和绝望的感觉减弱后,我变得愤怒了。心里随着愤怒升腾起对背叛行为的熊熊怒火。

我曾经耐心、安静地做着他们想要的一切。

我顺从地让他们给我戴上镣铐,像个木偶一样听从他们摆布。

我允许他们拥抱我,把我打扮得像个洋娃娃,用各种许诺来应付我。

我忍着剧痛给尼古拉治疗,关心他,没想到他们丧心病狂地杀了他。

我的手上仍沾满了尼古拉的鲜血。我把一只手从手铐中拉出,手腕上的皮肤被磨掉了。我疼得要命,愤怒得发狂,用胳膊肘猛击一名侍卫脸部，然后准确地踢中第二名侍卫裆部。专用护具让他没受重伤，但他仍然疼得弯下了腰。我从第三名侍卫手中抢过匕首，刺伤了他的胳膊。这条走廊并不宽阔，几个人挤在一起连转身都费劲。我看到更多的士兵向我跑来，他们从四面八方跑来。我只能苦笑一声，因为又一次陷入了在王宫里被杀死的命运循环中。

我不能强迫自己杀死那些士兵，因为我记得他们的面孔，几小时前还和他们打过招呼。我在走廊里闪展腾挪，没有发动致命攻击，把一名士兵的头撞到墙上，让他失去了知觉。虽然我知道自己无法生还，但仍继续战斗着。我应该停下反抗，让他们把我投进监狱或者直接把我送进坟墓，这并不比我的以往更差。但我停不下来，我的心因为失望在刺痛，在发紧，我没法缓解这心痛。有人从背后抓住我，勒住我的脖子，把我从地上提起来，勒得我喘不过气来。这是一个对我很了解的人，知道氧气虽然对我来说没有意义，但我和正常人一样，也会有窒息的感觉。我被窒息带来的慌乱所笼罩，眼前浮现出黑黄色的斑影。背后的人把我握着匕首的胳膊扭住。我扔掉匕首，抓住了勒住我脖子的胳膊。当我听到阿隆冰冷的声音后，痛悔的泪水夺眶而出：

"冷静一下。王子要你活着。"

我想起了当初他给我按摩手掌时，他知道我慌乱的原因；想起他第一次跟我说，这里没有什么能威胁到我了。我最恨他，因为与王宫里其他人相比，我最轻信他。我把软弱的自己托付给了他。我伸手向后去抓他的绿色眼睛，但还没触及他的下巴和嘴唇，他就更加用力地勒住了我的脖子。我的身体变得绵软，意识陷入了黑暗中。

※

我恢复知觉时已经身处阴暗的监狱当中。不知道从丹尼尔、阿隆和叶列娜给我展示了他们的真实面目和险恶用心的那天算起，国王和尼古拉已经死了多久。

我的囚室不大，不过幸好相当干净、干燥。囚室冰冷的石头地面上铺着新鲜的干草，有一张铺着粗糙兽皮的小床。他们给我放了一个盛着冰水的小盆，还有一块抹布，让我可以洗去身上的血迹。我的囚室里没有看守，但我听到远处有看守在低声说话和走路。

丹尼尔现在是国王了，他把我关到了地下某处。这里连一扇窗户都没有，我分不清现在是白天还是晚上。时间越长，我就越记不清天数，最后连季节都分不清了。这里除了旁边某处有几个火把外，光线十分昏暗。我的囚室对面和旁边也有囚室，但现在都空着。

他们故意让我远离他人。让我什么都不清楚，什么都了解不到。我不知道他们会关我多久。当我明白了我永远不会变老，而丹尼尔可以永远关着我，直到我完全臣服或彻底发疯以后，我觉得浑身冰冷，手掌被冷汗湿透。我相信，我总有一天会哀求他让我触摸温暖的阳光。也可能是叶列娜把我关到了这里，因为我和阿隆之间的友谊而对我采取报复。她是不是安排了人来监视我，看我和阿隆是否曾经亲近，或者她自己猜到了真相？

我清洗着脸上和手上沾染的那个我曾经关心过的王子的血迹。我清洗着额头上深深的伤口和手腕上被撸掉的皮肤。这里冷得像冰窖，我洗完血迹后，爬到"吱嘎"作响的小床上，裹进一条薄薄的被子里。我缩进屋角最黑暗的阴影中，回想着发生的每一件事，分析自己是不是漏掉了什么。丹尼尔是不是曾经给我展示过他的真实意图，而我却没看清他的计划？或者他开始时并不想杀死哥哥，而叶列娜却因为感情用事破坏了他的计划？

我越回想这位姑娘如何淡定地把匕首插进曾经每天晚上给她读童话的那个人的心脏里，就越忍不住怒火中烧。胸中的怒火刺激得我浑身颤抖。当我发现自己因为渴望用双手扼断公主娇嫩的脖子而把牙齿咬得"咯咯"响时，才停止了颤抖。

是否战争才是造成这一切的根源？一切都与杀死谢维林的计划有关。我想杀死他。叶列娜想杀死他，因为被他拒婚。丹尼尔也想杀死他，但我不知道原因何在。他对塞拉特所抱的仇恨的原因何在？国王和尼古拉一开始不想发动战争。然后刚好大王子中毒了，刚好又找到了一个承认给大王子下毒的塞拉特人。于是国王德米特里也想杀死谢维林，摧毁塞拉特王国。

但当尼古拉醒来，并且声称不干谢维林的事以后，这一切都崩塌了。尼古拉断然拒绝发动战争。他是有能力说服父亲不要杀死拉斯涅佐夫王族的最后一位国王的。这是不是才是真正原因？丹尼尔对塞拉特满腔怒火，想把它从世上抹去，这是否值得发动战争，流血牺牲？或者他这么渴望报复，是因为谢维林拒绝了叶列娜?

我晃了晃脑袋,感觉自己就像在漆黑一团中摸索着寻找正确答案一样。答案就在附近,我能感觉到,但怎么也抓不住它。所有假设都是正确的,但感觉仍然欠缺什么东西。

我漏过了某个东西。

是丹尼尔亲手给尼古拉下的毒吗?但他为了什么?是为了说服父亲发动战争或让他拨款实施复活我的计划?他因为某个原因而需要我,却被妹妹的冲动破坏了计划。

我苦苦思索着这些没有答案的问题,在巨大的压力下开始头脑迷糊,然后就沉沉入睡。

我醒来后,身边仍是一片昏暗。周围一片静寂,只有偶尔传来的火把燃烧的"噼啪"声和滴水声打破了沉寂。水滴声好像就在邻近囚室。有人来过,因为洗过血污的水盆被端走了。我不知道自己睡了多长时间,因为周围没有一点儿变化。我小心翼翼地在周围摸索着,摸索着囚室栅栏,想找到些武器、衣服、某个提示、松动的石头,随便找到什么都行。但我在床下除了摸到几块破布片、几块木屑外,什么都没找到。木屑太脆弱了,我甚至没法用它来割伤护卫的眼睛。我拉了一下囚室栅栏,虽然能感觉到上面有锁,但却无计可施。

没有人给我端来食物,因为他们知道我不需要吃饭,所以我找不到任何细节信息来判断时间。我很快就迷失在现实中。

我睡觉、醒来、思考、发火,然后接着睡觉。

我的头发和双手变得肮脏不堪,额头的伤口也在愈合。但我仍然不清楚已经过了多少天,有可能已经过了一周时间了,但我无从得知。有时我会想起莫洛克，想着他们会向他说什么。他是否已经回来了，听到我被囚禁以后，是否会勃然大怒，还是他会相信丹尼尔的说法，也认为我是杀死尼古拉的凶手。

我一开始还希望他不要犯糊涂，别想着单枪匹马杀进监狱把我救出去。如果他是和我一样的人，那么要杀死他会死掉很多人。我对于是否会因为莫洛克停止呼吸而死去无所谓，但不想他因我而死掉。但在经过了无数个单调无聊、千篇一律的日子后，我发现自己有时希望莫洛克为了找到我而杀死所有人。

我曾经以为，当我再次听到人类的声音时，将会十分高兴，但当我刚听到旁边走廊里传来低语声和脚步声时，马上躲入了最黑暗的角落里。当我看到她的金发上闪烁的橘黄色光芒时，我站了起来。在三个高大护卫的陪伴下，公主细长的手指和纤弱的手腕衬托得她更加娇嫩。原来不需要拥有健壮的臂膀，就可以杀死自己的亲人，只要有一颗腐烂的心就可以了。

"你们出去。"她轻声下了命令。

"但殿下，国王下令……"

国王。这么说丹尼尔已经加冕了。

"没什么事的，你们在门外等我。"

护卫们迟疑地在原地挪动着脚步，但最终还是服从了命令。我耐心等着护卫们离开，等着听到那边监狱房门的门闩"咣当"响了一下。然后我猛地扑向囚室的栅栏，想要扼住叶列娜的喉咙，但我伸出的手悬在离她的脸还差五厘米的空气中，公主甚至连眉毛都没动。她知道安全距离是多少。

"你还不明白吗，我比你更聪明！"

这个贱货。

我停下了动作,不再试图捉住她,双臂抱住了栅栏。

"你要干什么?你已经得到想要的东西了。丹尼尔现在是国王了。"

"我只是来欣赏一下你被打败的样子。"她抖搂了一下浅粉色的连衣裙,满不在乎地说道,"另外,我从来都没喜欢过你。"

"你哥哥可不这么想。"我反唇相讥。

"丹尼尔很痛苦。没有了你他会更好的。"

"怎么了?阿隆对你视而不见,还在想着我吗?"

她无动于衷的面具上出现了裂纹,双唇因为厌恶而扭曲。

"丹尼尔已经跟他说了,要他娶我。丹尼尔是国王,他的话就是法律。所以不许再提我未婚夫的名字,忘掉他,玛拉。"

"很难忘记他双唇的滋味。"我知道公主的痛处在哪里,咧开嘴,忍不住邪恶地一笑,"你大概不知道,当他抱着我的腰时,他的两只胳膊有多热烈。"

话语刚刚脱口,突如其来的回忆又浮现在大脑中。我感觉怒火中烧,全身因为愤怒而发抖。

叶列娜双唇微张。我在等她忍不住向前迈一步,这样我就能抓住她的头发,把她拉过来,把她漂亮的小脸蛋儿撞烂在监狱栅栏上,然而她晃动着卷发,却有些慌张地向后退了一步。不过我知道这样起码能让她很痛苦,所以继续笑着。

"闭嘴,玛拉。你在撒谎。"

"哦,"我故意显得很意外,"难道说你的眼线只是在花园和厨房里监视我们了?最有意思的事情发生在我卧室里关着的门后面，公主。"

我猜想这种挑拨会伤害到阿隆，但他也背叛了我，所以让他也去品尝恶果吧。

"现在就是我哥哥也不能阻止我下令砍掉你的头了。"姑娘一字一句恶狠狠地说着。

我无动于衷地耸耸肩，接着刺激她：

"那你可要注意了，叶列娜。别有一天他和你独处时，会在呻吟中喊出我的名字。"

她飞快地转身离开，我忍不住声音沙哑地朝着她的后背哈哈大笑起来。我从没这样做过。言语恶毒，满嘴谎话，喷出的话语像胆汁一样辛辣。但我只有孤身一人，而且我累了，因为所有人都把我像个棋盘上的小卒一样挪来扔去。这不是我的棋局，是他们把我硬拖进来的。

后面孤寂的日子更加漫长难熬。我从某个时刻起感到张皇失措，在囚室里漫无目的地转来转去。我双手抓头，自言自语，后来在栅栏里大喊大叫，诅咒着拉赫马诺夫王室的所有人。有时我躺在地上，歇斯底里地嘲笑自己陷入了这愚蠢的境地，然后小声哭泣，知道丹尼尔想把我活埋在这座新的坟墓里。只是我在那座坟墓里时在沉睡，一无所知，而在这里我会永远地孤身一人，而且意识清醒。

英娜有一天突然出现在我的囚室外面。她的出现令我十分意外，以至于我刚开始不相信这是真实的，以为是我出现了幻觉。我的侍女怎么会出现在这里？

"把她收拾好。可以在走廊尽头那里收拾。"

阿隆的声音平静、遥远。他站在走廊深处靠右的某个地方，在我的视野之外。我站起来，双臂抱住了栅栏铁条。

"好的。"英娜回答道。但当她看到了我的样子后，吃惊地从栅栏旁退后了半步，"女士，您在这儿待了多长时间了？！"

"阿隆……"我把额头抵在栅栏铁条上，声音沙哑低沉，但很平静，我能听到我的前护卫站住了脚步，虽然还是看不到他，"我在这儿多长时间了？"

"大约三周了。英娜马上帮你洗个澡，但不要想着逃跑，否则她会掉脑袋。"

我以为自己听错了。他的第一句和第二句话听起来都像是疯话。丹尼尔居然囚禁了我三周时间。当阿隆转身走开，囚室的锁也"咔嗒"一声打开时，我才回过神来。

我疑惑地看着门慢慢打开，这就好像是只存在于我意识中的一个骗局，一个圈套，但英娜向我伸出了双手，领着我走向远离监狱出口的走廊深处。侍女领我进了浴室，这里弥漫着霉菌和腐烂的气息，但这里有水和一个老旧的铜浴缸。这里也没有窗户，但墙上有点燃的蜡烛，光线明亮些。当姑娘帮我脱去已经千疮百孔的长袍、衬衫和裤子时，我发觉她的双手在颤抖。

"别害怕，我不会逃跑，更不会伤害你的。"

"我知道。我是自己请求来帮忙的，虽然有点儿紧张。"她强颜欢笑，帮我跨进了浴缸。

"谢谢！"我浸入冰冷的水中，马上冻得浑身颤抖起来，伸出双臂抱住了自己。

"我们时间不多，女士。如果有什么问题，现在就可以问我。"

我惊讶于她的大胆，由衷地感激这位善良的姑娘。英娜开始向我身上倒水，洗去我身上的污垢。她甚至给我带来了一块薰衣草香皂，但它的气味却让我恶心，因为这是丹尼尔送给我的。

"现在是上午吗？"我提了第一个问题。

"不，快晚上了。大家都睡觉了。"

"莫洛克回来了？"

"还没有。但听说马上要到了。"

"丹尼尔是个好国王？"

"好像是。王宫里变化不大，但人们都在谈论与塞拉特开战的事。有传言说您受拉斯涅佐夫王室的指使杀死了尼古拉王子。"我对此只是低沉地冷笑了一声，但英娜平静地说，"陛下想阻止这些流言，说是有杀手潜入了王宫，您当时只是刚好在旁边。"

"你相信是我杀死了尼古拉吗？"

"不！"英娜马上回答道，我一下子放松下来，"我知道您花了多少精力照顾他，知道他是因为您的原因才康复的。"

"德米特里国王出了什么事？"

"御医说他因为压力太大心脏衰竭，所以突然逝世了。尽管有人传言，说这也是谢维林干的，所以我们在同一天内失去了国王和大王子。"姑娘小声说完，给我的头发打上香皂，转头看了下门口。

当然。大概又是下了毒。

她给我洗了三次头发，才把头发洗干净，而我在这个冰冷的房间里冻得浑身起了鸡皮疙瘩，瑟瑟发抖。

"叶列娜怎么样了？"

"公主悲痛欲绝，经常哭泣。据说她在看到哥哥尸体后得了抑郁症。"

这个婊子。

"丹尼尔王子……国王决定把公主嫁给阿隆，送他们两人去另一个庄园，让时间治愈公主在王宫里受到的伤害。陛下认为，如果她和心爱的人在一起，并且远离王宫一段时间，会对她有好处的。"

我差点儿笑了起来。也就是说，丹尼尔趁着自己肋下还没被妹妹捅上一刀，想把她支得远远的。

"阿隆呢？"

"他……"英娜琢磨着该如何回答，"和往常一样。可能就是做事更认真了，他的工作更多了。他现在是国王的卫队长，其他没什么变化。"

当姑娘用粗糙的毛巾擦拭我的头发时，我握紧了双拳。她帮我穿上干净的黑裤子和衬衫，帮我披上了一件带黑色刺绣的红色新长袍，好让我暖和一点儿。

"是要对我做什么事吗？"我在回到囚室，被孤零零地关起来之前，提了最后一个问题。

"我不知道，女士。有可能。但阿隆只是来找我和玛丽娜帮忙，没有细说。我就同意了。"

她最后还握了一下我的手，表达了对我的支持，然后一脸遗憾地在我面前把栅栏门锁上，又把我一个人留在了囚室里。

我刚才知道了时间，又被冷水刺激，现在又感觉到了皮肤和头发的清爽，这些感觉具有令人称奇的伟大力量。我现在又能连贯地思考了，对我被步步紧逼的绝望感退却了，我的大脑又能分析了。

他们不是平白无故地给我洗了澡。最有可能的原因是丹尼尔想见我，或者叶列娜给我准备好了断头台。

让我庆幸的是，只过了几天，我很快就知道了原因。我无法确定到底过了多少时间，但我在这段时间里睡了三次觉，不过连我自己都无法确信：我每天只睡一次觉，还是睡得更多。

我醒来是因为有人在给我手上戴沉重的镣铐。我睁开眼睛，看到了阿隆那双专注地盯着我的绿色眼睛。我挣了一下，想把手上的金属镣铐砸到他脸上，但他猜到了我的企图，我双手一动，他就紧紧抓住了锁链。

他下身穿着厚实的黑色裤子，衬衫外面套着黑色皮甲，皮甲里有的地方衬着环甲。双手戴着皮手套和护腕，肩膀因为穿着带银饰的护肩而显得更加宽厚。背后披着一件带风帽的黑色长披风。他的头发又长了一些，仍然披散着。脸色显得不同寻常地冷漠，眼圈发黑。有一刻我在想，他大概要押我去行刑吧。

叶列娜想出了什么招数来对付我？绞索、斧头，还是一箭穿心？但不知为什么，我觉得她听了我说的关于阿隆的话以后，会把我像女巫一样烧死在火堆上，这样即使莫洛克也没法复活我了。

我想到这些后呵呵一笑，阿隆不解地望着我。

"有什么可笑的?"

"我在猜。"

"猜什么?"

"公主这个婊子会怎么杀我。"

让我奇怪的是,阿隆也呵呵一笑。

"丈夫笑话妻子可不好。"我冷冷地笑了笑,说道。

"不是妻子,最多也就是未婚妻。"他毫不在意地回答,拉了下我的手铐,让我从床上站起来。

这么说还没举行婚礼。那么等公主下次来看我时,我可以继续挖苦她了。我想报复叶列娜,逼她发狂。我被这个念头带来的快感所驱使,用手抓住阿隆脖子边的胸甲边缘,把他的身子向下拉,让他弯下身子,然后不等阿隆动作,双唇就吻到了他嘴上。然而当他马上回应我,双手使劲搂住我,搂得我的肋骨都被压痛时,我比他更吃惊。他用舌头撬开我的双唇,主动地吻我。他吻得贪婪、匆忙,就好像这正是他渴望的,想趁着机会还在手时,牢牢地抓住它。我的身体中流过一阵暖流。当他吸吮着我肺里的空气,让我窒息时,我已经忘了自己为什么要这样做,忘了憎恨他,忘了我们这是在哪里。他身上散发着金属和皮革的味道,我呼吸着这些气味,享受着地下腐烂气息之外的新味道。

阿隆突然松开了胳膊,放开了我,但又抓起了手铐的锁链。

"你暗示叶列娜,说我们一起睡过了?"当他想忍住笑时,嘴角会上翘。

"你花了很长时间解释吧?"我微微歪了下头,饶有兴趣地问道。

"没有。"

"没有什么?"

"我没有解释。"

当他的唇边露出忧郁的笑容时,我禁不住惊讶地扬起了眉毛。

"我说我很喜欢。"

第二十章

阿隆和四个护卫最后把我押送到了一楼。我全身抽搐地呼吸着,鼻子里吸入了全新的,但又是这么熟悉的气味:从厨房里飘来的饭菜和新烤面包的香味;挂毯上的灰尘味儿;从我们身边走进正门的士兵鞋上的白雪的味道;当有人打开窗户,想给某个或某几个房间通风时,吹进走廊的冷风的味道。我匆忙地往窗外看了一眼:花园里铺满了厚厚一层白雪,远方某处天空被晚霞映得通红。橘红色的光线滑过光秃秃的树枝,投射到白雪上。雪地上有微光在跳动,在流转。

我想多看一会儿这久违的景色,但阿隆拽了一下拴在我手铐上的锁链,我笨重地向前跨了一步,脚下差点儿绊住自己。我的一切好像又回到了原点,只是上次行走在满是污泥的路上,现在是在富丽堂皇的王宫中。但这富丽堂皇却没有改变事情的本质——我仍然毫无自由。

阿隆把我带到了国王办公室。以前坐在宽大桌子后面的是德米特里，现在看到我们后从软椅上站起来的则是丹尼尔。他挥挥手，命令侍卫们留在门外。阿隆解开手铐上的锁链，走到屋门旁，但没离开房间。

"阿加塔……"丹尼尔脱掉绣着金线的崭新的浅红色制服，只穿着白衬衫和黑裤子。

我看到他的制服上有用金线绣出的神雀形象，这是阿拉肯的象征。我全神贯注地看着刚刚即位的国王绕过桌子，向我走来。

"这个距离够了。"当他离我还有三米远时，我冷冷地说道。

丹尼尔走到两米外，最终停了下来。我等着他说话。

"发生的这些事情……不应该是这样的。我从没计划要害你，根本不想让你用这种方式看到这一切。"他的声音中透着遗憾。

我歪了下头，发现他的头发剪短了，现在可以轻松地梳到脑后。他看起来有点显老，但更威严。他的眼睛里不再有那种调情挑逗的目光。我面前站着一位新晋国王，这个身份也很适合他。不过如果尼古拉活着的话，也很适合这个身份。

"这是你唯一遗憾的事吧，丹尼尔？"我的问题中透着无尽的失望，我甚至感觉舌头尝到了失望的苦涩。

"不，我有很多遗憾。但我仍抱有希望，那就是你……"

"我怎么了？"我恶狠狠地打断他的话，"做你的朋友吗？"

"……能明白。"他闭紧嘴，咽下了对我的行为的不满。

"给我说下你的原因。"

"我会向你一一说明的。我们办完塞拉特的事情后,我把每一件事都跟你说清楚。"

"你认为我们的交易还有效吗?"我激动地反口问道。

"你不想再复仇了?"

"复仇?!"我怒吼道,"我怀疑阿里安后代的名字是否还排在我的复仇名单上的第一位!"

"你在暗示我现在是名单上的第一个吗?!"丹尼尔快步走向我,我抬手给了他一耳光,手铐把他的脸擦出了血。

阿隆迅速朝我们扑来,但丹尼尔冲他咆哮道:

"出去!"

国王双手使劲抓住我的肩膀,把我的胳膊按了下去。他用力很猛,我疼得嘴里"咝咝"地叫着。阿隆没有出去,但丹尼尔不再看他,而是把我拖近身边。

"我没有办法,只能把你在监狱中关了三个星期,而且我很遗憾,"年轻国王脸上的血滴滚落到衬衫上,留下了一个个血斑。他咬着牙,冲着我的脸一字一顿地说道,"我本想让你陪在我身边,我好找个方式给你解释。你会明白的。"

我倔强地闭口不语,鼻子里吸入了铁锈一样的鲜血味。

"你是知道的,她是我的孪生妹妹。是的,她做事确实残忍、愚蠢,但我不能把事情全推到她身上。我不能杀她,因为她是我的亲妹妹。"

"那尼古拉和你不够亲是吗?"

"你什么都不知道!"丹尼尔使劲摇晃着我的双肩,我的脑袋抖动着。

"国王也和你不够亲吗?是你杀死了他,而不是叶列娜。"

他双唇紧紧地抿成了一条线。现在他知道,我连这个也猜到了。

"你想从我这儿拿到什么,丹尼尔?"我在他的手中变得疲惫无力。我不再注意他,只是看着他身旁的地方。

"我要你杀了谢维林。"

"这不可能。你把我送回坟墓吧,把我送回你唤醒我的地方。"

丹尼尔的目光变得残酷无比,俯身到我耳边。

"当你一个人躺在地下时,我有时会听到你的喊声。我当时多想把你从那里拉出来,让你回到地面上,安抚你,但那时我做不到。现在我能做到了,你却要求我放过你。但我不会的。"

他冷漠的声音几乎毫无生气,让我的后背冷气直冒。他的嘴唇又滑过我的耳朵,碰到了我的耳垂。

"你去下面待着吧。等你想和我在一起了,就告诉看守。阿加塔,你只要一句话,就可以重回地面,和我在一起。我会给你想要的一切东西。你想不想现在就结束这种煎熬,和我说这句话呢?"

"不。"当我想到他有可能真的又把我关到地下时,我的声音有些颤抖。

但是如果我不仅要和时间、孤独作对,还要和自己作对,不让自己崩溃,不给他渴望的东西,我会更加难熬。

"那我等你的决定。亲爱的阿加塔,只要一句话,就万事大吉了。我会等你的。"

丹尼尔站直身子,把我推向了阿隆。我没看到阿隆如何给我的手铐系上了锁链,也没看到丹尼尔如何转身回到桌子后面。周围一切都像蒙上了一层我看不透的浓雾,世界重新又摇摆不定。

我还能再坚持多长时间？一个月？两个月？半年？我怀疑到不了今年冬末我就会哀求他。

当阿隆拖着我走进走廊时，我的双腿跌跌撞撞，看不清眼前的路。我双膝无力，肩膀撞到了走廊墙上，他只能扶着我的腰，几乎是拖着我往前走。我的脑袋直不起来，耷拉在肩膀上，左右摇晃。阿隆给卫兵们下了个命令，他们好像走开了，阿隆一个人拖着我向前走。我怕他又把我塞回囚室，所以拼命把双脚钉在原地，不想向前走。我拼命大声呼吸，无意识地抓住了一面墙。当我马上要歇斯底里地大喊时，阿隆用手堵住了我的嘴，把我拉进了最近的房间，让我坐在一张软椅上，自己则跪在我面前。

"阿加塔！冷静一下！呼吸！"他像以前一样按摩着我的手掌，用大拇指揉松我手上的肌肉，"慢慢吸气，然后呼气。我不会带你去监狱的。"

他不停地说着，重复着手上的动作，我则入魔般地看着他长长的手指，直到呼吸平静下来，眼前的浓雾褪去，然后我又看到了他的脸。

"平静下来了？"

我无力地点头，脑袋垂下，像有一吨重。

"仔细听我说，不要说话，好吗？"

我又点了下头，感觉意识在苏醒。阿隆取下我身上的锁链和手铐。我没有动，也不想打他，只是等着看他又有什么诡计。

"我把你送出这个王宫。我们逃跑，阿加塔。好不好？但这件事不好办，这里有很多侍卫，所以我需要你自己准备好。我需要你的帮助。我需要知道，你能不能保护自己。"

"你在撒谎。"

"没有。"

"你相信我没有杀尼古拉吗？"

阿隆不屑地哼了一声，就好像我说的是彻头彻尾的胡话。

"我当然知道，是叶列娜杀死他的。我那天一进房间就明白了。"

"但你为什么不告诉侍卫？"

"因为实际情况很复杂。丹尼尔说得对，你什么都不知道。就连你坚信的那些东西都是谎言。"

我困惑地晃了晃头，但他接着说：

"他们唤醒你时，那场漫长持久的战争还在进行，到处都是误会、谎言和欺骗。当然，阿加塔，这些你都还不清楚。但我会告诉你的。我只会告诉你我知道的那些情况，告诉你我确信的那些事情，因为就连我自己都没彻底搞清这件事。"

我全身放松，强迫自己去相信他。我之所以信任他，只是因为他不准备再把我塞进囚室。就让叶列娜杀死我吧，但我不想再回到那片黑暗中了。

"莫洛克会找到我的。"我费力地说道。

"莫洛克暂时不在这里。如果他找到我们，希望他能站在我们这一边。"

我再次茫然地点头，希望他说的是对的。如果这样的话，那我可以逃走。我可以借助他的帮助，从这所宫殿里逃出，可以一个人跑到某个地方，躲开所有人。

"你准备好和我一起走了吗？你能帮我解开这团满是谎言的乱麻，搞清最初发生了什么事情吗？"

年轻人站起身来，张开一只手掌，伸到我面前。我坐着没动，不想接受他的帮助。阿隆则微笑着，向我伸出拿着两把匕首的手。他给了我武器，我现在就可以用它们在这里杀死他。他相信我会做出正确的抉择。我抓过匕首，然后才抓住他的手，站了起来。

"丹尼尔会杀死你的。"当阿隆帮我把匕首系到腰带上时，我提醒他。

年轻人对此只是冷冷一笑。

"让他试试。"

"你为什么要帮我？"

"我跟你说过，我留在亚拉特是有原因的。你的笑声可能不像以前那么迷人了，但眼睛仍然是天蓝色的。"

我想起了那次谈话，明白他并不是在开玩笑。我脸上布满了红晕。阿隆留在这里可能确实是为了我，只是我当时根本不知道而已。

"我还要再给你戴上手铐，但我们从另一个方向走。我们需要赶到马厩，从那里骑马进城。我在城里准备好了逃跑的东西。"

我同意了。不过当他给我戴上手铐时，我又紧张地咽着唾沫。阿隆给我系上长袍扣子，遮住了衣服下面的武器。

他领我在房间里穿行，尽可能选择那些仆从们经过的走廊，在各个通道里绕行。他比我清楚，从哪里走可以穿行到马厩。令我羞愧的是，我都不知道马厩在哪个方向，因为每次骑马都是莫洛克直接牵着马在王宫门口等我。我们在走廊里只是偶尔遇到侍女和侍卫，但当他们看到阿隆时，会向他敬礼，都不太注意我，也不会提什么问题。我们东绕西绕地走了十五分钟后,来到了一个小办公室里。阿隆抓住了门把手,但还没拉开把手,一声钟鸣就打破了寂静。年轻人咬牙骂了一句。

"怎么了?"

"是看守。他们知道你不在监狱了。"

"离马厩有多远?"

他从我身上解下碍事的镣铐。伪装没什么意义了,我现在需要腾出双手来保护自己。

"不远,就隔着一条走廊。那里有后门通向马厩。"

"他们说不定就在那里等着我们。"

"大概吧。"阿隆点头表示同意。

我们听到门外不远处传来杂沓的脚步声。

从武器撞击的声音来看,我们并没有猜错他们前去的方向。阿隆一动不动,紧握着青铜色的门把手。

"该死!让众神被他们自己的秘密噎死吧!"我张口刚想问他出了什么事,他就恶狠狠地骂了一句。

年轻人抓住我的胳膊,让我面朝他,然后脱下了自己的黑色披风,细心地披到我肩上,默默地系上披风的束带。

"阿隆?"

"都是因为你。"他嘴里指责的话语和手上轻抚我脸颊的动作透着反差,"我可是请你别遇到麻烦。"

"不是我的错!"当他微笑着退后一步时,我辩解道。

但阿隆从没请求过这个啊!

年轻人看到我眼中似有所悟的目光后,从背后掏出一个黑色和金色相间的胡狼面具,戴到了头上,遮住了脸庞。房间里好像一下子暗了下来,阴影从四面八方汇聚过来,像蛇一样,沿着墙面、地板和天花板向他爬来。阴影爬到他身上,编织成了我见过的那件破旧的披风。

我后背紧靠墙壁,用手捂住了嘴,紧盯着这勾魂摄魄而又令人恐惧的一幕。当这一切结束后,莫洛克戴上了黑色手套,把风帽扣到了头上,将面具半遮在阴影中。

现在是莫洛克向我伸出了手,他面具下传来的深沉的声音让我身子一颤。

"我们走吧,小玛拉。让我们看下,阿拉肯国王想怎么杀死我们。"

我想打他一顿,或者至少踢他一脚,惩罚他说过的那些谎言,惩罚他对我的欺骗,我这三个星期来承受的牢狱折磨。但我没有这样做,没有看他伸过来的手,而是双手抱住了他,倚到了他的胸膛上,因为我知道,我可以信任他,莫洛克从不隶属于任何人。我脑子里的问题更多了,但我们从此地逃生之后,我可以把这些问题一个个提给他。我可以去任何想去的地方了。

"我认为你同意了。"他轻声笑着,用手抚摸我的头发。

我现在知道了,面具上黑洞洞的窟窿后面是一双祖母绿色的眼睛。我甚至觉得,我能从面具后面传来的奇怪而又吓人的声音中分辨出阿隆的语调。我推开他,我们两人抽出了武器。他和我不一样,手里还拿着一把长剑,但不是莫洛克的长剑,而是原来的王子护卫,现在的国王护卫阿隆曾经拿过的普通长剑。

他走在前面。我们在走廊里遇到了四个侍卫。我们打了他们一个措手不及，在他们中的一个人呼叫援助之前就杀死了他们。经过漫长的孤独关押之后，我现在可以毫不犹豫地杀死那些挡在我和自由之间的人。如果我再度被关押的话，他们是不会帮助我的。

我们没有交谈，阿隆甚至不用回头就知道我跟在他身后。如果需要的话，我们之间的联系让他能感受到我，找到我。他领着我穿行在狭窄的走廊里，推开了一扇毫不起眼的门，我们就来到了马厩中。

马厩里站着我们两人、一群马匹和丹尼尔身旁的二十五个全副武装的侍卫。他们向我们转过头，然后都犹豫不决地愣住了。

"莫洛克，你要干什么？"丹尼尔挺直了后背，平静地问道。

"离开这里。"

国王扫了一眼我们手里的武器，看了看沾着血迹的剑刃。

"你们把阿隆怎么样了？"

"把小男孩儿干掉了。他碍我事了。"

"放下武器，把阿加塔交给我，然后你就可以走了。"丹尼尔没有抽出武器，但把手放到了剑柄上。他身边的士兵都神情紧张。

"轮不到你对我发号施令，年轻的国王。我不是你的臣民，玛拉也不是你的财产。如果她想走的话，会和我一起走的。"

丹尼尔咬紧牙关，抽出了武器。他没有问我的意见，他无所谓我怎么想。

"抓住这两个人，不要杀死他们。"国王下了命令，但他的士兵们却左右张望，不知所措，不敢攻击幽冥之仆。

莫洛克呵呵一笑，挽了个剑花。

"有没有想去幽冥之地的?"

我和侍卫们都怀疑地看着莫洛克,不知道他这是在开玩笑还是真的准备把这些人送往无尽的空虚之地。

"或者先从国王开始?"我的朋友歪了下头,朝丹尼尔走了一步。

一个侍卫从右边向莫洛克扑来,但我速度更快,截住了他向莫洛克的攻击。丹尼尔愤怒地瞪着我,一脸鄙夷,就好像是我背叛了他似的,我勉强忍住没有朝他的方向吐一口唾沫。我挡开士兵的剑,一脚把他踢开,其他士兵也都行动起来。莫洛克两次轻松挥剑,已经杀死了两名士兵。他先是长剑上撩,就在第一个敌人胸前留下了一道深深的伤口,随后长剑插进了第二名士兵的咽喉。五个士兵推着丹尼尔向后退去,虽然他竭力想要留下。他现在是国王,如果有什么东西威胁到他,士兵有权把他强制带到安全地带。当莫洛克杀死第五个士兵后,我也攻击了两个。先是割伤了一个士兵的大腿,让他再也无法站立,然后钻到了第二个士兵腋下,从侧面割开了他的喉咙。我在士兵们的胳膊间穿梭,不让他们抓到我。我甚至不用出手,只要躲闪就不会有事。我现在能看清阿隆出手的速度了,知道他为什么在训练时故意在丹尼尔面前露出破绽,为什么当丹尼尔王子剑招失误后,他不会利用对手的弱点,因为当时他不能向他们展示自己真正的剑术。现在的他轻松挥剑,砍开右侧敌人的大腿,随手掷出左手的匕首,杀死了左侧的士兵,连一个多余的步子都没有。伊琳娜教过我左手剑,有时我也能突然换手攻击,但远远不像阿隆这样得心应手。不过我没敢忘记,他和我不同,还是个活人。如果他死了,我也会死，所以我掩护着他的后背，又处理了两个士兵。

当我们和马匹之间再无障碍时，我转过身，看了下身后的士兵尸体，但没什么特别的感觉。我向保护着国王的五个士兵转过身，朝他们冲了几步，想和丹尼尔算下总账，但莫洛克抓住我的肩膀，把我拉了回来。

"现在不是时候。"

他站直身子，用剑指着正一脸鄙夷地看着我们的国王。

"你们可以带国王走了，他今天对我们来说没用了。"莫洛克轻蔑地说了一句，然后拉着我走向一匹健壮的黑马，把我扶上马后，自己也跳上马，坐在我身后。

"阿加塔，你走不了的！"当莫洛克驭马走向门口时，丹尼尔冲我们背后喊道。

"那就让我们看下走不走得了。"我的朋友声音低沉地回了一句，打马跑向城市方向，融入了即将来临的夜色中。

第二十一章

    莫洛克右手驭马，左手紧紧抱着我。黑马放开四蹄狂奔，直到我们跑进窄巷才放慢了脚步，在几条巷子里拐来拐去。寒风撕咬着我的脸颊，抓在马鞍前面的手指早已冻僵。但身体其他部分因为裹在阿隆的长袍里，再加上他身上的温暖并没有感到寒冷。我对亚拉特很陌生，不知道我们在朝哪个方向跑，而莫洛克猜到了丹尼尔正在调集兵力，在我们后面紧追，所以骑马顺着街道兜圈子。

    我的朋友在一个普普通通的仓库前勒住马，这条街上有很多这类仓库，这些应该是存放谷物或干草的仓库。莫洛克伸出双臂抱住我的腰，没有理会我的抗议，也忽略了我能自己下马的要求，直接把我从马上抱了下来。他一声不吭地拉着马走进仓库，正像他承诺的那样,糖块儿和暴风雪正等着我们。它们已经挂上了马鞍,马鞍旁的挎包里盛着食物、毛被和睡袋。在如此酷寒的天气里,这些东西不见得有多大作用,但聊胜于无。大黑马的鞍旁挂着他那把著名的长剑,他马上抓过来挂在身后。

"我们去哪儿?"当他取下阿拉肯侍卫用的长剑,厌恶地扔到一边时,我问道。

"去丹尼尔没胆量去的地方。"

我们拉着马又来到了街道上。莫洛克飞身上马,我则迟疑着,因为没听到答案。

"我们去哪儿?"我又问了一句。

"去无尽森林。"

"我们为什么……"我闭住嘴,因为一下子明白了他计划去哪里,"你建议躲在塞拉特?"

"是的。"

"为什么?"

"因为我和你想去哪儿就去哪儿,而丹尼尔却没法直接去塞拉特。要我再把你抱上去吗?"

我立刻上马,不想确认他最后一句是不是玩笑话。

"另外……"他一边说,一边拨转马头,我也照着他的样子去做,"你的大部分问题的答案也藏在那里。"

我不喜欢去塞拉特的主意,但他说得对,这是避开丹尼尔搜索的最佳地方。我们在那里可以找到一个温暖的旅舍,再决定下一步如何行动。我相信,丹尼尔哪怕无法秘密杀死谢维林,也会对他发动公开战争。这次战争将为期很短,但会直到两个王族中有一个灭亡为止。我现在都不知道自己更希望哪个国王获胜。谢维林是杀死了我妹妹的阿里安的后裔，而丹尼尔则若无其事地杀死了自己的家人，把我关进了黑牢。

我脑子里有一刻闪过了一个念头——把他们两个都杀死，让两个王国乱起来，没有统治者，让民众自己选择新的国王。是选出一个还是两个国王，没什么区别。

我晃了晃头，把这个晦暗的念头赶走。我是谁？能决定两国的命运吗？而且还不知道，谁会成为下一任国王。有可能是两个疯子登上王位，对普通民众不屑一顾，而丹尼尔和谢维林起码想让国家富强，而不是让其崩溃，尽管这两个人不能和平共处。

当我们出城后，沿着熟悉的道路一路向北狂奔时，月亮已经高挂天穹。让我们感到庆幸的是，大地上覆盖着白雪，让我们晚上都可以安静地赶路。一小时后下起了雪，雪花如一片片松软的杨絮落下。没有风，雪花慢慢飘落，天气变得暖和了一些。新雪可以掩盖我们的踪迹。莫洛克故意打马走在踩满了蹄印的道路上，我也紧跟在他后面。这样赶路的话我们没法谈话，我没法提出那些仍萦绕在我心头的问题，不过这样做能消除明显的踪迹，可以帮助我们摆脱追踪。

我们跑了整整一夜，等到天快亮时马匹开始蹄下打滑。我发现阿隆已经弓下了身子，趴在马鞍上，双肩也疲惫地耷拉下来。我起码睡过觉，在囚室里什么都没做，我不知道他上次休息是什么时间。

"你得休息一下。"当我们又放马狂奔时，我抖落风帽上的雪，冲他后背说道。

"我们还不够远。"他声音低沉地回答。

"那马匹也需要休息一下！"

他一语不发，继续向前赶路。

"该死，阿隆！如果我们把马累死了，在雪地里是跑不远的。"

"好吧。"他考虑了半天，不情愿地同意了，"大约十五分钟以后，在左手方向上有几座废弃的房子。我们在那儿停一会儿。"

他没有说错，过了不大一会儿，当太阳刚刚露出地平线时，我们就看到了几幢东倒西歪的木头房子。其中一座房子里有个看起来保存得不错的谷仓，我们决定去那里，但房子距路旁有五十来米远，盖满了白雪。我们又花了十五分钟，先是向前跑，在绵延的森林里弄乱马蹄印，然后从另一面跑到了房子里。如果不是特意搜寻，没有人能发现我们的踪迹。

谷仓里很干燥，但依然十分寒冷。这个两层建筑里光线半明半暗，初升的太阳透过几条宽大的裂缝照进来，微弱的光线让人勉强能看清对面的脸庞，看清建筑里面的物体。我们取下马匹背上的鞍鞯，让它们也能在干草上休息一会儿。我还能站得住，阿隆则从脸上扯下面具，呻吟着倒在另一堆干草上。我的朋友身上的披风消失了，只穿着厚实的皮甲。

"我们休息两小时就走。"他皱着眉头说。

"你得吃点儿东西，睡一觉，然后我们再走。"我直接忽略了他的话，给他拿来了盛食品的挎包。

我坐在他旁边，看他就着格瓦斯，嚼着风干的牛肉和面包。

他有几次，可能是出于习惯，让我也吃点儿，但我每次都拒绝了。他更需要食物，需要每一份食物，因为我们不知道还要在前往塞拉特的路上走多长时间。

"你问吧。"当我随手把长发编成发辫，免得它们碍事，而他则咬着一个作为甜点的小小的青苹果时，他打破了沉默。

我一小时前还有满脑子的问题，但现在，当他提议后，这些问题却像一群受惊的鸟儿一样飞走了。当我若有所思地嘟哝着，想回忆起某个问题时，他惊讶地扬起了眉毛。

"你多大了？"

阿隆小声笑了起来。

"这真是最让你担心的重要问题吗？你看我有多大？"

"二十二岁。"

年轻人微微笑着，"咔嚓"一声咬了口苹果。

"有点儿接近。玛拉在十八九岁之后开始十分缓慢地衰老。莫洛克则从二十二岁后开始减缓衰老。"

"这么说，你年龄更大一些？"

"是的。但和你两百岁的年龄相比，我的年龄不值一提。实际上我已经活了二十六年了。"

我满意地点点头。

"你们也是十岁时被带走吗？"

"是的。但我们十八岁结束学习后可以去任何地方。"

我羡慕地闭紧了嘴唇——玛拉们做梦也想不到有这种自由。

"你是莫洛克，也就是说，所有关于你家庭的信息都是骗人的？"

"一部分是。我的父母确实死了，我也确实有个弟弟，他和叔叔一起生活。我有时会去看他。"

"你在阿拉肯王宫里做什么？"

"挣钱。"

"你知道，我问的不是这个。"

"那么应该提更具体的问题。"

我看着阿隆向前倾着身子，唇边露出微笑的样子，就知道他是故意用文字游戏在戏弄我。不过我不知道他为什么要这么做。因为他更享受这种文字游戏？但我现在不能生他的气，因为看到他的黑眼圈更大了，目光也有时变得呆滞。

"你什么时候睡过觉？"

"两天以前。我没料到今天要把你带走，本来希望至少有一天的准备时间。"

"那你为什么今天动手了？"

"是因为你在地下的哭喊。"他耸了耸肩，把目光移开，"丹尼尔提出条件后，又要把你关起来，尽管我曾希望他不会这样做。当你在回监狱的路上惊慌失措时，我知道你下去以后可能会丧失理智。"

我闭住了嘴巴，不再提新问题。我们休息的时间不多，需要好好利用。阿隆取下了莫洛克面具，披风早就给了我。我走近他，没理会他专注的目光，把身上的披风脱下来，披到他肩上。然后找到了他带来的那条毛被，也盖到他身上。我坐在他身旁，和他挤在一起，这样我们两个人都钻进了暖和的被子里。

"你是怕我被冻死吗？"他似笑非笑地冲着我的头发说道，

抱住我，把披风和被子裹得紧紧的，这样更暖和些。

"你要死了，我也会死。"

"做事精明。我也觉得你是这样的人。"他笑了几声，然后在我刚要分辩时又加了一句，"过一小时叫醒我。"

我点了点头，但感觉他未必知道，因为他的双手已经放松了，脸颊枕在我脑后，进入了难得的梦乡。我也累了，却不敢合上眼睛。我们离亚拉特还太近，不敢放松警惕。

"你的怜悯可能要了我们两人的命。"当我四小时后才叫醒阿隆时，他不满地说道，"一个小时就够了！"

"我相信现在是够了，但傍晚你就会累得从马上摔下来。"

他一边抗议地嘴里嘟哝着，一边系着糖块儿背上的马鞍，然后给暴风雪也系上。既然他还有精力不满地唠叨，那我就没有白白一个姿势坐了四个小时。我的后背僵得要死，不得不花了几分钟时间来活动后背。当然，阿隆是不会错过这个机会来嘲笑我这个"两百岁的老太太"的，而我则在麻木的双腿重新血流畅通前，一直咒骂着他。

"我不是可怜你，是可怜马。不想让糖块儿驮着这么个闷闷不乐的大家伙而扭伤了腿。"我一边活动着双腿和腰部，一边反唇相讥，"尽管我纳闷丹尼尔怎么这么慢。"

"他很可能召集参议院了。他如果不解释，不经过参议员们的同意就无法调动足够的军队。如果参议院认为不值得再损失士兵去杀死玛拉和莫洛克的话,那我们就极度幸运了。他们可能会拒绝国王的提议,那么他最多只能召集五十名的个人卫队来对付我们。"

"你认为两个人对付五十个人是我们的幸运?"

"比对付几百名士兵要好。"阿隆淡定地耸耸肩,给每匹马喂了个小苹果,我想不出什么更刻薄的话来答复他了。

他是莫洛克,擅长把灵魂送往充满着无尽痛苦的地方,是连玛拉都不了解的最黑暗和最不可思议的力量的仆人,用剑夺取人命时不亚于瘟疫杀人。但他的马叫糖块儿,还忘不了给马儿喂点儿除燕麦之外的美食。

我晃了晃脑袋,不知道我所了解的信息中哪些是对的,哪些是真实的。我觉得虽然我对阿隆知之甚少,但又觉得很了解莫洛克。这个人身上隐藏着很多秘密,不知为什么我总也无法理解他,就好像有什么东西滑出了我的视线。

"我们该走了。"

他又戴上了面具,阴影又飘向他,变成了一件披风。我像第一次一样,入迷地看着这一切,但这次没有感到恐惧,而是饶有兴趣地看着。他把剑挂在背后,我们上马继续赶路。

我们在路上看到了刚刚跑过的几个骑士的痕迹,估计是三个人。三个人太少,无法组成一个战斗小队,但可以派他们去侦察。阿隆提议拐进大路左边的森林,于是我们跑进了松树阴影中。我们在这里跑不快,到边境需要的时间比计划中更长。虽然时间更长,但有机会骗过追踪者。

"我们在这片森林里要走几个小时,所以拐回大路时恰好天黑。"莫洛克解释道,"这更适合我们。哪怕是在开阔地带,黑暗也能让其他人看不到我们。"

"王宫里有人知道你是莫洛克吗?"

"没有。"

"你在亚拉特干什么?"

"我说过了,挣……"

"是的,是的。然后还当过保姆和护卫,闲暇时还收集爱心。"我反唇相讥。

"嗯……实际上我是同时做这些的。"

"你在那儿是因为我吗?"我把他刚才那句话当成了耳旁风。

"作为莫洛克,是的。但作为阿隆,我在那儿待了三年多时间,是为了收集信息。我专门考进了那所军校,是为了结识丹尼尔。我听说他对玛拉很着迷,而我们对你们的了解比任何书里写得都要多,所以很轻松就骗取了他的信任。"

"你们从来都不是朋友吗?"

"他对于我来说就是一个王子而已。我看他不假思索地把我作为奖品转手送给了他妹妹,看来我对他来说也不过是个小硬币而已。"

"你为什么要和他交往?"

"我跟你说过了,你们死后莫洛克起来抗议了。但多年以后,以往的历史看起来完全模糊不清。事情发生得太快,所有证人包括安娜、你、所有玛拉和阿里安都被杀死了,之后这些事件只是被口口相传。很多细节都丢失了,有些东西根本就是杜撰出来的。但战争直到今天仍在继续,这才是现实。"

阿隆讲话时声音很轻，我骑着暴风雪走近他，和他并排而行。

"我在许多图书馆里翻寻过，寻找过神殿执事们的后代，想追问他们知道什么。直到有一天我想，既然你们的尸身没有腐烂，那我可以唤醒你们其中的一个人，直接询问你们。我最初寻找的是安娜，因为她曾处于冲突中心。但找到你们的坟墓几乎比其他事情都加起来还要困难。"

"你找到她的坟墓了？"我迫不及待地问道。

"没有。但我听说阿拉肯的王子花了大量金子来收集玛拉的信息，所以决定去他那儿碰碰运气，希望金子能帮我打开知识的道路，获得凭我自己的力量无法得到的信息。"

"这么说，你结交他是为了找到安娜的坟墓？"

"不，是为了找到你的坟墓。因为丹尼尔找的是你，所以我觉得你也合适。"

我不满地哼了一声，拉紧了身上的披风。今天的天气对我们厚待有加，天空中一片清澈，没有风，太阳照得脸上暖融融的。

"找了三年时间，却几乎毫无结果。"莫洛克接着说，"我已经考虑是否要放弃丹尼尔和整个王宫的人，但他突然找到了你。在阿拉肯的最南部，人们把你葬在一座老旧神庙的残破墓穴后面。丹尼尔开始寻找莫洛克，与此同时发生了塞拉特和尼古拉中毒的事情。"

"最初是谁给尼古拉下的毒？"

"我开始时并不知道。但如果汇总所有已知的消息，那么十有八九是丹尼尔干的。不过我感觉他是故意没有毒死尼古拉，因为他需要一个借口对父亲施压。这样国王才会同意付出一切代价，让他找到莫洛克，并且支持他儿子提出的把玛拉从坟墓中唤醒的主意。尽管也可能是叶列娜干的，他们是同谋。"

"我明白，叶列娜想把所有过错都推给塞拉特。她好像故意说对谢维林拒婚毫不在意，"我开始苦苦思索，"但为此需要杀死哥哥吗？她为什么这么恨尼古拉？"

"这个问题还需要了解。"

我点头同意。

"这么说，你在这儿之后就过着双面生活，既是阿隆，又是莫洛克？"

"是的。那时我以他们正在找寻的幽冥之仆的面目出现。我需要知道你的坟墓位置，而丹尼尔牢牢保守着这个秘密，哪怕向朋友和家人都不透露，但他会向莫洛克说出一切的。从那时起我就扮演着两个人。我的运气很好，莫洛克可以为所欲为，就连国王和王子们都不敢向我们提条件。"

"那还用说！你看过自己侧面的样子吗？"

莫洛克转过头，向我展示着他那黑色和金色相间的胡狼面具全貌，眼睛处的黑洞还是那样深不可测，任何射进去的光线都消失不见了。

"你当时战战兢兢，让我好几个小时都觉得好笑。我们同乘一匹马时，你身体的颤抖传给了糖块儿。这个可怜鬼一周时间都感觉你神经过敏。"

"那我以后给它点糖块儿，表达我的歉意。"

"那你给我什么？"莫洛克抬起面具。让我惊奇的是，面具还在他头上，披风也没有消失，但我能看到阿隆的脸。

"让你来掌控我的生命还不够吗？"我挑了挑眉毛。

"你觉得，除了唤醒你之外，我和你在一起时动用过自己的力量吗？"

"难道说没有吗？"

他表情严肃地笑笑。

"你们玛拉确实对我们一无所知。"他摇摇头，又把面具拉回原位，遮住了脸庞，"我会给你表演一下的，但是在稍后，因为我们要抓紧时间了。"

他说得对，森林变得稀疏起来，所以我们向森林更深处走去，免得路上的人看到我们，但这样我们既看不到，也听不到大路上的情况了。我们加快了速度，而当我们找到利于通行的小路后，继续纵马狂奔。

我们从森林里走出的时间刚刚好，落日余晖爬过覆盖着白雪的原野。我呼出一团白气，用手指揉着通红的鼻子，想让它暖和一下。我们决定整晚赶路，因为黑暗对我们有利。如果我们上午没有耽搁四小时的话，那么黎明时分就能赶到无尽森林边缘了，但我们已错过了时间。如果我们明天上午再找个地方休息一会儿，那么只能在明天傍晚才能看到无尽森林的林墙。但时间对于我们没有意义，最主要的是不要遭遇丹尼尔和他的军队。我不知道阿隆怎么想，但我怀疑我们是否能对抗五十个人。如果人数更多的话，我想都不敢想。

当我明白了我们要冒多大的风险后，我的后背一阵战栗。我知道，如果丹尼尔抓住我的话，会把我关进监狱，直到我彻底崩溃为止。直到我为了不被关进黑牢而答应做任何事，成为任何人。但国王知道，我能否活着取决于莫洛克，也就是说，他不会杀死莫洛克。

他会把莫洛克也关进这样的黑暗角落，谁说什么话都不管用。但当丹尼尔知道是阿隆背叛了他以后，会折磨他整整一辈子。莫洛克们活的时间几乎和玛拉一样长，丹尼尔只要保住他的命就能把我关到死。但没人保证，他不会折磨我的这位新朋友，或者让他发疯。

我看着莫洛克的后背，猜测他是否知道，他如果决定帮助我，会面临多大的危险。当我意识到我的朋友可能会面临什么时，我的嘴里充满了唾液和恐惧。我已经失去了父母，失去了安娜和所有玛拉姐妹，我不能再失去阿隆。我下定决心，会不惜任何代价保护他，如果需要的话，我的尸体将不再完整。这样的话，丹尼尔就没有囚禁阿隆的理由了。我的身体将化为乌有，不再复活。只有这样他才能停止追踪莫洛克，莫洛克也才能逃走。

我们整晚或者尽可能地飞快赶路，或者让马儿平稳地奔跑，或者短暂地停一下，让马匹休息一会儿，阿隆也能吃点儿东西，我则伸伸腰休息一下。黎明时我们看到了一个小村庄，于是像小偷一样，悄悄地钻进了村子的一个谷仓里。我们检查了房子周围。房子是空的，主人大概不在家。这个谷仓比上次那个暖和一点儿，更小，也更黑暗，我们用找到的干草喂了马。当我歪倒在码得整整齐齐的劈柴垛上面时，不知不觉就睡着了。不用吃饭对我来说很方便，但如果不会疲倦那就更好了。阿隆说，他会在一小时后叫醒我。

"我是想让你多睡一会儿,但我听到有一队全副武装的士兵进村了。"他小声说着,把剩下的食物和毛被塞回包里。

"你怎么知道?"

"你睡觉时,我出去找到了这个。"他扔给我一双破旧的皮手套,"你这个傻瓜,在这大冷天里不戴手套抓了一天多的缰绳。"

我头脑迟钝地打量着这个奇怪的礼物。我手上的皮肤看起来确实很糟糕。有的地方冻得通红,手掌上出现了一些小裂口儿。

"时间再长一点儿,你的双手就要流血了。戴上吧。"

我按他说的戴上了手套,却不知道该如何回应他。只是说声"谢谢"够不够?或者应该说他是个傻瓜,居然冒着被发现的风险去做这种小事。

"你偷的?"

"对不起,小玛拉,这里没有卖衣服的铺子。"他讥讽地说了句。

我忍住笑,感受着手套里传来的令人舒服的温暖,然后又转回严肃的话题。

"他们在哪儿?"

"现在大概在检查主街、旅舍,在盘问村民。村子很小,我们没时间了,他们很快就会赶到这里。我们得赶紧走,不能继续待在这里了。"

"离森林远吗?"

"相当远,但我们在马被累垮之前能跑到森林里。"

我们悄悄地绕过村子主路,转到了大路上,没被士兵们发现。只有几名早起生炉子和去仓库喂鸡或挤牛奶的村民看到了我们，但他们发现莫洛克后，吓得躲回了房子里。

我们继续加快速度，只有当马匹需要休息时才停下来，其他时间马儿自己沿路狂奔。我要感谢女神，因为路上的雪化了一些，马儿跑起来更轻快一些。如果路上刚下过雪，我们不可能跑这么快。但今天的蓝天上堆满了乌云，预示着临近傍晚还会有新的降雪。马儿们好像也能感受到我们焦急的心情，只要遇到直路，它们自己就加速狂奔。

几小时后，我们离边境越来越近。上午变成了下午，下午又慢慢变成了傍晚，但我们还是没有发现背后的追兵。我们有一段时间似乎忘了身后的威胁，忘了我们现在极度危险，而时间正飞速流过指缝。骑着糖块儿的莫洛克在一个弯道上超过了我。暴风雪不满地四蹄翻飞，腾起一团团白雪和冰土，拼命向前追去。我的马儿原来也不是个善茬儿。我稍一催马，它就飞奔起来。当我们在一条直道上超过大黑马时，我轻声笑了起来。我们又赛了一会儿马，欣赏着飞跑的马儿、安静的原野，欣赏着把周围景色镀上了橘黄、红色的落日余晖。我忘掉了那种让我时不时回头张望的神经兮兮的忐忑感觉。

现在我正回转身，想对阿隆笑一下，因为他又被抛到了后面。风儿掀开了我的风帽，一绺头发正抽打得我的眼睛发痛，这时我耳边传来了莫洛克的提醒声。"停下！！"他的声音听起来更像是警告，在寂静的原野中越传越远，我不由得哆嗦了一下。他很久没这么和我说话了。

暴风雪马失前蹄，虽然我并没有看到路上有什么特别的东西。我从马鞍上直飞向前。这时我还来得及伸手护住脖子和脑袋，免得受重伤，肌肉记忆此时也起了作用，身体自动蜷成了一团儿，在地上滚动起来，减弱了所受的伤害，但最主要的还是我落到了厚厚的雪层上，减弱了冲击力。当我伸直颤抖的双臂想要站起来时，感觉天旋地转。披风被扯坏了一点儿，脸上有几条伤口，我感觉自己肩膀伤得很重，肋条那儿有几大块瘀青，但幸好没有骨折。当我眼前的世界不再是旋转的斑斑点点时，我回头看了眼暴风雪，长舒了一口气。它刚才也摔在了地上，但没什么大碍。我看到莫洛克抓住它的缰绳，想要安慰它。它有些紧张，脑袋不安地转来转去，用蹄子刨着地面。

"阿加塔！"

当他看到我以后，我甚至隔着面具都能感受到他的紧张。

"你没事吧？"

当我瘸着一条腿走到马儿身旁，抚摸着它的脸颊时，马儿慢慢安静了下来。我甚至还在傻傻地笑着，因为赛马产生的肾上腺素还没有完全消退。我的傻笑让阿隆很担心，他摸了摸我的脑袋，觉得我的脑袋有可能撞到石头上了。

"没什么事。"我拍掉他的手，"不致命。"

"很可笑。"他干巴巴地说道。

"但我不明白出了什么事……"我转过身，看着路面。

"陷阱。挖得很匆忙，专门对付骑士的。"他用手指了下前面，我看到路面上布满了新挖的小坑。

这些陷马坑是专门挖出的，位置上没什么规律，但可以让快跑的马匹摔倒。幸好暴风雪只是踩到了坑边儿，失去了平衡，所有骨头和韧带看上去都没有损伤。为了确信马匹没有问题,我们决定步行向前。我们只要沿着山丘再向上走一段,就能看到边境森林了,但莫洛克和我没有急于赶路。尽管我们两人没有交谈,但都感觉到,前面还会有更大的陷阱。

确实如此。

我们刚登上山坡,就看到了那条熟悉的林带里被火烧过的裸露的树干。因为白雪的原因,那些树干的颜色显得比往常更黑,最前面那几排被火烧得最严重的树干就像是一排排栅栏,整齐地刺向天空。我们的陷阱正一排排整齐地站在林带前,拦住了我们前行的道路。没人会把他们跟别人搞混:第一排士兵手举绣着阿拉肯国徽的四面军旗,那是在红色丝绒背景上的金色神雀。

"看来他还是说服了参议院,虽然没有完全说服。"莫洛克一边数着士兵人数,一边几乎无动于衷地说道。

我也默默地做着同样的事,发现总共有五排士兵,每排二十五人,最前面站着丹尼尔。他看上去胸有成竹,甚至当他远远看到我们后仍一动不动。国王带了一百多个士兵来对付我们两个人。我的手套里变得汗津津的,尽管我身边的朋友看上去绝对从容不迫。

"阿隆。"我压低声音叫着他的名字,尽管士兵们离得还远,听不到我的声音。

"嗯?"

"如果情况很糟糕,你答应我自己逃跑,不要管我。你一个人更容易逃掉。"

他沉默着。

"不。"他平静地回答道,就好像衡量了所有方案,最后选择了一个最合适的,"谁跟你说过,我们两个人就闯不过去?"

莫洛克牵着马,不急不慌地朝敌人走去,我跟在他后面,还想说服他。

"那里有一百多个士兵。"

"我说了'不',小玛拉。"

"他要找的是我。我求你了,不要被他抓住。另外如果可以的话,以后割断我们之间的联系,这样我就可以死了,他就不能再把我关在监狱里了。你是知道的,玛拉不能自杀。"趁着丹尼尔还听不到我们的讲话,我焦急地请求他。

我相信他是知道的,对于玛拉来说,自杀不仅是可怕的罪过,而且还是彻底的生命终结。自杀被认为是背叛,是在逃避侍奉莫拉娜的责任。女神不会召唤这些人到身边,会马上把她们送入幽冥之地。所以无论我多害怕被关进监狱,都不会认为它比幽冥之地更可怕。莫洛克转头看我,一只胳膊抱住我的双肩,把我拉得更近了。

"我说过,阿加塔,你对莫洛克根本一无所知。你看到了我的脸,就完全忘了,我是一个戴着面具的怪物。我不喜欢提醒世人我有多可怕,但这位王子没给我选择的机会。"

阿隆不再讲话,然后我们停在距丹尼尔只有二十米远的地方。太近了,我迅速地观察着军队。他们没有骑马,都是身披重甲的步兵,这让他们在雪地里行动不便,所以我们确实有机会从他们中间穿过,逃进森林。丹尼尔身上的护甲更精致,更昂贵。深灰色的护胸和护肩上装饰着花纹和银饰,锁子甲保护着躯干和双腿，靴子前面装着金属鞋尖。也就是说，需要小心他的靴子。但他肩上披着鲜红的厚披风，可以揪住披风，把他摔倒在地。他没戴头盔，我能清楚地看到他那张阴沉的脸和梳到脑后的金发。他没有冷笑，没有嬉皮笑脸，甚至没有露出鄙视的嘴脸。丹尼尔很清楚，哪怕他有一百多个人，但我和莫洛克还是相当危险的。

"阿加塔！"国王向我说道，"我们不应该再吵架了，你和我回亚拉特吧。"

"你对我就像对待木偶一样，你把这个说成是吵架吗？"我惊讶于他的厚颜无耻，愤怒地说道。

"我会给你想要的所有东西……"

"我想要自由！"我打断了国王的话，他皱起了眉头。

"阿加塔……"他疲惫地说道，"如果你现在过来，我保证没人会动莫洛克。他可以离开。"

阿隆身上只穿着皮甲和锁子甲，他要对抗的阿拉肯士兵穿着金属铠甲。一百多个人对付两个人。当我的目光扫过整齐的士兵队列，寻找队列中的弱点时，这些念头在我的脑海里盘旋。莫洛克突然把戴着黑手套的手放在我头上，示威性地抚摸着我的头发，然后看着丹尼尔的瞳孔在收缩，抬起下巴，握紧了挂在身侧的长剑。

"你还不明白吗，年轻的国王，玛拉是我的！玛拉和我的联系到底有多深，你永远也无法理解。你就是个普通人，会变老，会死去。"阿隆像抚摸一只听话的狗一样抚摸我，这让我很恼火。但我知道，他已经制订了某个计划，所以没有打掉他的手，

"而我们呢……我们有共同的生命,可以一起生活很多年。我们会像你看过的童话书里写的那样死去。一起死去,在同一天。"

"阿加塔,你确信可以信任他吗?这个人因为一大笔钱把你从坟墓中唤醒,现在又拖着你逃往边境,去那个我没法保护你的地方。你确信,塞拉特没给他付更多的钱吗?"

该死!放在我头上的那只戴手套的手僵住了。

我马上从脑子里排除了怀疑的念头,不想被丹尼尔灌输这种不信任的想法。阿隆已经给我透露了他最大的秘密,他就是莫洛克。

"够了。"我的朋友把手从我脑袋上拿开,冷冷地打断了丹尼尔的话,"国王,走开吧。不要和我这样的人作对。"

丹尼尔背后的士兵们开始骚动,变得惊慌不安。他们不敢窃窃私语,因为这是军令禁止的,但许多人开始交换目光。金属撞击和皮带摩擦的声音打破了原野的寂静。

我突然感觉从莫洛克身上发出了一种奇怪的、令人感到压抑的空气震颤波。我的两只耳朵被陌生的轰鸣声震得发胀,但无论丹尼尔,还是士兵们都没有表现出任何不安。国王继续说着什么,但我的耳朵里像塞满了棉花,只能勉强听到他的声音。我回头看了一眼莫洛克。我发誓,我看到他披风上平时静止的影子出现了波纹,就像波平如镜的湖面上突然泛起了涟漪。影子在颤动,在起伏,就和我一样,好像被突然扰动了一样。我几乎确信看到这些影子在他的风帽下翻滚,缠绕着他的面具,黏附在面具上,而面具上曾经熠熠发光的金色颜料,现在变得暗淡,慢慢褪色,最后不再是金色。

"准备上马，小玛拉。"莫洛克的声音听起来有些紧张，之后立刻从林子边最后一排士兵那里传来了一声叫喊。

叫喊声一开始听起来像是警告，后来则变成了充满着痛苦、惊骇的号叫。然后传来了第二声、第三声、第四声号叫，汇成了一片嘈杂和混乱的叫喊声。一排排队伍被打乱，因为士兵们根本没想到攻击会来自后方。丹尼尔转头去看发生了什么事情，莫洛克则抓住我肩上的披风，把我推向马匹。我没提多余的问题，只是按着他的吩咐搬鞍上马。

当我在马上坐直了身子，才看清发生了什么事情。从森林里冲出了活尸。先是一个，然后是第二个、第三个，后来一下出来了五个活尸。吸血鬼们闻到了鲜活血液的味道，马上扑向了士兵的脖子。有些吸血鬼没这么幸运，牙齿咬到了金属护板，爪子抓到了胸甲上。吸血鬼中间出现了几个幽灵，让队伍变得更加混乱。莫洛克阴沉着脸冷笑着。我直到现在才明白，这是他干的。他召唤来了活尸，让它们制造混乱，这样我们才能逃走。丹尼尔以为截断了我们进森林的道路，却没想到后背会受到攻击，自己落入了圈套。

国王和几个队长想重整队列，重新编队，打退背后的攻击。但等他们成功堵上漏洞后，已经有二十来个士兵死掉了，鲜血洒满了雪地。我也开始了吟唱。我吟唱的就是第一次在丹尼尔面前曾经使用过的仪式祷文。只是我上次是轻声吟唱，现在我的声音则充满了恶意，一个个音符的声音越来越大，鬼物们都陷入了疯狂，带着双倍的力量冲向士兵阵线。

"阿加塔！停下来！"国王冲我喊道。我咧开嘴，露出了阴郁的笑容，继续高声吟唱。

莫洛克拔剑，我也抽出了匕首。我盯着丹尼尔脖子上没有护甲的皮肤，看了有一秒钟时间，握紧匕首，想着是否掷出匕首来结束这一切。但后来又想到，如果他死了，叶列娜就会即位。她为了找到我，把我烧死，会把两国拉入战乱。

阿隆驱马走近我。

"我们得冲过去。这些鬼物我能挡一会儿，但你不要被剑或爪子伤到，不要回头，紧跟我向前跑。"

我点点头，糖块儿第一个冲了出去，几米之后就开始加速，我催动暴风雪跟在它后面。丹尼尔随后冲我喊了句什么，我没去听。莫洛克先绕着士兵队列跑了一会儿，找到了一个缺口，没有减速，直接楔入了队伍中。莫洛克的剑大开大合，忽左忽右，每一剑都劈开几个鬼物，顺便带走几个士兵的性命。士兵们发现面临新的危险后，杂沓后退，想避开莫洛克的马蹄和长剑。

我的马儿被叫喊声、混乱的人群、吸血鬼的恶臭和金属味道的鲜血刺激得有些不安。但当它闯入人群后，又变得生龙活虎，冲向了森林方向，想尽快摆脱这恐怖的场面。我看到莫洛克的大黑马突然停住，前蹄向一只吸血鬼的胸部踏去。而暴风雪因为大黑马的突然减速而扭身避开，选了另一条道路狂奔，我们两人分头跑开。我看到莫洛克像个黑点儿一样在右边某处闪现，他也担心地看着我的行动，因为没法再替我清除道路。

一只吸血鬼扑到了马脖子上，我抬手把匕首插进鬼物的眼睛里。当我一脚把散发着恶臭的吸血鬼踢开后，暴风雪大声嘶鸣。吸血鬼在马儿雪白的脖子上留下了几条抓伤，幸好并不严重。我和马儿又向前冲去,在士兵和吸血鬼混杂的人群中躲闪、穿行,但我看到前面仍有吸血鬼像暗灰色的洪流一样从林中源源不断地冲出。

"他怎么了,把林子里所有鬼物都召唤来了吗?"我吃惊地叫了出来。当我意识到我要像楔子一样穿过这鬼物洪流时,我的心开始狂跳。

我来不及了。

这个念头让我太阳穴里的血管突突地跳了起来。鬼物们马上就会扑向我的马儿,把它按倒,撕成碎片,我也会和马儿一起被撕成碎片。我想找到莫洛克,但在这一片混乱中根本看不到他。我还有十五秒钟就要迎面撞上那群鬼物了,我身子斜挂在狂奔的马上,抓起一把插在地上的长剑。

长剑主人已经死了,不再需要它了,而我则需要一把比匕首长一点的武器。

只剩十秒钟了。我挥剑砍掉了一个把利爪伸向暴风雪的吸血鬼的半个脑袋。

七秒钟。我杀死了一个士兵,他摇摇晃晃地站在那里,手抓着破烂的脖子嘶声吼叫。我的马儿四蹄踩在尸体上的时间比踩在地面上的时间还要多。

五秒钟。我想闭上眼睛,不去看我和马儿撞向混乱的活尸群的场面,但我连眼睛都不敢眨,我要准确地出剑,给自己清出道路。

能救我的只有速度。

三秒钟。当我左前方突然闪出了纵马狂奔的莫洛克,抢先进入鬼物群时，我浑身颤抖起来。

除了他座下黑马的践踏和大开大合的长剑外，还有什么东西在帮助他。吸血鬼们向四外跳开，我们面前鬼物的数量只剩下了一半。马儿们看到了通往自由的道路，尽管已经跑得气喘吁吁，但仍加快了步伐。

当朦胧的森林笼罩了我们以后，我嘴里发出一声颤抖的喘息。但我们没有停下，而是继续向前冲去。左右两侧树丛中的活尸在缓慢地移动，越来越多，朝着丹尼尔的方向走去。它们几乎不再关注我们，也没有试图攻击我们，只是扭转头，瞪着浑浊的眼睛，目送我们离开。

我们继续深入丛林，喊叫声和金属撞击声很快变小了，最后在我们背后消失了。我们继续前行，直到活尸群消失，森林中被火焚烧后变得歪七扭八的树木也变得稀少起来。

我们的马匹累坏了，脚步变得踉跄起来。莫洛克先慢了下来，我也跟着他拉慢了马儿。我们停在一片高大的松树之间，这里的地面上铺满了厚厚一层陈年松针。如果这里曾经白雪覆盖，也很早就融化了。麻木的感觉和肾上腺素逐渐退去，我全身都感到莫名的疼痛，就好像我的每一块骨头都在酸疼，心脏也跳得狂乱。我小心地从马鞍滑到了地上。

莫洛克的剑从他手中掉到地上，发出一声轻响。我向他转过头去，之后他也从马上爬下来，双脚落到坚实的地面上。他双手刚一离开马鞍，就向旁边一歪，摔在地上。我朝他跑过去，担心他在刚才的混乱中受了伤，但莫洛克意识清醒，又要站起来，却一下子歪倒在旁边的树上，顺着树干滑到地面上。

"别动！"他又要站起来，我把他摁在原地，"出什么事了？"

天色每分钟都在变暗，我现在只能用手摸着他的躯体、胳膊和双腿，察看他是否受伤。他没有抗拒，但当我的手摸到他的脖子时，他声音沙哑地笑了起来。

"感觉你像是要给我按摩一样。你动作这么慢，我要是真受了伤，血早流光了。"阿隆抬起面具，我又听到了他有些疲惫的正常声音。

"闭嘴。"我低声骂了一句，然后发现，他微笑的脸上满是鲜血。

从他的鼻子里涌出大量鲜血，浇湿了嘴唇和下巴。阿隆察觉到我的目光，舔了一下嘴唇，因为鲜血中的铁锈味道皱起了眉头。

"见鬼，你怎么了？"我一边咬牙说着，一边转动他的脑袋，检查他的耳朵里有没有出血，担心他曾经跌下来，摔到了头部。

"等一下。还得再做点事儿。"他摆了下手，双眼变得呆滞无神。

我怔怔地看着他，看到他的眼睛变得暗淡起来。我的耳朵又像以前被堵了棉花一样，骨头变得更疼了，就好像在承受着无法抵抗的重压。阿隆的眼神越过我，看着远方。他的眼白变成了灰色，平时明亮的绿眼睛像蒙上了一层薄雾。又有血液从他的鼻子里大量涌出。

有些不对劲。

我身上越来越疼。我紧闭嘴唇，看着他的皮肤变得苍白。

"够了！"我摇晃着他的肩膀，一次，二次。他的头在晃动。

他在自杀。我的心在狂跳,不知道是被这个想法吓坏了,还是害怕会和他一块儿死去。我不怕马上死掉,就像上次一样,为了某个目的而死,而不是一边看着我的朋友鲜血流尽,一边慢慢地死去。

我扬起手,想给他一记耳光,让他停下来。他及时抓住了我的手腕。

"你是真想揍我一顿是吧?"

他的眼睛中又透出了活力,眼白又变成了浅色。当我全身疼痛减弱后,我松开紧咬的牙关,虽然疼痛还没有完全消除。

"你干了什么?"我没理会他的玩笑。

"我觉得这片森林里的活尸已经够多了,所以把它们召了回来,让它们停止杀戮。"

"你能控制它们?"

"差不多吧。你们玛拉可以用吟唱召唤它们,让它们从栖身地爬出来。我们莫洛克本身就是恶魔,所以可以控制活尸。但这并不简单,需要力量才行。"他停了一下,平复着急促的呼吸,又舔了一下流到嘴唇上的鲜血,"控制两三个鬼物最简单不过了,但这里有几十个或者几百个活尸。我只是召唤了几十个活尸,其他活尸因为感应到了新鲜血液,所以也跟着出来了。"

"所以我们才能穿过鬼物群,而且最主要还能从里面出来。你让他们走开的?"

"是的。所以我需要你紧跟着我。只有这样我才有力气清理道路,让他们从路上走开。"

他想用手把脸上的鲜血抹去。

"这差点儿杀了你。"我埋怨着他,看着他的下巴和脸上留下的血迹。

"你感受到什么了吗?"他好奇地问。

"是的。一种压力,骨头里也疼。我感觉到我的耳膜要胀裂了。"

"对不起,我太累了,所以影响到了你。"

"撒谎。你说过,你只有受重伤时,我才会感觉到。"

"我又忘了,你很认真,爱挑别人话里的刺儿。"他从鼻子里哼了一声。

他想站起来,我过来帮忙,让他把胳膊放在我肩膀上,他没有拒绝。他开始时摇摇晃晃,但一步步走得越来越稳当。我看到他扶着糖块儿可以站立时,就退了下来。他最差也能骑在马上。我提起莫洛克的剑,用自己撕破的披风把它擦干净,插回剑鞘。阿隆抚摸着马脖子,安慰着它。他没有把面具拉下来,让寒风吹拂着脸颊,恢复着感觉。

我的暴风雪朝一边走开。曾经白雪一样的马身和四条腿上沾满了污泥和血迹,但最脏的还是脖子,厚厚地沾了一层吸血鬼的污血。这些吸血鬼曾经想咬住马脖子。我从披风上撕下一块布,想擦去马身上的血污。

"我们得接着走。不知道丹尼尔怎么样了,但我们只有越过塞拉特的边境线以后才会安全。"阿隆费力地爬上了马鞍。

他以前挺拔的后背弯得像驼背一样,用左手使劲握紧马鞍来保持身体平衡,我真不想看到他这个样子。我也骑上了暴风雪,但和莫洛克的马挨着向前走。如果他要摔下来,我还来得及抓住他。

我们没有催马猛跑，但仍然走得很快。半小时后下起了大雪。硕大、蓬松的雪片很快盖住了地面，云杉枝落在我们脑袋上。云彩发着光，所以夜间也不是特别黑暗。我们周围没有声音，出奇地静谧。我的眼睛因为睡眠不足和寒冷疼得厉害，但在有节奏的马蹄声和猫头鹰夜晚的"咕咕"声中内心却很放松。雪花缓缓落下，"簌簌"的落雪声把我催眠，让我暂时忘记了在边境森林里经历的所有恐惧；忘记了后面可能的追兵；忘记了阿拉肯国王可能喉咙被撕开，正毫无生机地躺在某个地方。我甚至忘了，我前往的那个国家，他的统治者杀死了所有我爱的人。我深吸一口气，感受着烧灼肺部的寒冷空气。

莫洛克比我更早地显出了不安，不过我们是同时听到了追兵到来的声音。

夜鸟噤声，惶恐不安，大地因为马蹄的践踏而轻微颤抖着。

"跑！"阿隆朝我喊了一声，把面具拉了下来，"快跑，玛拉，有多快跑多快！边境线是一条穿过森林的道路！没越过边境线，不许停下来！"

他看到我用马刺踢马，暴风雪向前飞奔之后，才打马跑起来，在树木之间穿行。我纵马狂奔，身子伏在马脖子上，躲开头上的枝条，让马儿自己选择绕行树木。我的脸被落下的积雪砸得生疼。后面传来了叫喊声，我能听出其中有丹尼尔的叫声。我每次策马时，都低声向它道歉。我回头想看下莫洛克。他一身黑色，和阴影融为一体，正跑在我身后不远处。丹尼尔的士兵追得太快了。他们的马匹休息过，刚才大概在附近某个地方等着我们。

三个士兵追上了我们，想挤在一起拦住我们，但我按着莫洛克的盼咐，只专注地看着道路，寻找着边境线。暴风雪突然从林中蹿出，出人意料地跑到了一片开阔地上。我勉强认出了方向，明白这就是边境线。边境线就像是专门砍伐出的一条宽达五米的空地，左右延伸，大概跨过了整个边境森林，将两个国家隔开。

"停下！"当莫洛克的马及我座下的暴风雪跃向边境线时，阿拉肯的队长大吼道。

我们两人越过了边境线，但都拉慢了马匹，躲进另一边，另一个国家的保护阴影内。

我们到了塞拉特王国的领土上。

丹尼尔和他的五十名士兵停在了另一边。我们都停了下来，对望着。虽然我们已经身在塞拉特，但丹尼尔仍可能在绝望之下闯过敌国边境线，我们仍然极度危险。我注视着国王，看着他的马在开阔地前焦躁地转来转去，却不敢踏进开阔地，就好像面前不是一条空无一人的道路，而是一道火墙。丹尼尔狂怒地盯着莫洛克。他的脸扭曲着，盛怒的样子让他变得丑陋不堪。他喘着粗气，失望至极。他的目标触手可及，却又如此遥远。

"阿加塔！求你了！"年轻国王驱马向前走了几步，走近我们，但不敢完全进入开阔地。他的脸色缓和了下来，变得有些忧伤。

现在我能看清他满是鲜血的胸甲了，他的左肩受伤了，左臂软软地垂在体侧。脖子上有几条抓痕，脸上沾满了血迹，但看样子不是他的血，而是被他杀死的怪物的血。

我没有回话，只是奇怪他好像真的想从我这儿得到什么东西。

一切都结束了。

我和莫洛克从疲惫不堪的马上爬下来。如果丹尼尔真的走出绝望的那一步，我们已经无处可藏，所以没必要再折磨牲口了。糖块儿和暴风雪走到了一边儿，莫洛克朝我走了两步。我朋友的表情更加自信，脚步像以前一样沉稳，声音平静。

"回家吧，国王。这些林子里很危险，你们拉赫马诺夫王族剩下的人也不多了。"他冷冷地说道。

"你……"丹尼尔咬牙切齿，"你从一开始就计划好了。"

他居然指责莫洛克。我太累了，都懒得像以前一样反唇相讥。我用手搓着脸，不明白为什么还要和他讲话。我抓住莫洛克的手腕，想拉他走，但他没有动，仍继续盯着丹尼尔。我惊讶于丹尼尔如此愤怒，怒火就像波浪一样在周围蔓延。

我感觉身后有人，全身不寒而栗。我没有听到声音，但确信后面有许多眼睛在注视我们。我抓住阿隆手上的护腕，想提醒他一下，然后转头四面环视着。我能感觉到，身后的危险和压力像风一样正吹着我的后脑，于是我听到了身后右边有折断的树枝声，左边有沙沙声。

从后面。

从四面八方。

从塞拉特境内的四面八方传来了声音。

我更加用力地握着莫洛克的手，但他没有动作，尽管像我一样，也听出我们陷入了埋伏中。丹尼尔注意到了我们背后，他的脸拉长了。我转过头，也看到了他们。他们身穿黑色、灰色相间的军服,在被薄云遮掩得有些暗淡的月光下,胸甲和锁子甲反射着微光。白雪落在他们宽阔的护肩和盖在头上的披风风帽上,每个人腰间都挂着一把长剑。

天色太暗,我看不清他们的人数,但不会少于四十人。

塞拉特的军队,谢维林的士兵。

当我意识到,我都不知道哪边的人会攻击我们时,我的心像弹簧一样被压紧了。丹尼尔会不会抢先发动攻击,把我拖到他那一边?塞拉特人会不会向我们攻击,尽管玛拉和莫洛克有权去他们想去的任何地方?谢维林是否听说过我,是不是现在就想绞死我?

塞拉特士兵在我们身后五米远处围成了一个半圆。他们没有拔出武器,只有两个人手持着军旗,但把我们包围了。他们没有发动攻击,但我仍不敢放松警惕,随时准备抽出匕首。

莫洛克稍稍向后转了下头,然后又看向丹尼尔。当他摘下面具后,我"哎呀"叫了一声。阿拉肯国王看到了自己朋友的脸后,脸色变得苍白。只有他在看着阿隆,因为他离得最近,而阿拉肯士兵们则急忙转回头去,因为害怕那个说看到莫洛克的脸就会死去的传说。

"你双手沾了这么多鲜血,值得吗?"阿隆冷冷地问道。

我看到国王褐色的眼睛在疯狂乱转。他把前前后后的所有事情加以比较,想搞清这一切。他花了十五秒时间思考,我一声不吭,不知道是否还要观察身后的塞拉特士兵。

"这么说,这段时间一直是你。一直是你!"丹尼尔小声嘟哝着。他震惊了,但仍然抬起目光,看着这位曾经的朋友的双眼，"你确实很早就计划好了。现在我明白了为什么一开始我就觉得你这么熟悉……尽管我只见过你一次……"

丹尼尔停了下来，转头看向我。他的唇边先是慢慢地露出怜悯的微笑，然后笑出了声。他开始哈哈大笑，并不是歇斯底里地发作，确实只是高兴地大笑。我被他的举动惊得愣住了，有一刻忘了我们身后的队伍。

丹尼尔在我们耐心的沉默中停下了大笑。

"太棒了！这样更好！现在她会直接杀死你！"

他冲我笑了一下，笑容慢慢地从脸上褪去。与此同时，阿隆脸上也浮现出冷冷的笑容。

"我会告诉她全部实情的。"

我的朋友停了一下，接着说：

"我相信，你也清楚那个实情。等我讲完了，我让她决定是否杀死我。但你确信，等阿加塔了解实情以后，我会是她想杀死的那个人吗？她大概想先割开你的喉咙吧。"

我听着他们的对话，知道有些情况是我不清楚的，而只有这两人清楚。我茫然的目光一会儿转到这个人身上，一会儿又转到另一个人身上，直到一名士兵平静的声音划破了空气。

"殿下，我们该走了。"

我的大脑里一片混乱，无数个念头像受惊的野兽一样四散奔跑、躲藏。我忘了如何用词语拼出有意义的句子，如何张嘴发出声音。当我明白了这是一个塞拉特人说出的话以后，我向旁边走了几步。我的身体比意识更清楚所处的环境，我不由自主地又走了几步，离开了阿隆。

"阿加塔……"丹尼尔叫我的名字时就像在请求原谅。我六神无主。

"是的,你说得对。该走了。"阿隆向士兵答道。

我不知道他们哪边才是我的敌人,但当我明白了两边都是我的敌人时,更让我恐惧了。

"来吧!告诉她你姓什么。"当阿隆看着我又向后走了两步时,丹尼尔冷笑一声。

我的视线投向塞拉特的国徽——暗绿色的背景和一头银色的动物。我低下头,想看清是狐狸还是狼。

"每个莫洛克的面具都不一样,每个人的面具都是专门制作的,是吗?"我问过他,他回答说,面具所反映的就是它所隐藏的东西。

"你自己说过要保护我。"

"所以我不会在你面前摘掉面具。"

这不是狼,也不是狐狸。塞拉特国徽上是一匹胡狼,就和莫洛克面具上的胡狼一模一样。我觉得周围的一切都失去了意义。我继续凝视着阿隆的眼睛,但我看不到内疚,也看不到抱歉,我觉得心中已如一潭死水。他目光专注地盯着我,没有微笑,也没有向我迈步。他什么也不想解释。

"殿下,需要把玛拉铐起来吗?"又是这个士兵的声音。

阿隆沉默了一会儿,然后点点头。

当四个士兵跳到我面前,又要给我戴上沉重的手铐时,我的抵抗软弱无力。我仅有的力气只够晃动手铐,确认这是真实发生的事实。确认塞拉特人刚刚把我铐起来,就像几个月前阿拉肯人也这样把我铐起来一样。

阿拉肯士兵看到塞拉特人的行动后，围住了他们的国王，劝说他离开这里。他们离敌人太近，现在无计可施。但丹尼尔双脚仍钉在原处，他还没说完。

"拉斯涅佐夫，告诉她你的名字！"丹尼尔恶狠狠地喊了一声。

阿隆听到自己的姓后纹丝不动，而这喊声却像一记耳光抽在我脸上，我一下子清醒过来。我来不及抽出匕首，用被铐住的双手砸到一名士兵脸上，肘部撞到身边第二名士兵的腹部。我拼命向阿隆冲去，迈开大步，和他之间的距离迅速缩短。我不需要用剑，用双手就能扼死他。

"阿加塔，请……"阿隆哀求着，第一次露出了我曾经熟悉的那种情绪，但发现我没有停住脚步后，把一只手抬了起来。

他只抬起了一只手，我就被自己的腿绊住了。手铐变得好像有千斤重，我像石头一样脸朝下摔在他脚下的雪地上。我愤怒地大叫，想把双手从地上举起，却无法移动。我的两条腿也难移动分毫。拉斯涅佐夫在我面前蹲了下来，暗影披风像波浪一样围着我们落在白雪上。

"我说过从未动用自己的力量对付你，但你在逼我。"他甚至没有辩解，而是心安理得地说着，在指责我，"我说过，你对莫洛克一无所知。"

"你对我做了什么？！"我声音嘶哑，把被雪沾湿的脸在肩头的长袍上擦净，又想伸出双手，但双手不听使唤。

"我可以控制死灵，可以让它们按我的想法做事。也可以这么控制你，因为你……"

"……不是活人。"我替他说了出来，不再挣扎，失神地望着手铐。

他只要暗示我这些镣铐很重就可以了。他可以强迫我起立，强迫我跳舞、干活、杀人……做他希望的一切事情。这比在阿拉肯等着我的待在监狱里发疯的命运更好吗？

"谢维林，你是怎么做到的？你这么多年怎么能一直伪装成阿拉肯人，住在我的宫殿里？"丹尼尔知道我无法杀死拉斯涅佐夫，甚至连动念头都不行，开始了言语讥讽。

"丹尼尔，你搞错了，不过我不会批评你的。任何人都会搞错的，因为我们两人长得很像。"阿隆哈哈一笑。

手铐沉重的感觉消失了，莫洛克让我站了起来，然后用熟悉的动作抱住我的腰，把我放在士兵们刚牵来的另一匹黑马上。他像前几天那样，坐在我后面，左臂抱着我。其他士兵拉着暴风雪和糖块儿的缰绳，把它们拉进了森林深处。

"谢维林这几年一直坐在王座上，管理着国家。"莫洛克右手握紧马缰，平静地说着。

他紧紧地抱着我，我后背能感觉到他的声音在胸腔里的震荡。

"我叫亚历山大。亚历山大·拉斯涅佐夫。我是他哥哥。"

亚历山大。阿列克谢的大儿子，那个人们以为十岁就死了的男孩儿。

"所以你能猜到，丹尼尔，我多么不喜欢听到你计划杀死我弟弟的消息。"

命中注定要成为莫洛克的男孩儿，也是十岁时被带走，当然可以简单地说他死了，这样能避免让他遇到危险。而莫洛克年满十八岁以后就可以做他们想做的任何事情了，于是他决定回到弟弟身边。

我苦笑了一声，知道这是莫洛克唯一没有骗我的事情。他有一个弟弟。

当丹尼尔发现他要对付的并不是一个人，而是兄弟两人时，我不知道他有何感想，脸上是什么表情，因为这时亚历山大已经拨转了马头。他抱着我，就像抱着战利品一样，在士兵的陪同下一路向北，奔向故乡阿绍尔，要把戴着手铐的我送到我曾经死过一次的地方。